I LIBRI DI PAULO COELHO

Dello stesso autore, presso Bompiani:

PAULO COELHO
ALEPH
Traduzione di Rita Desti

**ROMANZO
BOMPIANI**

Coelho, Paulo, *O Aleph*
Copyright © 2010 by Paulo Coelho

Published by arrangements
with Sant Jordi Asociados,
Agencia Literaria, S.L.U., Barcelona, España.
All rights reserved.

www.paulocoelho.com

ISBN 978-88-452-6818-2

© 2011 RCS Libri S.p.A.
Via Angelo Rizzoli 8 – 20132 Milano
I edizione Bompiani: settembre 2011

"Un uomo di nobile stirpe partì per un paese lontano per ricevere un titolo regale e poi ritornare."

Luca, 19, 12

O Maria, concepita senza peccato,
pregate per noi che ricorriamo a Voi.
Amen.

A J., che mi mantiene in cammino,
S.J., che continua a proteggermi,
Hilal, per il perdono nella chiesa a Novosibirsk.

"Il diametro dell'Aleph sarà stato di due o tre centimetri, ma lo spazio cosmico vi era contenuto, senza che la vastità ne soffrisse.

Ogni cosa... era infinita, perché io la vedevo distintamente da tutti i punti dell'universo."

Jorge Luis Borges, *L'Aleph*

"Io non riesco a vedere e tu conosci tutto.
Pur così, la mia vita non sarà inutile
Perché so che c'incontreremo di nuovo
In qualche divina eternità."

Oscar Wilde

Re del mio regno

No!
Di nuovo un rituale? Di nuovo invocare le forze invisibili affinché si manifestino nel mondo visibile? Cos'ha a che vedere tutto ciò con il mondo nel quale oggi viviamo? I giovani escono dall'università e non trovano lavoro. I vecchi raggiungono l'età della pensione senza avere denaro sufficiente per vivere dignitosamente. Gli adulti non hanno tempo per sognare – dalle otto del mattino alle cinque del pomeriggio lottano per mantenere la famiglia, per pagare le rette scolastiche dei figli, affrontando le innumerevoli fatiche che conosciamo e che si riassumono nell'espressione "la dura realtà".

Il mondo non è si mai presentato diviso come ora: guerre di religione, genocidi, crisi economiche, recessione, povertà, mancanza di rispetto per il pianeta. E tutti vogliono vedere immediatamente risolti perlomeno alcuni dei problemi che affliggono l'umanità o la propria vita personale. Ma l'orizzonte appare sempre più buio a mano a mano che avanziamo verso il futuro.

E io dovrei proseguire in una tradizione spirituale le cui radici affondano in un passato remoto, lontano da tutte le sfide del presente?

Insieme con J. – che, sebbene cominci a nutrire qualche dubbio, considero il mio Maestro – cammino verso la quercia sacra, la quale da oltre cinquecento anni contempla impassibile le angosce umane, con l'unica preoccupazione di lasciar cadere le foglie all'inizio dell'inverno e offrirne di nuove in primavera.

Sono davvero stufo di scrivere del mio rapporto con J., la mia guida nella Tradizione. Conservo decine di diari fitti di annotazioni riguardo alle nostre conversazioni – scritti che non ho mai riletto.

Dall'epoca della nostra conoscenza ad Amsterdam, nel 1982, ho imparato e disimparato a vivere un centinaio di volte. Quando J. m'insegna qualcosa di nuovo, penso che forse quello è proprio il passo che manca per arrivare alla vetta della montagna, la nota che giustifica un'intera sinfonia, la lettera che riassume l'intero libro. Vivo un periodo di euforia che poi, a poco a poco, svanisce. Anche se talune cose rimangono per sempre, la maggior parte degli esercizi, delle pratiche, degli insegnamenti finisce per scomparire in un buco nero. O almeno così sembra.

* * *

Il terreno è bagnato, e così penso che le mie scarpe da ginnastica accuratamente lavate due giorni prima saranno nuovamente imbrattate di fango dopo pochi passi – e questo nonostante l'attenzione che riservo al cammino. La ricerca della saggezza, della pace dello spirito e della consapevolezza della realtà visibile e invisibile si è ormai trasformata in una routine priva di risultati. A ventidue anni, cominciai il mio apprendistato nella magia. Sperimentai diversi cammini, sfiorai l'orlo dell'abisso in un'età importante e difficile, scivolai e caddi, desistetti e poi ricominciai. Immaginavo che, arrivato a cinquantanove anni, mi sarei ritrovato in prossimità del paradiso e della tranquillità assoluta, quella che mi sembra di cogliere nel sorriso dei monaci buddisti.

Al contrario, credo di essere assai lontano da quell'obiettivo. Non mi sento mai davvero in pace; ogni tanto ingaggio grandi conflitti con me stesso, lotte che possono protrarsi per mesi. E gli intervalli in cui m'immergo nella percezione di una realtà magica durano soltanto pochi secondi. Sufficienti per comprendere che quest'altro mondo esiste, e per avvertire la frustrazione di non riuscire ad assimilare tutto ciò che apprendo.

Siamo arrivati.

Non appena il rituale sarà terminato, gli parlerò seriamente. Entrambi premiamo le mani contro il tronco della quercia sacra.

* * *

J. recita una preghiera sufi:

"*O Dio, allorché presto attenzione alle voci degli animali, al fruscio degli alberi, al mormorio delle acque, al cinguettio degli uccelli, al sibilo del vento o al fragore del tuono, percepisco in essi una testimonianza della Tua unità: io comprendo che Tu sei l'onniscienza, il supremo potere, la somma saggezza, la superna giustizia.*

"*O Dio, io Ti riconosco nelle prove che sto affrontando. Acconsenti, o mio Signore, che la Tua soddisfazione sia la mia soddisfazione. Che io sia la Tua gioia: quella gioia che un Padre avverte per un figlio. E che io rivolga il mio pensiero a Te con serenità e determinazione, anche quando mi sarà difficile dire che Ti amo."*

Di solito, in un momento del genere avrei percepito – per una frazione di secondo, un tempo comunque sufficiente – la Presenza Unica che muove il Sole e la Terra e mantiene le stelle alte nel cielo. Oggi, però, non ho alcuna voglia di parlare con l'Universo: è sufficiente che l'uomo al mio fianco mi dia le risposte di cui ho bisogno.

* * *

Lui ritrae le mani dal tronco della quercia, e io lo imito. Mi sorride, e io ricambio il sorriso. In silenzio e con passo tranquillo, ci avviamo verso la mia casa. Ci sediamo in terrazza e prendiamo un caffè, ancora senza parlare.

Contemplo il gigantesco albero al centro del giardino: ho cinto il tronco con un nastro dopo un sogno. Abito nel paese di Saint Martin, nei Pirenei francesi, in una casa che sono pentito di aver comprato: ha finito per possedermi, richiede la mia presenza assidua – ha bisogno di qualcuno che se ne occupi, per mantenere viva la propria energia.

"Non riesco più a progredire," dico. E, come sempre, cado nella trappola di essere il primo a parlare. "Penso di aver raggiunto il mio limite."

"Interessante. Io ho sempre tentato di scoprire i miei limiti, eppure finora non ci sono riuscito. Il mio universo non è particolarmente collaborativo: seguita a crescere e non mi aiuta a conoscerlo appieno," replica J., in modo provocatorio.

Si affida all'ironia. Ma io proseguo.

"Cosa sei venuto a fare qui, oggi? A tentare di convincermi che sto sbagliando, come sempre? Di' quello che vuoi, ma sappi che le tue parole non cambieranno la situazione. Non sto bene. Sono a disagio."

"È proprio per questo che sono venuto qui, oggi. Da tempo, intuivo ciò che stava accadendo. Tuttavia esiste sempre un momento preciso per agire," dice J., prendendo una pera dal tavolo e rigirandosela fra le mani. "Se ne avessimo parlato prima, non saresti stato ancora pronto… 'maturo'. Se avessimo aspettato a parlarne, saresti stato ormai esausto… 'marcio'." Dà un morso al frutto, assaporando il gusto della polpa. "Perfetto. Questo è il momento giusto."

"Sono assalito da molti dubbi. E quelli più importanti riguardano la fede," affermo.

"Un'ottima cosa: è il dubbio che fa avanzare l'uomo nel suo cammino."

Come sempre, risposte e immagini azzeccate che, tuttavia, oggi non funzionano.

"Voglio spiegarti che cosa senti," continua J. "Che tutto ciò che hai appreso non ha messo radici. Che sai penetrare nell'universo magico, ma non riesci ad abbandonarti a esso. Che forse si tratta soltanto di una grande fantasia che l'uomo ha creato per scacciare la paura della morte."

I miei interrogativi sono più profondi: riguardano la fede. Ho un'unica certezza: esiste un universo parallelo, spirituale, che interferisce nel mondo in cui viviamo. A parte questo, tutto il resto – libri sacri, rivelazioni, guide, manuali, cerimonie – mi sembra assurdo. E, peggio ancora, senza alcun effetto tangibile e duraturo.

"Voglio raccontarti che cosa ho provato io," prosegue J. "Durante la giovinezza, ero affascinato da tutte le cose che la vita poteva offrirmi, e credevo di essere capace di conquistarle una dopo l'altra. Con le nozze, ho dovuto scegliere un solo cammino, perché avevo l'obbligo di mantenere la donna che amo e la nostra prole. A quarantacinque anni, quando ero ormai divenuto un dirigente di successo, ho visto i miei figli cresciuti andarsene da casa e ho pensato che, da quel momento, tutto sarebbe stato solo una ripetizione di ciò che avevo già sperimentato.

"Ecco, la mia ricerca spirituale è iniziata lì. Poiché sono un uomo che crede nella disciplina, mi sono dedicato a essa con ogni energia. Ho attraversato periodi di entusiasmo e di incredulità, finché mi sono ritrovato di fronte a ciò che tu stai vivendo oggi."

"Malgrado tutti i miei sforzi, J., non riesco nemmeno a pensare: 'Mi sento più vicino a Dio e a me stesso,'" replico, con una certa esasperazione.

"E questo accade perché, come tutti gli esseri umani del pianeta, eri convinto che il tempo ti avrebbe insegnato il modo di avvicinarti a Dio. Ma il tempo non insegna affatto: ci offre soltanto la sensazione della stanchezza, dell'invecchiamento."

Adesso era come se la quercia mi stesse fissando. Probabilmente aveva più di quattro secoli, eppure aveva imparato una sola cosa: restare immobile nel terreno, nel medesimo posto.

"Perché siamo venuti a compiere un rituale nei pressi della quercia? Come può aiutarci a diventare uomini migliori, una simile pratica?"

"Per il semplice fatto che gli esseri umani non compiono più rituali vicino alle querce. In poche parole, agendo in un modo che può sembrare assurdo, è possibile raggiungere le profondità della propria anima, la sua parte più antica, quella prossima all'origine di ogni cosa."

Una sacrosanta verità. Quando gli domando una spiegazione, ricevo la risposta che mi aspettavo. Devo approfittare di ogni minuto accanto a lui.

"È ora di andare," dice J., bruscamente.

Guardo l'orologio. Gli spiego che l'aeroporto è poco distante: potremmo continuare a chiacchierare ancora per qualche momento.

"Non è a questo che mi riferisco. Quando mi sono trovato ad affrontare ciò che stai vivendo tu, ho trovato la risposta in qualcosa che era accaduto prima della mia nascita. È un'esperienza che ti suggerisco di fare."

Reincarnazione? J. mi aveva sempre invitato a frequentare le mie vite precedenti.

"Sono già tornato nel mio passato. È una cosa che ho imparato a fare prima di conoscerti. Ne abbiamo già parlato. Ho preso coscienza di due incarnazioni: uno scrittore francese del XIX secolo e un..."

"Sì, lo so."

"Ho commesso errori ai quali mi è stato impossibile rimediare. Poi tu mi hai detto di non tornare più indietro, perché questo avrebbe solo accresciuto i miei sensi di colpa. Rivisitare le vite passate è come aprire un buco nel suolo e lasciare che il fuoco sottostante incendi il presente."

J. lancia gli avanzi della pera agli uccelli del giardino e mi guarda, irritato:

"Non dire sciocchezze, per favore. Non cercare di convincermi della verità delle tue affermazioni e del fatto che non hai imparato niente nei ventiquattro anni che abbiamo trascorso insieme."

Sì, adesso so di cosa sta parlando. Nella magia – e nella vita – esiste soltanto il momento presente, l'ORA. Non si misura il tempo come si calcola la distanza tra due punti. Il "tempo" non passa. L'essere umano ha una difficoltà enorme a concentrarsi sul presente: pensa sempre a ciò che ha fatto, al modo in cui avrebbe potuto farlo meglio, alle conseguenze delle proprie azioni, al motivo per cui non è riuscito ad agire in maniera davvero appropriata. Oppure si preoccupa del futuro, di cosa farà domani, delle decisioni che dovrà inevitabilmente prendere, dei pericoli che lo attendono dietro l'angolo, di come evitare fastidiosi imprevisti e di come raggiungere gli agognati obiettivi – tutte quelle cose che ha sempre sognato.

J. riprende a parlare.

"A questo punto, qui e adesso, poniti la domanda: 'C'è qualcosa di veramente sbagliato?' Sì, c'è. E allora sforzati di capire che sei in grado di cambiare il tuo futuro, trasportando il passato nel presente. Ricorda: il passato e il futuro esistono solo nella nostra memoria.

"Il presente travalica sempre il tempo: è l'Eternità. È piuttosto difficile da comprendere: in mancanza di una spiegazione migliore, gli indiani usano la parola 'karma', sebbene il concetto che esprime sia abbastanza limitato. Non è quello che hai fatto nella tua vita passata a influenzare il presente, ma è ciò che fai nel presente che redimerà il passato e logicamente cambierà il futuro."

"Ossia..."

J. fa una pausa. Appare sempre più irritato perché non riesco a capire quello che sta cercando di spiegarmi.

"Non serve a niente continuare a usare parole che non hanno alcun significato reale. È qualcosa che devi sperimentare. Per te è arrivato il momento di andartene da qui. Di riconquistare il tuo regno, ormai corrotto dalla routine. È giunta l'ora di smettere di ripetere la medesima lezione: non è questo che ti farà imparare alcunché di nuovo."

"Non si tratta di routine. Io sono infelice."

"Si tratta soltanto di routine. Pensi di esistere solo in virtù della tua infelicità. Altre persone affondano le radici della propria esistenza nei problemi e ne parlano ossessivamente: problemi con i figli, la moglie o il marito, la scuola, il lavoro, gli amici. Non si fermano mai a pensare: 'Io sono qui. Sono il risultato di tutto quello che è accaduto e il prodromo di ciò che accadrà ma, in qualsiasi caso, sono qui. Se ho compiuto azioni sbagliate, posso correggerle o, almeno, chiedere perdono. Se ho agito in modo giusto, devo godere di questo dono, essere più felice e compenetrato con il presente.'"

J. respira profondamente, prima di concludere:

"Tu non sei più qui. Devi allontanarti davvero per poter ritornare al presente."

* * *

Era ciò che temevo. Da qualche tempo, J. tentava di farmi capire che era arrivato il momento che mi dedicassi al terzo cammino sacro. Eppure la mia vita era cambiata molto da quel lontano 1986, allorché il pellegrinaggio fino a Santiago de Compostela mi aveva rivelato il mio destino o, meglio, il "progetto di Dio". Tre anni dopo, nella regione in cui ci trovavamo adesso, avevo intrapreso il Cammino di Roma, un processo doloroso e faticoso che, per settanta mattine, mi aveva obbligato a tradurre in realtà tutte le assurdità che avevo sognato la notte: ricordo di essere rimasto per quattro ore alla fermata di un autobus, senza che succedesse niente di significativo.

Da allora, mi ero disciplinatamente adeguato a tutte le incombenze che il mio lavoro richiedeva. In fin dei conti, l'avevo scelto, ed era la mia benedizione. Fu così che presi a viaggiare come un forsennato. Le grandi lezioni della mia vita le ho apprese dai viaggi.

Per la verità, sin da giovane, ho sempre viaggiato moltissimo. Tuttavia, a un certo punto, mi era sembrato di vivere negli aeroporti e negli alberghi – e il senso dell'avventura veniva scalzato sempre più da un profondo tedio. Quando mi lamentavo di essere incapace di trattenermi a lungo nel medesimo luogo, gli altri si stupivano: "Ma viaggiare è così bello! È triste non avere abbastanza soldi per poter permetterselo!"

Viaggiare non è mai stata una questione di denaro, bensì di coraggio. Io ho trascorso un considerevole periodo della vita girando il mondo da hippy: quanti soldi avevo, allora? Pochi e, in alcuni casi, nessuno. Talvolta avevo il denaro appena sufficiente per pagarmi i mezzi di trasporto, eppure credo che siano stati gli anni migliori della mia gioventù, anche se mangiavo in modo schifoso, dormivo nelle stazioni ferroviarie, ero incapace di comunicare per via della lingua e dovevo dipendere dagli altri persino per trovare un posto dove passare la notte.

Dopo tanto tempo passato a girovagare, ad ascoltare lingue che non comprendi, a maneggiare denaro di cui non conosci il valore, a percorrere strade sulle quali non sei mai transitato, alla fine scopri che il tuo vecchio Io, nonostante questa miriade di cimenti, si è mostrato assolutamente inadeguato per le sfide: è in quel momento che cominci ad avvertire una presenza sepolta nelle profondità del tuo animo, una figura davvero interessante, un avventuriero aperto al mondo e a esperienze sconosciute.

Eppure arriva un giorno in cui dici: "Basta!"

"Basta! Per me viaggiare si è trasformato in una monotona routine."

"No, non può essere così. Viaggiare non diventerà mai una routine," incalza J. "La nostra vita è un viaggio ininterrotto, dalla nascita alla morte. Si trasforma il paesaggio, variano le persone, mutano le necessità, ma il treno prosegue la sua corsa. La vita è il treno, non la stazione ferroviaria. E finora tu non hai viaggiato: hai soltanto cambiato paese – una cosa del tutto diversa."

Ho scosso il capo in segno di diniego.

"Non servirà. Se devo ripetere un errore commesso in un'altra vita – un errore del quale sono pienamente consapevole – non c'è bisogno che me ne vada da qui. In quel sotterraneo, obbedivo soltanto agli ordini di qualcuno che sembrava conoscere i disegni di Dio: tu.

"Inoltre, ho già incontrato almeno quattro persone a cui ho chiesto perdono."

"Ma non hai scoperto la maledizione che è stata lanciata su di te."

"Allora anche tu sei stato maledetto. Hai scoperto di cosa si trattava?"

"Sì, ci sono riuscito. E, te lo posso garantire, si è rivelata assai più dura della tua. Tu ti sei comportato da vigliacco una volta, mentre io sono stato ingiusto moltissime volte. In qualsiasi caso, quell'esperienza mi ha liberato."

"Visto che devo viaggiare nel tempo, perché muovermi anche nello spazio?"

J. ha riso.

"Perché ci viene sempre offerta una possibilità di redenzione, ma dobbiamo incontrare le persone alle quali abbiamo fatto del male e chiedere loro perdono."

"E dove… dovrei andare? A Gerusalemme?"

"Non lo so. Dove penserai che sia giusto andare. Scopri cos'hai lasciato incompiuto e agisci per completare l'opera. Sarà Dio a guidarti, perché tutto ciò che hai vissuto e vivrai si trova comunque qui, adesso. Il mondo si sta creando e distruggendo in questo momento. Chi hai incontrato, si ripresenterà; chi hai lasciato partire, ritornerà. Non tradire i doni che ti sono stati concessi. Cerca di comprendere che cosa ti sta accadendo e scoprirai quello che sta succedendo a tutti.

"Non pensare che io sia venuto a portare la pace. Sono arrivato a portare la spada."

La pioggia mi fa tremare per il freddo, e il mio primo pensiero è: 'Mi prenderò l'influenza.' Mi consola il fatto che tutti i medici di mia conoscenza affermano che l'influenza è causata da un virus, non dalle gocce d'acqua.

Mi è impossibile restare qui, adesso. La mia mente vortica come un mulinello: dove penso di arrivare? Dove devo andare? E se non fossi capace di riconoscere le persone lungo il cammino? Di sicuro, è accaduto altre volte, e succederà di nuovo – altrimenti la mia anima sarebbe ormai pacificata.

Poiché convivo da cinquantanove anni con me stesso, conosco perfettamente alcune delle mie reazioni. All'inizio del nostro rapporto, la parola di J. sembrava ispirata da una luce assai più forte di lui. Io accettavo tutto senza porre domande, proseguivo il cammino senza paura – e non mi sono mai pentito delle mie scelte. Ma con il passare del tempo, mentre il nostro legame si consolidava, l'abitudine si insinuava in esso. Per quanto non mi abbia mai deluso, non riuscivo più a vederlo con il medesimo sguardo. Anche se avevo il dovere di obbedire alle sue indicazioni – un impegno accettato volontariamente nel settembre del 1992, dieci anni dopo averlo conosciuto –, non mi assoggettavo ai suoi comandi con la convinzione dei primi tempi.

Sto commettendo un errore. Se ho scelto di seguire la via della Tradizione magica, ora non dovrei avere un dubbio del genere. Sono libero di abbandonare questa strada in qualsiasi momento, tuttavia qualcosa mi spinge a continuare. Di sicuro, ha ragione J. sulla faccenda del viaggio, anche se mi sono adattato alla vita che conduco e non ho bisogno di altre sfide. Ma soltanto di pace.

Dovrei essere un uomo felice: ho successo nella mia professione, una delle più difficili del mondo; vivo con la donna che amo da ventisette anni; godo di buona salute; sono circondato di persone delle quali posso fidarmi; quando incontro i miei lettori per strada mi manifestano sempre un grande affetto. C'è stato un periodo in cui tutto ciò bastava ma, in questi ultimi due anni, mi è sembrato che niente fosse in grado di soddisfarmi.

Si tratta solo di una situazione – un conflitto – passeggero? Non è più sufficiente recitare le solite preghiere, rispettare la natura come la voce di Dio e contemplare le molteplici cose belle che mi circondano? Perché desiderare di proseguire oltre, se sono convinto di aver raggiunto il mio limite?

PERCHÉ NON POSSO ESSERE COME I MIEI AMICI?

La pioggia cade sempre più fitta, e io non odo alcun rumore oltre allo scroscio dell'acqua. Sono fradicio e non riesco a muovermi. Non voglio allontanarmi da qui perché non so dove andare: mi sento perduto. J. ha ragione: se avessi davvero raggiunto il mio limite, non mi ritroverei a vivere questa sensazione di colpa e frustrazione. E invece continua. Timore e tremore. Quando l'insoddisfazione permane, dev'essere infusa direttamente da Dio per un'unica ragione: è necessario cambiare tutto, continuare lungo il cammino.

È una situazione che ho già vissuto. Ogni volta che mi rifiutavo di accettare il mio destino, mi accadeva qualcosa di molto difficile da sopportare. Ecco ciò che temo tremendamente in questo momento: una tragedia. La tragedia è un cambiamento radicale nella vita, ed è sempre legata a un principio ineluttabile: la perdita. Quando ci troviamo ad affrontare una perdita, risulta inutile tentare di recuperare ciò che ormai si è allontanato: è meglio approfittare del grande spazio vuoto e colmarlo con un elemento nuovo. In teoria, ogni perdita avviene per il nostro bene e serve per il nostro miglioramento; in pratica, è il momento in cui mettiamo in discussione l'esistenza di Dio e ci domandiamo: "Me lo merito?"

Signore, preservami dalla tragedia e seguirò i Tuoi disegni.

Non appena ho formulato questo pensiero, esplode un tuono e il cielo s'illumina di un fulmine.

Di nuovo, timore e tremore. Un segnale. Mentre mi sforzo per convincermi che do sempre il meglio di me stesso, la natura decide di comunicarmi l'esatto contrario: chi s'impegna davvero nella vita non cessa mai di progredire. In questo momento, cielo e terra si cimentano in una tempesta che, quando si sarà placata, regalerà al mondo un'aria più pura e una campagna più fertile – prima, però, ci saranno alberi centenari abbattuti, case danneggiate o ridotte in macerie e luoghi paradisiaci inondati.

Una figura gialla si avvicina.

Mi consegno alla pioggia. Altri fulmini si abbattono, mentre la mia sensazione di abbandono viene gradualmente sostituita da un sentimento positivo – come se, a poco a poco, la mia anima venisse mondata con l'acqua del perdono.

"Benedici e sarai benedetto."

Le parole prorompono spontanee dal mio intimo – è la saggezza che ignoro di possedere, che forse non mi appartiene, ma che talvolta si manifesta e mi impedisce di dubitare di tutto ciò che ho appreso in questi lunghi anni.

Ecco il mio enorme problema: malgrado questi momenti, io continuo a dubitare.

Ora la figura gialla è davanti a me. È mia moglie, e indossa una di quelle mantelle sgargianti che portiamo durante le nostre escursioni sui monti, in luoghi impervi e difficilmente accessibili: se dovessimo perderci, sarebbe abbastanza facile localizzarci.

"Hai dimenticato che abbiamo una cena."

No. Non l'ho scordato. Abbandono le speculazioni della metafisica universale, dove i tuoni sono la voce di Dio, e torno alla realtà della cittadina di provincia, al buon vino, all'agnello arrosto, all'allegra conversazione con gli amici che ci racconteranno le avventure di un recente viaggio con la Harley-Davidson. Quando rientro a casa per cambiarmi, riassumo in poche frasi la conversazione di quel pomeriggio con J.

"E ti ha suggerito dove dovresti andare?" domanda mia moglie.

"Mi ha detto solo che devo impegnarmi."

"E ti sembra così difficile? Smettila di fare il brontolone. Sembri più vecchio di quello che sei."

Hervé e Veronique hanno invitato altre due perso-ne, una coppia di francesi di mezza età. L'uomo mi viene presentato come un "veggente" che hanno cono-sciuto in Marocco.

Né simpatico né antipatico, mi sembra soltanto disat-tento. Tuttavia, a metà della cena, come se parlasse in una sorta di trance, si rivolge a Veronique e dice:

"Fa' attenzione con l'auto. Sarai vittima di un inciden-te."

Lo trovo un avvertimento di pessimo gusto perché, se Veronique lo prenderà sul serio, la sua paura finirà per attirare delle energie negative – e quella situazione nefasta potrebbe davvero verificarsi.

"Una faccenda interessante!" dico, prima che qualcuno degli altri possa reagire. "Non dubito che lei possegga il dono di spostarsi nel tempo, verso il passato o nel futuro. Discutevo di questa facoltà con un amico, proprio oggi pomeriggio."

"Più esattamente, io riesco a 'vedere'. Sì, quando Dio me lo permette, riesco a 'vedere'. So chi è stato, chi è e chi sarà ciascuno degli individui seduti intorno a questo tavolo. È una dote che non so spiegare, ma che ormai ho accettato da tempo."

La prevista conversazione sul viaggio in Sicilia con ami-ci che condividono la passione per le Harley-Davidson storiche d'un tratto sfiora pericolosi argomenti che non ho nessuna voglia di affrontare. Una sincronicità assoluta.

Mi trovo nella condizione di dover replicare:

"Di certo, saprà anche che Dio ci permette di scorgere il futuro soltanto quando desidera che si cambi qualcosa."

Poi mi rivolgo a Veronique e dico:

"Tu cerca solo di prestare grande attenzione. Quando una cosa si trasferisce dal piano astrale a quello mondano, perde gran parte della sua forza. In altre parole, sono quasi certo che non succederà niente."

Veronique mesce dell'altro vino agli ospiti. Pensa che il veggente del Marocco e io siamo entrati in rotta di collisione. Non è vero: quell'individuo 'vede' realmente – e questo mi spaventa. Ne parlerò con Hervé.

Il veggente si limita a fissarmi – sempre con l'aria assente di chi è entrato in un'altra dimensione e, tuttavia, si sente in dovere di condividere le proprie percezioni. Vuole dirmi qualcosa, ma preferisce rivolgersi a mia moglie.

"L'anima della Turchia concederà al tuo uomo tutto l'amore che possiede. Ma verserà il suo sangue, prima di rivelare ciò che cerca."

'*Un altro segnale. Un'altra conferma che non devo partire ora,*' penso, anche se so perfettamente che siamo portati a interpretare le cose in base ai nostri desideri, e non secondo la loro reale portata.

Il bambù cinese

Trovarmi su questo treno che va da Parigi a Londra, diretto alla Fiera del Libro, per me è una benedizione. Ogni volta che arrivo in Inghilterra, la mia mente ritorna al 1977, quando lasciai l'impiego nella casa discografica, intenzionato a vivere di letteratura per il resto della vita. Dopo un soggiorno in Palace Street, affittai un appartamento in Bassett Road, strinsi alcune amicizie, studiai vampirologia, m'impadronii della città girovagando a piedi, m'innamorai, andai a vedere tutti i film in cartellone e, prima che fosse passato un anno, mi ritrovai a Rio, senza aver scritto una sola riga del romanzo.

Questa volta mi tratterrò in città soltanto per tre giorni. Un incontro con i lettori, un paio di cene in ristoranti indiani e libanesi, una serie di conversazioni nella hall dell'albergo su libri, librerie e autori. Non prevedo di far ritorno nella casa di Saint Martin prima della fine dell'anno. Da Londra, prenderò un volo per Rio de Janeiro, nelle cui strade potrò ascoltare la mia lingua materna, bere un succo di *açaí* tutte le sere e contemplare dalla mia finestra – senza stancarmene mai – la vista più bella del mondo: la spiaggia di Copacabana.

* * *

29

Poco prima dell'arrivo, un giovane entra nel vagone con un mazzo di rose e lascia vagare lo sguardo tra i sedili. Sono sorpreso: non ho mai veduto venditori di fiori su un Eurostar.

"Sto cercando dodici volontari," dice, a voce alta. "Ciascuno di essi dovrà portare una rosa all'arrivo in stazione. Là, mi aspetta la donna della mia vita, e io vorrei chiederle la mano."

Varie persone si offrono – anch'io mi propongo ma, alla fine, non vengo scelto. A ogni modo, all'arrivo del treno, decido di accodarmi al gruppo. Il giovane indica una ragazza sulla banchina. Uno dopo l'altro, i passeggeri le consegnano le rose. Poi il giovane le dichiara il suo amore, gli astanti applaudono e la ragazza abbassa il viso, in un moto di vergogna. Subito dopo, gli innamorati si baciano e si allontanano stretti in un abbraccio.

Uno steward commenta:

"Da quando lavoro nelle ferrovie, è la cosa più romantica che sia capitata in questa stazione."

* * *

L'unico incontro con i lettori è durato appena cinque ore, eppure mi ha caricato di un'enorme quantità di energia positiva e mi ha portato a domandarmi il motivo dei molti conflitti vissuti in questi mesi. Se, come sembra, il mio progresso spirituale ha incontrato una barriera apparentemente insormontabile, non sarebbe meglio che mostrassi una maggiore pazienza? Ho sperimentato ciò che soltanto pochissime persone tra quelle che mi circondano si sono già ritrovate ad affrontare.

Prima del viaggio, mi sono recato in una piccola cappella a Barbazan-Débat. Lì, ho chiesto alla Vergine di guidarmi con il suo amore, di donarmi l'abilità di scorgere i segnali che mi avrebbero consentito di ritrovarmi. Io ho la piena coscienza di essere in tutte le persone che mi stanno intorno, così come loro sono in me. Insieme scriviamo il Libro della Vita – con i nostri incontri sempre determinati dal destino e le nostre mani unite nella fiducia di poter cambiare e migliorare questo mondo. Magari ciascuno collabora solo con una parola, una frase, un'immagine ma, alla fine, l'intero scenario acquista un senso: la felicità del singolo si trasforma nella gioia collettiva.

Ci porremo sempre le medesime domande. Avremo sempre bisogno di una profonda umiltà per ammettere che il nostro cuore sa capire il motivo per cui ci troviamo qui. Sì, è difficile parlare con il cuore – ma è davvero necessario? È sufficiente avere fiducia, seguire i segnali, vivere la propria Leggenda Personale e, prima o poi, si arriva a percepire di appartenere a una realtà superiore, a qualcosa che è difficile *comprendere* razionalmente. Secondo la tradizione, nell'attimo che precede la morte, ognuno di noi conosce il vero motivo dell'esistenza. È in quel momento che si materializzano l'Inferno o il Paradiso.

L'Inferno è guardarsi indietro in quella frazione di secondo e scoprire di aver sprecato l'occasione per rendere degno il miracolo della vita. Il Paradiso è saper affermare in quell'istante: "Ho commesso alcuni errori, ma non sono stato un vigliacco. Ho vissuto appieno la vita e mi sono prodigato in ogni mia azione."

Di conseguenza, è inutile che anticipi il mio inferno e continui a rimuginare sui motivi che mi impediscono di progredire in quella che definisco la mia "Ricerca Spirituale". Devo perseverare nei miei sforzi – soltanto questo. Persino coloro che non si sono impegnati secondo le loro possibilità sono ormai perdonati: hanno scontato la loro pena nel corso dell'esistenza, sono stati infelici mentre potevano vivere in pace e in armonia. Siamo tutti redenti, liberi di proseguire in questo viaggio senza inizio e senza fine.

* * *

Non ho portato con me nessun libro. Mentre aspetto di scendere per la cena con i miei editori russi, sfoglio una di quelle riviste che si trovano sempre nelle camere degli alberghi. Senza un particolare interesse, mi immergo nella lettura di un articolo sui bambù cinesi. Dopo aver piantato il seme, non accade nulla per quasi cinque anni – si vede soltanto un minuscolo germoglio. La crescita è interamente sotterranea: pian piano si forma una complessa struttura di radici, che si estende nel terreno sia in verticale sia in orizzontale. Poi, alla fine del quinto anno, il bambù cinese cresce rapidamente fino a raggiungere l'altezza di venticinque metri.

Non avrei potuto trovare lettura più noiosa per passare il tempo. Meglio scendere e fermarsi a osservare ciò che accade nella hall.

* * *

Mentre aspetto l'ora della cena, prendo un caffè. Anche Mônica, la mia agente e la mia migliore amica, scende dalla camera e si siede al mio tavolo. Chiacchieriamo di cose senza importanza. Mi accorgo che è stanca: ha trascorso l'intera giornata a discutere con i vari professionisti che si occupano di un libro, a parlare al telefono con i responsabili della mia casa editrice inglese, informandoli di ciò che avveniva durante il mio incontro con i lettori.

Abbiamo cominciato a lavorare insieme quando aveva appena vent'anni: era una lettrice entusiasta convinta che uno scrittore brasiliano avrebbe potuto essere tradotto e pubblicato anche all'estero. Mônica abbandonò gli studi presso la facoltà d'ingegneria chimica dell'università di Rio de Janeiro, si trasferì in Spagna con il fidanzato e cominciò a bussare alla porta degli editori, a inviare loro lettere nelle quali spiegava che avrebbero dovuto considerare con attenzione il mio lavoro.

Un giorno, mi recai nella cittadina catalana dove abitava, la invitai a prendere un caffè e la pregai di abbandonare l'impresa e pensare alla propria vita e al proprio futuro, visto che non aveva ottenuto alcun risultato. Mônica rifiutò il mio suggerimento, dicendomi che non sarebbe mai tornata in Brasile sconfitta. Cercai di convincerla, spiegandole che la sua era stata comunque una vittoria: era riuscita a mantenersi (distribuendo opuscoli e lavorando come cameriera) e aveva vissuto un'esperienza unica lontana dal suo paese. Lei seguitò a ribadire il suo "no". Uscii da quel bar con la sensazione che stesse gettando alle ortiche la sua vita: non sarei mai riuscito a farle cambiare idea, perché era molto testarda. Sei mesi dopo, la situazione sarebbe mutata radicalmente e, nel volgere di un identico periodo di tempo, Mônica avrebbe avuto abbastanza denaro per acquistare un appartamento.

Aveva creduto nell'impossibile e, proprio per questo, aveva vinto una serie di battaglie che tutti – compreso me – consideravamo perse. Ecco una qualità precipua del guerriero: capire che la volontà e il coraggio non sono affatto assimilabili. Il coraggio può scatenare paura e adulazione; la volontà, invece, richiede pazienza e impegno. In genere, gli uomini e le donne con una grande forza di volontà risultano solitari, perché rivelano una certa freddezza. Molti pensano che Mônica sia un tipo piuttosto freddo, ma sono davvero lontanissimi dalla realtà: nel suo cuore arde un fuoco segreto, anche oggi intenso come tanti anni fa in quel bar. Nonostante i suoi innumerevoli successi, mostra ancora un entusiasmo straordinario.

Mentre, per distrarla, mi appresto a raccontarle la recente conversazione con J., nel bar entrano le mie due editrici bulgare – molti partecipanti alla Fiera del Libro londinese alloggiano nel medesimo albergo. Attacchiamo a chiacchierare di frivolezze, ma subito Mônica si ritrova a gestire la conversazione. Come accade spesso, una delle nuove arrivate mi rivolge una domanda scontata:

"Quando tornerà a trovarci nel nostro paese?"

"Se riuscite a organizzare il viaggio, anche la settimana prossima. Vi chiedo un'unica cosa: una festa dopo la sessione di firma."

Le due bulgare mi guardano incredule.

IL BAMBÙ CINESE!

Mônica mi fissa, preoccupatissima.

"Prima dovremmo verificare l'agenda dei tuoi impegni e..."

"Sì, certo. Ma sono sicuro di poter essere a Sofia la settimana prossima," dico, interrompendola.

E, rivolgendomi a lei in portoghese, aggiungo:

"Poi ti spiego."

Mônica capisce che non sto affatto scherzando: in qualsiasi caso, le bulgare esitano. Mi domandano se non preferirei procrastinare il viaggio, per dar loro il tempo di organizzare un battage adeguato.

"La settimana prossima," insisto io. "Altrimenti dovremo aspettare un'altra occasione."

Soltanto allora capiscono che sto parlando seriamente. Si rivolgono a Mônica, aspettando di conoscere i dettagli del viaggio. In quel preciso momento, arriva il mio editore spagnolo. La conversazione s'interrompe e si procede alle presentazioni. Poi l'uomo pone la solita domanda:

"Quando avremo il piacere di vederla nuovamente in Spagna?"

"Subito dopo la mia visita in Bulgaria."

"E... quando accadrà?"

"Fra due settimane. Possiamo fissare una sessione di firma a Santiago de Compostela e una nel Paese Basco. Entrambe seguite da una festicciola, alla quale inviteremo alcuni lettori."

Le editrici bulgare appaiono ancor più esitanti, e Mônica si prodiga in un sorriso forzato.

'Impègnati!' aveva detto J.

Il bar comincia ad affollarsi. In tutte le grandi fiere – indipendentemente dal fatto che si trattino libri o macchine utensili –, gli operatori scendono in due o tre alberghi, e gran parte degli affari viene conclusa ai tavolini delle *lounges* o durante una cena simile a quella che mi attende tra poco. Saluto tutti gli editori che incontro e accetto i loro inviti, offerti con la domanda di sempre: "Quando verrà a trovarci nel nostro paese?" Mi sforzo sempre di sostenere una conversazione piuttosto lunga, per evitare che Mônica mi domandi che cosa sta succedendo. Alla fine, non le resta che annotare sull'agenda gli impegni che sto prendendo.

A un certo punto, interrompo una discussione con il mio editore arabo per conoscere l'esatto numero di viaggi fissati.

"Mi stai mettendo in una situazione complicatissima," replica Mônica, irritata, parlando in portoghese.

"Sì, ma... quanti sono?"

"Sei paesi, in cinque settimane. Non sai che questa fiera è per gli operatori editoriali, e non per gli scrittori? Non dovresti accettare nessun invito, ci sono io che..."

Arriva l'editore portoghese: dobbiamo inevitabilmente smettere di parlare nella nostra lingua "segreta". Poiché sembra perdersi volontariamente in convenevoli, complimenti e amenità, decido di aiutarlo:

"E lei non mi chiede di venire in Portogallo?"

A quelle parole, l'uomo confessa che, essendo lì vicino, aveva udito lo scambio di battute tra me e Mônica.

"Non è uno scherzo. Mi piacerebbe davvero fare una sessione di firma a Guimarães e una a Fatima."

"Comunque, non è qualcosa che si possa cancellare all'ultimo momento. Perciò..."

"Non cancellerò assolutamente niente. Promesso."

L'editore è d'accordo, e Mônica annota nell'agenda il viaggio in Portogallo: altri cinque giorni. Qualche momento dopo, si avvicinano i miei editori russi – un uomo e una donna – e ci salutano. La mia agente trae un sospiro di sollievo. È ora di raggiungere il ristorante.

Mentre aspettiamo il taxi, Mônica mi chiede di parlare in privato e dice:

"Sei ammattito?"

"Da molto tempo, non è una novità. Conosci la storia del bambù cinese? Rimane allo stadio di germoglio per cinque anni, durante i quali sviluppa soltanto le radici. E poi, all'improvviso, cresce di venticinque metri."

"E cosa c'entra con il comportamento folle a cui ho appena assistito?"

"Più tardi ti racconterò del colloquio che ho avuto un mese fa con J. Comunque, ciò che accade al bambù, è successo anche a me, in qualche modo: ho investito lavoro, tempo e sforzi; ho cercato di alimentare la mia crescita con grande amore e dedizione, eppure non è accaduto niente. Sì, non è successo niente per anni."

"In che senso, non è successo niente? Forse hai perduto la consapevolezza di chi sei?"

Arriva il taxi. L'uomo russo apre la portiera per far salire Mônica.

"Mi sto riferendo al lato spirituale. Credo di essere una sorta di bambù cinese e penso che sia arrivato il mio quinto anno. È ora di levarmi verso l'alto. Quando mi hai chiesto ragione del mio comportamento folle, ti ho risposto con una battuta. Ma, in realtà, io stavo impazzendo davvero. Mi ero ritrovato a pensare che tutto ciò che avevo appreso non attecchiva, non mi offriva alcuna opportunità."

Subito dopo l'arrivo delle editrici bulgare, per una frazione di secondo avevo avvertito la presenza di J. accanto a me: in quel preciso istante, avevo compreso appieno le sue parole – di certo, l'intuizione era scaturita dalla lettura distratta di una rivista di giardinaggio in un momento di noia assoluta. Se da un lato le mie difficoltà – il mio "autoesilio" – mi avevano fatto scoprire sfaccettature importanti di me stesso, dall'altro avevano prodotto un effetto collaterale deleterio: la solitudine era diventata un vizio. Il mio universo si era ristretto ai pochi amici che vivevano su quei monti, alle lunghe risposte a lettere ed e-mail e all'illusione che "tutto il resto del tempo mi appartenesse". Insomma, vivevo un'esistenza priva dei normali problemi derivanti dalla frequentazione degli altri, scevra di ogni contatto umano.

Ma era veramente ciò che bramavo? Una vita senza sfide. E quale soddisfazione si può trarre dalla ricerca di Dio al di fuori delle persone?

Conosco molti individui che hanno scelto questa strada. In passato, ho avuto una discussione seria e, nel contempo, divertente con una monaca buddista che si era isolata per vent'anni in una grotta nel Nepal. Le domandai che cosa aveva ottenuto. "Un orgasmo spirituale," rispose. Commentai, dicendo che esistono modi più facili per raggiungere l'orgasmo.

Non sarei mai riuscito a percorrere quel cammino – non è nelle mie corde e non compare nel mio orizzonte. Non potrei trascorrere il resto della vita inseguendo orgasmi spirituali o guardando fissamente la quercia nel giardino di casa, nell'attesa di una saggezza proveniente dalla contemplazione. È qualcosa che J. sa: ecco perché mi ha spronato a compiere un viaggio – vuole che capisca che il mio cammino è riflesso negli occhi degli altri e che, se intendo davvero trovare me stesso, ho bisogno di una mappa.

A bordo del taxi, spiego agli editori russi che devo finire un discorso con Mônica e mi scuso. Attacco a raccontarle una storia in portoghese:

"Un uomo scivolò e cadde in una buca. Vide un prete che si ritrovava a passare da lì e gli chiese aiuto per uscire dalla fossa. Il religioso lo benedisse, ma proseguì per la sua strada. Qualche ora dopo giunse un medico. L'uomo lo pregò di aiutarlo: il medico però, si limitò a guardare i graffi dall'alto e a compilare una ricetta, dicendogli di acquistare quelle medicine nella farmacia più vicina. Alla fine, arrivò un tizio che non aveva mai visto prima. Di nuovo, la vittima chiese aiuto e lo sconosciuto si calò nella buca. "E adesso? Siamo entrambi intrappolati quaggiù!" Fu allora che il soccorritore disse: "No, non è così. Io conosco bene questo posto e so come uscire dalla fossa."

"E quale sarebbe la morale della storiella?" chiede Mônica.

"Che ho bisogno di persone che non conosco. Proprio come il prigioniero della buca," spiego. "Le mie radici sono ormai pronte, ma riuscirò a progredire solo con l'intervento degli altri. Non ho bisogno solo dell'aiuto tuo, di J., o di mia moglie, ma di quello di gente che non ho mai incontrato. Sono sicuro di questo. Ecco perché ho chiesto di organizzare delle feste dopo le sessioni di firma."

"Sei un eterno insoddisfatto," si lamenta Mônica.

"Ed è proprio per questo che mi adori," dico, con un sorriso.

Al ristorante chiacchieriamo su vari argomenti, festeggiamo alcuni successi e definiamo i dettagli di qualche operazione.

Sono costretto a frenare la mia irruenza: non devo intromettermi nelle trattative, poiché è Mônica che gestisce le edizioni dei miei libri. Ma, a un certo momento, rispunta la solita domanda – questa volta rivolta a lei:

"E... potremo contare sulla presenza di Paulo in Russia?"

Mônica comincia a spiegare che la mia agenda è assai fitta, giacché ho una nutrita serie di impegni, a partire dalla settimana successiva. È a questo punto che la interrompo:

"Ho sempre avuto un sogno. Per due volte, ho tentato di realizzarlo, ma non ci sono riuscito. Se siete pronti ad aiutarmi, mi fiondo in Russia."

"E... il sogno qual è?"

"Attraversare l'intero paese in treno e raggiungere l'Oceano Pacifico. Si potrebbero fare alcune tappe per le sessioni di firma. In tal modo, esaudiremmo le richieste dei lettori che non possono andare fino a Mosca."

Gli occhi dell'editore s'illuminano. Qualche momento prima, stava parlando delle crescenti difficoltà di distribuzione dei libri in un paese enorme, con sette fusi orari diversi.

"Un'idea molto romantica – molto 'bambù cinese' –, ma assai poco pratica," replica Mônica, ridendo. "Io non potrò accompagnarti, visto che ho appena avuto un bambino."

In qualsiasi caso, l'editore si mostra entusiasta. Ordina il quinto caffè della serata, spiega che si premurerà di organizzare meticolosamente l'impresa, che Mônica potrà essere rappresentata da una sub-agente e che non dovrà preoccuparsi di nulla. Tutto sarà perfetto.

Ecco completata la mia agenda con due mesi di viaggi ininterrotti. Lungo il cammino di questa giornata, si sono avvicendate una serie di persone contente (ma già in preda allo stress per il fatto di dover organizzare gli eventi in brevissimo tempo), un'agente-amica che mi guarda con tenerezza e rispetto e un maestro assente che saprà riconoscere il mio impegno, nonostante non abbia capito appieno le sue parole. Anche se è una serata fredda, preferisco rientrare in albergo da solo, a piedi: sono spaventato dal mio comportamento ma, nel contempo, felice perché non posso tornare indietro.

Era proprio quello che volevo. Se fossi stato persuaso di vincere, anche la vittoria avrebbe creduto in me. Nessuna vita può dirsi completa senza un pizzico di follia. Per dirla alla maniera di J., avevo davvero bisogno di riconquistare il mio regno. Se avessi saputo capire che cosa accadeva nel mondo, sarei stato in grado di comprendere ciò che mi stava succedendo.

* * *

All'arrivo in albergo, trovo un messaggio di mia moglie: dice che non è riuscita a raggiungermi e mi chiede di telefonarle appena possibile. Il mio cuore comincia a battere all'impazzata: è raro che mi chiami quando sono in viaggio. Le telefono immediatamente. Mi sembra che tra uno squillo e l'altro passi un'eternità.

Finalmente risponde.

"Veronique ha avuto un incidente d'auto piuttosto grave, ma non è in pericolo di vita," dice, nervosa.

Le domando se posso chiamarla ora, ma mi risponde di no. È ricoverata in ospedale.

"Ti ricordi del veggente?"

Certo che me ne ricordo! Aveva previsto alcune cose anche per me. Quando riaggancio, telefono immediatamente a Mônica, che è nella sua camera. Le chiedo se mi ha fissato qualche impegno in Turchia.

"Scusa, ma… non ricordi gli inviti che hai accettato?"

Rispondo negativamente. Ero in preda a una sorta di euforia, quando ho cominciato a dire di sì a tutti gli editori.

"Rammenti gli impegni che hai preso, oppure no? Al limite, è ancora possibile cancellarli."

Le spiego che non ho alcun problema riguardo agli impegni – non si tratta di questo. A una simile ora della notte è davvero difficile spiegarle del veggente, delle predizioni, dell'incidente di Veronique. Insisto perché Mônica mi dica se devo partecipare a qualche evento in Turchia.

"No," risponde. "Gli editori turchi alloggiano in un altro albergo. Altrimenti…"

Ridiamo.

Posso dormire tranquillo.

La lanterna dello straniero

Sono quasi due mesi che viaggio, e la gioia è tornata. Ma ogni notte mi domando se continuerà dopo il mio ritorno a casa. Starò facendo davvero tutto ciò che è necessario affinché il bambù cinese cresca? Ho attraversato sei paesi, ho incontrato migliaia di lettori, mi sono divertito, ho scacciato provvisoriamente la minaccia di una depressione, eppure qualcosa mi suggerisce che non ho ancora riconquistato il mio regno. Le mie azioni e i miei comportamenti non sono particolarmente diversi da quelli dei viaggi degli anni precedenti.

Ora manca solo la Russia. E dopo, che cosa dovrò fare? Continuare a prendere impegni per proseguire nella mia peregrinazione o fermarmi per valutare i risultati?

Non sono ancora arrivato a una risposta. So soltanto che una vita senza causa è una vita senza effetto. E io non posso permettermi che ciò mi accada. Se lo reputerò necessario, viaggerò per il resto dell'anno.

Mi trovo in Africa, nella capitale della Tunisia. La conferenza sta per cominciare e – grazie a Dio – la sala è gremita. A presentarmi, saranno due intellettuali locali. Nel rapido incontro preparatorio, uno mi mostra un testo brevissimo, la cui lettura richiederà soltanto un paio di minuti; l'altro, invece, propone una lunga dissertazione sul mio lavoro, che si protrarrà per almeno mezz'ora.

Con molta diplomazia, il moderatore gli spiega che è impossibile leggere l'intera prolusione, poiché l'evento può avere una durata massima di cinquanta minuti. Anche se immagino quanta fatica gli sarà costata quel testo, concordo con il moderatore: io mi sono recato a Tunisi per incontrare e confrontarmi con i miei lettori. Ne nasce una discussione: il relatore dichiara che non intende più partecipare alla manifestazione e se ne va.

Comincia la conferenza. Le presentazioni e i ringraziamenti occupano solo cinque minuti; posso sfruttare il resto del tempo per un dialogo con il pubblico. Esordisco dicendo che non sono lì per spiegare il mio lavoro: vorrei che l'evento non fosse un incontro formale, ma si trasformasse in un confronto, in una chiacchierata.

A pormi la prima domanda è una giovane: vuole sapere che cosa sono i segnali di cui parlo diffusamente nei miei libri. Spiego che i segnali appartengono a un linguaggio personale che tutti sviluppiamo nel corso dell'esistenza, attraverso conquiste ed errori, per arrivare a capire quando è davvero Dio a guidarci. Un altro ascoltatore mi chiede se è stato un segnale a portarmi in questo paese. Rispondo affermativamente, senza entrare nei particolari.

La conversazione prosegue, il tempo passa rapidamente e mi trovo nell'ineluttabile condizione di dover concludere l'incontro. Tra le seicento persone che affollano l'auditorium, scelgo a caso un uomo baffuto di mezza età per l'ultima domanda.

"Non intendo porre alcuna domanda," dice lui. "Mi preme soltanto ricordare un luogo."

E pronuncia il nome di una piccola chiesa di Barbazan-Débat, che sorge in una località sperduta a migliaia di chilometri dalla città in cui mi trovo, e dove un giorno ho posto un ex voto per aver ricevuto una grazia. È il nome della chiesa nella quale mi sono recato prima di intraprendere questa serie di viaggi, per chiedere alla Madonna di proteggere i miei passi.

Non so più come continuare la conversazione e concludere l'incontro. Le parole qui riportate sono state scritte da una delle persone che sedevano al tavolo dei relatori:

"*E, all'improvviso, in quella sala sembrò che l'Universo avesse cessato di respirare. Erano accadute molte cose, e io ho visto le tue lacrime. Ho veduto anche le lacrime della tua dolce moglie, quando quell'anonimo lettore ha pronunciato il nome di una chiesetta sperduta in qualche lontanissimo posto.*

"*Tu hai perso la voce. Il tuo volto sorridente è diventato serio. I tuoi occhi si sono riempiti di lacrime timide, che tremolavano sulla punta delle ciglia, quasi volessero scusarsi per la loro presenza improvvisa e invadente.*

"*C'ero anch'io lì, e un nodo mi serrava la gola, anche se non ne conoscevo la ragione. Ho cercato mia moglie e mia figlia in platea: mi rivolgo sempre a loro quando capisco di dover affrontare qualcosa che non conosco. Le ho viste: avevano gli occhi fissi su di te ed erano silenziose come l'intero uditorio – cercavano di sostenerti con i loro sguardi, come se gli sguardi potessero fornire un sostegno a un uomo.*

"*Allora ho cercato di fissare gli occhi su Christina, per chiedere aiuto, per cercare di capire che cosa stava succedendo, per scovare un modo di rompere quel silenzio che sembrava infinito. E mi sono accorto che piangeva anche lei, in silenzio, come se entrambi foste le note della medesima sinfonia e le vostre lacrime si fondessero nonostante la distanza.*

"*Per lunghi secondi non sono più esistiti la sala e il pubblico – non esisteva niente. Tua moglie e tu eravate partiti verso* un luogo nel quale nessuno poteva seguirvi: qui c'era soltanto la gioia di vivere, raccontata unicamente con il silenzio e con l'emozione.

"*Le parole sono lacrime fermate con la scrittura. Le lacrime sono parole che hanno urgenza di sgorgare. Senza di esse, nessuna gioia può brillare, nessuna tristezza può dissolversi. Ecco perché voglio ringraziarti per le tue lacrime.*"

Avrei dovuto dire alla giovane che mi aveva posto la prima domanda – quella sui segnali – che uno si era manifestato proprio lì: al momento giusto, mi ero trovato esattamente nel luogo in cui dovevo essere, anche se non sapevo con precisione che cosa mi avesse condotto in quel posto.

In qualsiasi caso, penso non sarebbe stato necessario: di sicuro, lei l'avrà intuito.*

* Subito dopo la conferenza, mi avvicinai all'uomo con i baffi. Il suo nome era Christian Dhellemmes. Dopo quell'episodio, ci scambiammo alcune e-mail, ma non ci incontrammo mai più. È mancato il 19 luglio 2009, a Tarbes, in Francia [*N.d.A.*].

Tenendoci per mano, mia moglie e io camminiamo nel bazar di Tunisi, a circa quindici chilometri dalle rovine di Cartagine che, in un passato assai lontano, non esitò a guerreggiare con la potente Roma. Ci ritroviamo a parlare dell'epopea di Annibale, uno dei suoi generali più valenti. I romani si aspettavano una battaglia marittima, poiché le due città erano separate soltanto da alcune centinaia di chilometri di mare. Ma, alla testa di un esercito gigantesco, Annibale affrontò il deserto, passò lo stretto di Gibilterra, attraversò la Spagna e la Francia, risalì le Alpi con soldati ed elefanti e, infine, attaccò l'Impero da nord, in una delle più strabilianti imprese militari consegnate alla Storia.

In varie battaglie, sconfisse tutti i nemici che gli sbarrarono la strada; poi, all'improvviso e in modo inaspettato – ancora oggi si ignora il vero motivo –, evitò di porre sotto assedio Roma e proseguì verso il Sud dell'Italia. Il risultato di questa scelta fu che, alla fine, le legioni romane riuscirono a cancellare Cartagine dalle mappe geografiche.

"Quando Annibale fermò la propria azione, fu sconfitto," penso a voce alta. "Io sono grato di poter continuare la mia impresa, il cui inizio è stato piuttosto difficile. Comincio ad abituarmi al viaggio."

Mia moglie finge di non aver udito: ha intuito che sto cercando di convincermi di qualcosa. Entriamo in un bar per incontrare un lettore, Samil, selezionato in modo casuale tra i partecipanti alla festa organizzata dopo la conferenza. Gli chiedo di evitare di condurci a visitare i monumenti e i luoghi di attrazione turistica, e di mostrarci il cuore pulsante della città.

Ci porta in un bellissimo edificio che sorge nel luogo in cui, nel 1754, un giovane uccise il proprio fratello. Il padre decise di far costruire quel palazzo per ospitarvi una scuola e mantenere viva la memoria del figlio assassinato. Osservo che, in questo modo, sarebbe stato ricordato anche il figlio assassino.

"Non è esattamente così," dice Samil. "Nella nostra cultura, il criminale condivide la propria colpa con tutti coloro che gli hanno permesso di commettere il delitto. Quando un uomo viene assassinato, anche la persona che gli ha venduto l'arma è responsabile davanti a Dio. Esisteva un unico modo con il quale il padre poteva correggere quello che considerava un suo errore: trasformare la tragedia in qualcosa che potesse aiutare gli altri."

All'improvviso, sparisce tutto – la facciata della casa, la strada, la città, l'Africa intera. Compio un gigantesco balzo nel buio, percorro un tunnel che sbocca in un sotterraneo umido. Mi trovo davanti a J., in una delle innumerevoli esistenze che ho vissuto, duecento anni prima del crimine commesso in quella casa. Ha uno sguardo arcigno; è pronto a rimproverarmi.

Con la medesima rapidità con la quale mi sono proiettato nel passato, torno al presente. È accaduto tutto in una frazione di secondo: di nuovo, il palazzo, Samil, mia moglie e il vocio confuso della strada di Tunisi mi circondano. Perché queste improvvise dislocazioni? Per quale motivo le radici del bambù cinese seguitano ad alimentare con il veleno i rami della pianta? Ogni evento è già stato vissuto, e il suo prezzo già pagato.

"Tu ti sei comportato da vigliacco una volta, mentre io sono stato ingiusto in moltissime occasioni. In qualsiasi caso, quell'esperienza mi ha liberato," aveva detto J. a Saint Martin. Proprio lui, che non mi aveva mai spronato a tornare nel passato, che era risolutamente contrario ai libri, ai manuali e agli esercizi che insegnano questo tipo di pratica.

"Anziché ricorrere alla vendetta, che incarna soltanto il castigo, la scuola ha permesso che istruzione e saggezza venissero trasmesse per oltre due secoli," conclude Samil.

Non avevo perduto una sola parola di Samil, eppure avevo compiuto un gigantesco salto nel tempo.

"Ecco cos'è questo."

"Questo, cosa?" domanda mia moglie.

"Il mio cammino. Ora comincio a capire. Tutto sta acquistando un significato."

Avverto una grande euforia. Samil appare piuttosto perplesso.

"Qual è l'opinione dell'Islam a proposito della reincarnazione?" domando.

Il mio lettore tunisino mi guarda, sorpreso.

"Non lo so. Non sono una persona che ha studiato la dottrina," risponde.

Gli chiedo di informarsi. Lui prende subito il cellulare e comincia a fare alcune telefonate. Mia moglie e io andiamo in un bar e ordiniamo due caffè forti. Siamo stanchi, stasera ceneremo con portate a base di frutti di mare e dobbiamo resistere alla tentazione di spizzicare qualcosa.

"Ho avuto un *déjà-vu*," spiego.

"Accade a tutti. È quella misteriosa sensazione di aver già vissuto il momento presente. Non occorre essere un mago per provare una simile esperienza," scherza Christina.

Certo che no. Ma il *déjà-vu* è assai differente da una sorpresa che archiviamo in fretta poiché la giudichiamo insensata. Esso ci mostra che il tempo non passa. È il ritorno a una situazione già realmente vissuta e che, in quel momento, si ripresenta identica.

Samil è scomparso dalla nostra visuale.

"Mentre quel giovane raccontava la storia del palazzo, sono stato scagliato nel passato per un millesimo di secondo. È accaduto quando ha detto che le responsabilità non sono soltanto dell'assassino, bensì di tutte le persone che hanno creato le condizioni perché il crimine avvenisse – ne sono certo. La prima volta che ho incontrato J., nel 1982, mi ha parlato del mio legame con suo padre. Poi non ha più toccato l'argomento – e anch'io me ne sono dimenticato. Ma qualche istante fa, io l'ho visto. E so a che cosa si stava riferendo."

"In quella vita di cui mi hai parlato, tu..."

"Esatto, proprio in quella vita. Durante l'Inquisizione spagnola."

"È qualcosa che ormai appartiene al passato. Non vale la pena tornare a quegli avvenimenti e torturarsi per azioni compiute tanto tempo fa."

"Non mi torturo. Da molto tempo, ho appreso che posso curare le mie ferite solo quando ho il coraggio di affrontarle. E ho imparato anche a perdonarmi e a correggere i miei errori. Eppure, da quando sono partito per questo viaggio, mi sembra di essere davanti a un gigantesco rompicapo, le cui tessere cominciano a mostrarsi soltanto ora: frammenti d'amore, di odio, di sacrificio, di perdono, di gioia, d'infelicità. Ecco il motivo per cui sono qui con te. Mi sento assai meglio, come se davvero fossi partito in cerca della mia anima, del mio regno, anziché restare a casa a lamentarmi per il fatto di non riuscire ad assimilare tutto ciò che ho conosciuto e sperimentato.

"Sono ancora lontano dalla meta, perché non riesco a comprendere ogni particolare. Ma quando sarò in grado di capire, la verità mi renderà libero."

* * *

Ricompare Samil: ha un libro in mano. Si siede al nostro tavolo, consulta i suoi appunti e sfoglia il volume con enorme rispetto, mormorando alcune parole in arabo.

"Ho interpellato tre studiosi," dice infine. "Due hanno affermato che, dopo la morte, i giusti vanno in Paradiso. Il terzo, invece, mi ha suggerito di consultare alcuni versetti del Corano."

Mi accorgo che è particolarmente eccitato.

"Ecco il primo, 2, 28. Recita: '*Allah ti farà morire, e poi ti resusciterà, e di nuovo tornerai a Lui.*' Scusate la grossolanità della traduzione: comunque, il significato è questo."

Samil sfoglia freneticamente il libro sacro. E inizia a tradurre un altro versetto, 2, 154:

"'*E non dire di quelli che furono sacrificati in nome di Allah: «Essi sono morti.» No, essi sono vivi, sebbene tu non riesca a percepire la loro presenza.*'"

"È proprio così!"

"Potrei citare anche altri versetti. Ma, se devo essere sincero, non mi sento nella condizione di parlarne ora. Preferisco raccontarvi di Tunisi."

"È sufficiente ciò che hai detto. Le persone non se ne vanno mai: noi siamo sempre qui, nelle nostre vite passate e future. Se può interessarti, è un tema che compare anche nella Bibbia. Mi viene in mente un passo in cui Gesù parla di Giovanni Battista come dell'incarnazione di Elia: '*E se lo volete accettare, egli è quell'Elia che deve venire.*' Comunque, ci sono altri versetti che confermano la teoria," soggiungo.

Quando Samil attacca a raccontare alcune leggende sulla nascita della città, capisco che è il momento di alzarci e continuare la passeggiata.

* * *

51

Sopra una delle porte delle antiche mura c'è una lanterna, e Samil ci spiega il suo significato:

"In essa, possiamo rintracciare l'origine di uno dei più celebri proverbi arabi: 'La luce illumina soltanto lo straniero.'"

Poi aggiunge che quel detto si applica perfettamente alla situazione che stiamo vivendo ora. Samil sogna di diventare un vero scrittore e si impegna per essere apprezzato nel proprio paese, mentre io – un autore brasiliano – godo di una notevole celebrità in Tunisia.

Gli dico che esiste un proverbio analogo nel mio paese d'origine: "Nessuno è profeta nella propria terra." Tendiamo ad attribuire un valore enorme a ciò che arriva da lontano, e non sappiamo riconoscere la bellezza nelle cose che ci circondano.

"Eppure," continuo, "di tanto in tanto avremmo davvero bisogno di essere stranieri a noi stessi. Dimodoché la luce nascosta nella nostra anima illumini ciò che esiste intorno a noi."

Mi sembra che mia moglie non sia interessata alla conversazione. Ma, a un certo momento, si rivolge verso di me e dice:

"Questa lanterna possiede qualcosa che non riesco a identificare, ma che può essere perfettamente applicato a te, ora. Quando lo scoprirò, te lo dirò."

* * *

Dopo un breve riposo, ceniamo con alcuni amici e facciamo un'altra passeggiata per le vie della città. Soltanto allora mia moglie riesce a spiegarmi ciò che ha provato quel pomeriggio:

"Anche se adesso sei in viaggio, non ti sei affatto allontanato da casa. Fintantoché staremo insieme, sarà sempre così, poiché avrai accanto qualcuno che ti conosce e che ti trasmette la falsa sensazione che tutto sia familiare. Credo che sia arrivato il momento che tu prosegua da solo. La solitudine può risultare opprimente ma, alla fine, riuscirai a vincerla proprio sforzandoti di stabilire un vero contatto con gli altri."

Dopo una pausa, continua:

"In passato, ho letto che in una foresta di centomila alberi non esistono due foglie identiche. Allo stesso modo, non possono esserci due viaggi uguali lungo il medesimo cammino. Se proseguiamo insieme, cercando di inquadrare tutto attraverso la nostra visione del mondo, né tu né io ne trarremo beneficio. Ti benedico e ti lascio con le parole: 'Ci vediamo in Germania, per la prima partita dei Mondiali di calcio!'"

Se passa il vento freddo

Quando arrivo con i miei editori fuori dall'albergo di Mosca, c'è una giovane che mi aspetta. Si avvicina e mi prende le mani.

"Ho bisogno di parlarle. Sono venuta apposta da Ekaterinburg."

Sono davvero stanco. Ho dovuto svegliarmi prima della solita ora e sono stato costretto a cambiare aereo a Parigi, poiché non c'era un volo diretto. Durante il viaggio, ho cercato di dormire ma, ogni volta che mi appisolavo, mi ritrovavo in una specie di sogno che si ripeteva angosciosamente.

Uno degli editori spiega che domani avrò una sessione di firma e che sarò a Ekaterinburg fra tre giorni, la prima sosta del viaggio in treno. Tendo la mano per salutare la ragazza e mi accorgo che le sue dita sono tremendamente fredde.

"Perché non è entrata in albergo ad aspettarmi?"

In realtà, avrei voluto domandarle come ha scoperto il nome dell'albergo in cui sarei sceso. Ma forse non si tratta di una ricerca particolarmente difficile – e non è la prima volta che mi ritrovo a vivere una scena simile.

"L'altro giorno, quando ho letto il suo blog, ho capito che aveva scritto per me."

In effetti, avevo cominciato a postare sul web le mie riflessioni riguardo al viaggio. Si trattava ancora di un diario sperimentale e, poiché inviavo al webmaster i materiali in anticipo, non sapevo esattamente a quale testo alludesse. Di sicuro, comunque, non esisteva alcun riferimento alla giovane appena conosciuta.

Lei mi mostra un foglio sul quale è stampato un passo del mio testo. Lo conosco a memoria, sebbene non ricordi chi mi ha raccontato quella storia: Alì, un uomo che ha bisogno di denaro, chiede aiuto al suo principale. Questi gli propone una sorta di sfida: se passerà un'intera notte sulla cima della montagna, riceverà una grossa somma; se fallirà nell'impresa, dovrà lavorare gratis.

Poi il testo continua:

"*Uscendo dal negozio, l'uomo si accorse che soffiava un vento gelido. Avvertì una sensazione di paura e decise di domandare al suo migliore amico, Aydi, se non fosse una follia accettare quella scommessa.*

"*Dopo aver riflettuto qualche momento, l'amico rispose: 'Ti aiuterò. Domani, quando arriverai in vetta al monte, volgi lo sguardo verso la montagna di fronte. Io sarò sulla sua cima e passerò l'intera notte lì, mantenendo acceso un falò. Guarda il fuoco e pensa alla nostra amicizia: così ti riscalderai. Dopo che avrai vinto la sfida, ti chiederò qualcosa in cambio.'*

"*Alì superò la prova, ottenne il denaro e si recò a casa dell'amico. 'Mi hai detto che avrei dovuto darti una ricompensa.'*

"*Aydi rispose: 'Sicuro. Ma non si tratta di denaro. Promettimi che, se un vento gelido dovesse soffiare sulla mia vita, tu accenderai per me il fuoco dell'amicizia.'*"

La ringrazio per la gentilezza e le dico che, purtroppo, ora ho un impegno: comunque, se verrà all'unica sessione di firma di Mosca, mi farà enormemente piacere autografarle un libro.

"Non sono venuta per una dedica. So che attraverserà la Russia in treno e ho deciso che la accompagnerò. Quando ho letto il suo primo libro, una voce mi ha spiegato che lei aveva acceso per me un fuoco sacro e che un giorno avrei dovuto ricambiare il suo gesto. Ho sognato quel fuoco per innumerevoli notti e ho pensato di recarmi in Brasile per incontrarla. Io so che ha bisogno di aiuto, perciò mi trovo qui."

I miei accompagnatori ridono. Mi sforzo di essere gentile, mormorando che ci incontreremo il giorno successivo. Quando uno degli editori mi ricorda che sono atteso, approfitto di quella scusa e la saluto.

"Il mio nome è Hilal," dice la ragazza, prima di andarsene.

Dieci minuti dopo, salgo in camera. Ho già dimenticato la giovane che mi ha avvicinato davanti all'ingresso dell'albergo. Non ricordo il suo nome e, se dovessi rincontrarla, non saprei riconoscerla. Di sicuro, però, mi ha lasciato addosso un certo turbamento. Nei suoi occhi baluginavano amore e morte nel contempo.

Mi spoglio, apro il rubinetto della doccia e scivolo sotto l'acqua – è uno dei miei rituali preferiti.

Inclino la testa in modo da udire soltanto lo scroscio dell'acqua nelle orecchie: è un sistema per estraniarsi dalla realtà. Il rumore mi trasporta in un mondo diverso. Come un direttore d'orchestra concentrato sulle note di ogni singolo strumento, comincio a distinguere innumerevoli suoni: si trasformano in parole per me incomprensibili, parole delle quali conosco l'esistenza.

La stanchezza, l'ansia, il disorientamento per i molti cambi di fusi e di paese – tutto scompare. Giorno dopo giorno, mi accorgo che il lungo viaggio comincia ad avere l'effetto desiderato. J. aveva ragione: mi stavo lasciando avvelenare dalla routine – le docce e i bagni servivano soltanto a pulire la pelle, i pasti a nutrire il corpo, le camminate a preservarmi da eventuali problemi cardiaci futuri.

Ora le cose stanno cambiando: impercettibilmente, ma stanno mutando. Adesso i pasti sono i momenti in cui posso ringraziare gli amici per la loro presenza e i loro insegnamenti; le camminate sono tornate a essere gli spazi per una meditazione sul presente; e lo scroscio dell'acqua nelle orecchie stempera i miei pensieri, mi tranquillizza e mi porta a riappropriarmi del fatto che sono i piccoli gesti quotidiani ad avvicinarmi a Dio – purché io sappia dare a ciascuno di essi il giusto valore.

Quando J. mi ha detto: "È arrivato il momento di andartene da qui. Di riconquistare il tuo regno", mi sono sentito tradito, confuso, abbandonato. Mi aspettavo una risposta o una soluzione per i miei dubbi, qualcosa che mi consolasse e mi consentisse di rappacificarmi con la mia anima. Ma tutti coloro che si incamminano alla ricerca del proprio regno sanno che troveranno solo sfide, lunghi periodi di attesa, cambiamenti imprevisti – o, eventualità assai peggiore, non troveranno niente.

Sto esagerando. Se cerchiamo qualcosa, anche quel qualcosa è in cerca di noi.

In qualsiasi caso, bisogna essere pronti ad affrontare ogni rischio. È arrivato il momento di prendere una decisione risolutiva: anche se il viaggio in treno non esaudirà la mia ricerca, io andrò avanti – perché da quel giorno nell'albergo londinese, io ho capito: le mie radici erano pronte, ma la mia anima stava morendo a poco a poco per un morbo molto difficile da individuare e ancora più ostico da curare.

La routine.

La routine non riguarda affatto la ripetizione. Per raggiungere l'eccellenza in qualsiasi attività nella vita, è necessario ripetere ed esercitarsi.

Esercitarsi e ripetere: apprendere i segreti della tecnica in modo tale che l'azione divenga intuitiva. È qualcosa che ho imparato sin dall'infanzia, in una città nell'interno del Brasile dove la mia famiglia trascorreva le vacanze estive. Ero affascinato dal lavoro di un fabbro che abitava e lavorava vicino a casa nostra: per un tempo lungo come un'eternità, me ne stavo seduto a fissare il martello che calava sull'acciaio rovente, sprizzando faville simili a fuochi d'artificio. Una volta, l'uomo mi domandò:

"Pensi che io faccia sempre la stessa cosa, non è vero?"

Risposi di sì.

"Ti sbagli. Ogni volta che abbasso il martello, l'intensità del colpo è diversa: a volte più forte, altre più leggera. Ma questo l'ho imparato solo dopo aver ripetuto il gesto per molti anni. Poi è arrivato il momento in cui non ho più pensato, lasciando che fosse la mano a guidare il lavoro."

Non ho mai dimenticato queste parole.

Dividendo le anime

Guardo i miei lettori, tendo la mano a ciascuno di essi, ringrazio tutti per la presenza. È possibile che il mio corpo stia peregrinando tra i vari paesi, ma quando la mia anima vola da un luogo all'altro, io non sono mai solo: ho conosciuto moltissime persone che hanno capito la mia anima attraverso i libri. Qui a Mosca non mi sento uno straniero, proprio come a Londra, Sofia, Tunisi, Kiev, Santiago de Compostela, Guimarães e in tutte le città che ho visitato nell'ultimo mese e mezzo.

Un'animata discussione echeggia alle mie spalle: cerco di concentrarmi su ciò che sto facendo. La diatriba continua: le voci non danno segno di voler placarsi. Alla fine, mi volto e domando a uno degli editori che cosa sta succedendo.

"La ragazza di ieri... Insiste per restare qui a ogni costo."

Non ho memoria di quella giovane. In qualsiasi caso, lo prego di far cessare quella discussione. Continuo a firmare libri.

Una persona si siede accanto a me. Un addetto alla sicurezza della libreria riesce ad allontanare l'intruso, e la discussione riprende. Smetto di scrivere.

Al mio fianco c'è la giovane nei cui occhi baluginano amore e morte. Per la prima volta, la osservo: capelli neri, tra i ventidue e i ventinove anni (non sono affatto bravo a calcolare le età), giaccone in pelle, jeans e scarpe da ginnastica.

"Abbiamo controllato cosa contiene il suo zaino," dice l'uomo della sicurezza. "Niente da segnalare. Comunque, non può restare qui."

Lei si limita a sorridere. Di fronte a me, un lettore aspetta che concluda la conversazione e autografi i suoi libri. Mi rendo conto che la giovane non ha alcuna intenzione di allontanarsi.

"Mi chiamo Hilal, ricorda? Sono qui per accendere il suo fuoco sacro."

Rispondo che mi ricordo di lei, ma è una bugia. Le persone in fila cominciano a mostrare una certa insofferenza. Il lettore in attesa le rivolge qualche parola in russo e, dal tono della sua voce, intuisco che non sono frasi cordiali.

C'è un proverbio portoghese che recita: "Ciò che non ha rimedio, è rimediato." Poiché non intendo sprecare del tempo in una discussione e devo agire celermente, le chiedo soltanto di allontanarsi di alcuni passi, in modo che io possa avere una parvenza di intimità con i lettori che mi chiedono una dedica o una firma. La ragazza obbedisce: si alza e si sistema discretamente a una certa distanza.

Qualche secondo dopo, mi sono già dimenticato della sua esistenza: sono nuovamente concentrato sulla sessione di firma. Tutti mi ringraziano, io ricambio i ringraziamenti dei vari lettori, e trascorro quattro ore in una sorta di paradiso. Allo scadere di ogni ora, esco per fumare una sigaretta, ma non mi sento affatto stanco. Al termine di una seduta di autografi, ho l'impressione di aver ricaricato le mie batterie, di possedere un'energia particolarmente intensa.

Alla fine, chiedo un applauso per gli organizzatori che hanno svolto un lavoro eccellente. È ora di affrontare il prossimo impegno. Mi ero completamente dimenticato dell'esistenza della giovane in disparte. Si avvicina e mi dice:

"Ho qualcosa di importante da mostrarle."

"Mi è impossibile dedicarle anche un solo momento," replico. "Ho una cena."

"Non può essere impossibile," ribatte lei. "Io sono Hilal, la ragazza che ieri l'ha aspettata fuori dall'albergo. E sono in grado di mostrarle ciò che desidero anche qui, mentre lei si prepara per uscire."

Prima che possa reagire, tira fuori dallo zaino un violino e attacca a suonare.

I lettori che si stavano allontanando tornano indietro, per ascoltare quel concerto inatteso. Hilal suona con gli occhi chiusi, come se fosse in trance. Fisso l'archetto che si muove avanti e indietro, sfiorando le corde soltanto in un punto: le note di una musica sconosciuta cominciano a trasmettere sensazioni ineffabili – qualcosa che non solo io, ma tutti i presenti hanno bisogno di ascoltare. Ci sono momenti di pausa, momenti di estasi, momenti in cui tutto il corpo della giovane accompagna la danza dello strumento ma, per la maggior parte del tempo, il movimento interessa solo il busto e le mani.

Anche se ogni nota scatena un ricordo in ciascuno degli ascoltatori, è l'intera melodia a raccontare una storia. La storia di una persona che ha cercato di avvicinarsi a un'altra e, pur essendo stata respinta più volte, ha continuato a insistere. Mentre Hilal suona, mi sovvengono i numerosi momenti in cui sono stato aiutato da individui che reputavo incapaci di aggiungere qualcosa alla mia vita.

Quando la giovane violinista finisce di suonare, non si leva alcun applauso – niente: soltanto un silenzio quasi palpabile.

"Grazie," dico.

"Ho cercato di condividere una minima parte della mia anima, ma devo ancora impegnarmi molto per compiere la mia missione. Posso venire con lei?"

Di solito, quando mi trovo di fronte persone particolarmente insistenti, ho due reazioni. O mi allontano subito, o mi lascio sedurre. Non sono mai capace di dire che alcuni sogni sono impossibili da realizzare. Non tutti possiedono la caparbietà e la forza che Mônica ha manifestato in quel bar catalano e, se dovessi riuscire a convincere anche un solo individuo a rinunciare alla lotta, finirei per convincermi anch'io che non ne vale la pena – e allora la mia vita non avrebbe più senso.

Era stato un giorno gratificante. Telefono all'ambasciatore brasiliano e chiedo se è possibile aggiungere un posto a tavola per la cena. Mi risponde in modo assai gentile, dicendo che i miei lettori sono parte di me.

* * *

Anche se l'ambiente è estremamente formale, l'ambasciatore del Brasile riesce a far sentire a proprio agio tutti i presenti. Hilal si è presentata con una *mise* che considero piuttosto di pessimo gusto – sgargiante, in contrasto con la sobrietà dell'abbigliamento degli altri invitati. Non sapendo dove sistemare l'invitata dell'ultimo momento, gli organizzatori hanno finito per farla accomodare al tavolo d'onore, accanto al padrone di casa.

Prima di avviarci a tavola, il mio miglior amico russo – un industriale – mi dice che probabilmente sorgerà qual-

che problema con la sub-agente: duran[...]
pre-cena ha discusso al telefono con il [...]

"Sai su che cosa, esattamente?"

"Da quel che ho capito, sembra che [...]
pegno di recarti nel circolo di cui è di[...]
hai disdetto."

In effetti, nella mia agenda compariva qualcosa del tipo
"Discutere il menù del viaggio in Siberia" – decisamente la mia incombenza più irrilevante in quel pomeriggio
nel quale avevo ricevuto soltanto energie positive. Avevo
cancellato l'incontro perché, riflettendo, mi era sembrato
qualcosa di surreale: non ho mai discusso di menù in vita
mia. Avevo preferito tornare in albergo, fare una doccia e
sentire di nuovo lo scroscio dell'acqua che mi trasportava
in luoghi inspiegabili e sconosciuti.

Vengono servite le pietanze, nascono conversazioni
spontanee da un capo all'altro del tavolo e, a un certo momento, la moglie dell'ambasciatore domanda gentilmente
chi sia Hilal.

"Sono nata in Turchia," risponde la ragazza, "e, a dodici
anni, mi sono trasferita a Ekaterinburg per studiare violino.
Lei sa come vengono selezionati gli aspiranti musicisti?"

No. Per un attimo, la conversazione sembra scemare.
Ma tutti provano un considerevole interesse per quella
giovane impertinente vestita in modo orribile.

"Quando comincia a studiare uno strumento, un bambino si esercita un determinato numero di ore alla settimana. All'inizio, tutti hanno le medesime possibilità di
entrare in futuro in un'orchestra. Tuttavia, a mano a mano che crescono, alcuni si dedicano allo studio più di altri.
Con il passare del tempo, un piccolo gruppo arriva a ec-
cellere, perché suona settimanalmente per quasi quaranta
ore. È consuetudine che gli emissari delle grandi orchestre

...sitino le scuole di musica alla ricerca di nuovi talenti, ai quali viene proposta una carriera professionistica. È stato il mio caso."

"A quanto pare, ha realizzato la sua vocazione," dice l'ambasciatore. "Non tutti hanno una simile opportunità."

"Non era esattamente la mia vocazione. Ho cominciato a dedicarmi al violino per tante ore alla settimana perché sono stata violentata all'età di dieci anni."

La conversazione si interrompe bruscamente. L'ambasciatore si sforza per cambiare argomento e racconta che il Brasile sta negoziando con la Russia un trattato per l'esportazione e l'importazione di macchinari pesanti. Di certo, nessuno – assolutamente nessuno – è interessato agli scambi commerciali del nostro paese. Decido di riprendere il filo della storia.

"Scusa, Hilal, credo che tutti siano molto interessati al rapporto che lega una bambina violentata e una virtuosa del violino."

"Che significa il suo nome?" domanda la moglie dell'ambasciatore, in un disperato tentativo di cambiare definitivamente l'argomento della conversazione.

"In turco, significa 'Luna nuova'. È il disegno che campeggia sulla bandiera del mio paese. Mio padre era un nazionalista convinto. Comunque, è un nome più adatto ai maschi che alle femmine. Sembra che in arabo abbia un significato diverso: io, però, non lo conosco."

Non mi do per vinto:

"Ma... tornando alla tua storia, vuoi continuare il racconto? Devi sentirti in famiglia."

In famiglia? Gran parte di quelle persone si era conosciuta durante la cena.

Anche se tutti sembrano occupatissimi tra piatti, posate e bicchieri – fingono di essere concentrati sul cibo – sono

curiosissimi di ascoltare il prosieguo de[...]
se fosse la cosa più naturale del mond[...]
parlare:

"Si trattò di un vicino, un uomo ch[...]
no gentile e servizievole, una persona[...]
correre nei momenti difficili. Felicemente sposatv, p[...]
di due figlie che avevano all'incirca la mia età. Ogni volta
che andavo a casa sua per giocare con le mie amichette mi
faceva sedere sulle ginocchia e mi raccontava storie bellis-
sime. Nel frattempo, però, con la mano mi accarezzava il
corpo. All'inizio, credetti che fosse soltanto una dimostra-
zione di affetto ma, a mano a mano che il tempo passava,
cominciò a titillare il mio sesso e a chiedermi di toccare il
suo. Cose del genere, insomma."

Volge lo sguardo verso le altre cinque donne sedute al
tavolo e dice:

"Penso che non sia un comportamento particolarmente
raro, purtroppo. Concordate, vero?"

Nessuna risponde. L'istinto mi suggerisce che almeno un
paio di loro hanno sperimentato la medesima situazione.

"Comunque, non si limitò ai toccamenti e, pur sapendo di sbagliare, l'intera faccenda cominciò a piacermi.
Poi, un giorno, decisi di non tornare più in quella casa: i
miei genitori insistettero perché continuassi a giocare con
le figlie del nostro vicino. Poiché all'epoca studiavo già
violino, raccontai che stavo incontrando delle difficoltà e
dovevo esercitarmi con maggiore frequenza. Iniziai a suonare in maniera compulsiva, disperata."

Nessuno si muove, nessuno ha qualcosa da dire.

"Anche se le vittime finiscono sempre per identificarsi
con i carnefici, nel mio intimo provavo un enorme senso
di colpa, e fu così che decisi di punirmi. Ecco perché da
quando mi reputo una donna, in tutte le relazioni con

ṣomini ho sempre cercato il conflitto, la sofferenza, la
ṣsperazione."

Mi guarda fisso. Gli altri commensali se ne accorgono.

"Ma ora sarà tutto diverso, non è vero?"

Io, che fino a quel momento riuscivo a gestire con un
certo distacco la situazione, perdo il controllo. Mi limito
a mormorare "Spero di sì", prima di spostare bruscamente la conversazione sulla bellezza dell'edificio che ospita
l'ambasciata brasiliana a Mosca.

* * *

All'uscita dal palazzo dell'ambasciata, domando a Hilal
dove alloggia e chiedo al mio amico industriale se può
accompagnarla lì, prima di lasciarmi in albergo. Mi risponde di sì.

"Grazie per la musica del violino. Grazie per aver condiviso la tua storia con persone che non avevi mai veduto
prima. Ogni mattina, quando la tua mente non sarà ancora occupata dalle incombenze della quotidianità, dedica
qualche momento al Divino. L'aria contiene e trasporta
una forza cosmica che ogni cultura definisce in modo diverso – il nome non ha alcuna importanza. Sono importanti, invece, le azioni che ti chiedo di compiere. Inspira
profondamente e domanda che tutte le benedizioni presenti nell'aria penetrino nel tuo corpo e si diffondano in
ogni cellula. Espira lentamente, sforzandoti di proiettare
intorno a te gioia e pace. Ripeti questo esercizio per dieci
volte. In tal modo, curerai te stessa e contribuirai a sanare
il mondo."

"Cosa nasconde tutto ciò?"

"Niente. Limitati a ripetere quella pratica. A poco a poco, contribuirà a cancellare le componenti negative dell'a-

more. Non lasciare che una forza infusa nei nostri cuori per migliorare ogni cosa si deteriori e ti distrugga. Inspira assorbendo l'energia benevola che esiste nei cieli e sulla terra. Espira diffondendo bellezza e fecondità. Credimi, funzionerà."

"Ma io non sono venuta fin qui per apprendere un esercizio che posso trovare in qualsiasi libro di yoga," dice Hilal, irritata.

Mosca scorreva fuori dal finestrino dell'auto. In verità, avrei voluto camminare lungo quelle strade, fermarmi in un locale a prendere un caffè, ma la giornata era stata faticosa e l'indomani avrei dovuto svegliarmi molto presto per una serie di impegni.

"Allora acconsenti a portarmi con te, non è vero?"

Incredibile! Non riesce a pensare e a parlare d'altro? L'ho conosciuta poco più di ventiquattro ore fa – se si può definire una conoscenza quell'incontro così strampalato. Il mio amico ride. Io mi sforzo di mostrarmi serio.

"Ascolta, ti ho già portato alla cena nella residenza dell'ambasciatore. Non faccio questo viaggio per promuovere i miei libri, ma..."

Esito, per un attimo.

"... per una questione personale."

"Lo so."

Dall'intonazione con cui ha pronunciato la frase, ho l'impressione che ne sia davvero consapevole. Tuttavia preferisco non fidarmi del mio istinto.

"Ho fatto soffrire molte persone, e anch'io ho patito molto," continua Hilal. "La luce dell'amore che nasce dalla mia anima non sa come riversarsi all'esterno: è bloccata dal dolore. Posso impegnarmi a inspirare ed espirare per tutte le mattine della mia esistenza, tuttavia non riuscirò a risolvere il problema. Ho tentato di esprimere il mio amore attraverso il violino, ma ho capito che non è una soluzione sufficiente. Ho la certezza che tu puoi curarmi e che io sono in grado di aiutarti a lenire ciò che senti. Ho acceso un fuoco sulla montagna accanto: puoi contare su di me."

Perché mi parla in quel modo?

"Ciò che ci ferisce, ci cura anche," prosegue. "La vita è stata davvero dura con me ma, allo stesso tempo, mi ha insegnato tantissime cose. Sebbene tu non possa vederlo, il mio corpo è costellato di piaghe, e le ferite continuano a sanguinare. Ogni mattina, mi sveglio con il desiderio di morire prima che annotti, eppure seguito a vivere, soffrendo e lottando, lottando e soffrendo, aggrappandomi alla convinzione che tutto questo un giorno finirà. Ti prego, non lasciarmi qui da sola. Quel viaggio è la mia salvezza."

Il mio amico accosta e ferma l'auto, infila una mano in tasca, estrae tutto il suo denaro e lo porge a Hilal.

"Il treno non è suo," dice. "Prendi questi soldi: penso che siano più che sufficienti per un biglietto di seconda classe e tre pasti al giorno."

Poi, rivolgendosi a me, aggiunge:

"Tu sai che sto passando un momento davvero difficile. La mia compagna è morta e, per quanto mi possa sforzare a inspirare ed espirare, ho l'impressione che non riuscirò più a essere felice. Anche le mie ferite sono aperte e il mio corpo è coperto di piaghe. Comprendo perfettamente le preoccupazioni di questa ragazza. Ignoro la ragione che ti ha spinto a compiere questo viaggio, ma non puoi lasciare Hilal in questa situazione. Se credi davvero in ciò che scrivi, devi consentire a chi ti sta intorno di crescere insieme a te."

"Il treno non è mio, è vero. Ma, cara ragazza, sappi che sarò sempre circondato da varie persone e che raramente avremo l'opportunità di chiacchierare."

Il mio amico ingrana la marcia e riparte; guida in silenzio per quindici minuti. Raggiungiamo una strada che sbocca in una piazza alberata. Hilal gli indica dove fermarsi; poi scende, ringrazia e saluta il mio amico. Io esco dall'auto e l'accompagno fino al portone dell'edificio dove alloggia presso alcuni amici.

Mi sfiora le labbra con un bacio.

"Il tuo amico si sbaglia. Ma se mostrassi la mia gioia, pretenderebbe che gli restituissi i soldi," dice, sorridendo. "Io non soffro quanto lui. Peraltro, non sono mai stata felice come ora, perché ho seguito i segnali, ho avuto pazienza e ho capito che tutto cambierà."

Si volta ed entra.

Solo in quel momento, mentre cammino verso l'auto e guardo il mio amico che è sceso a fumare e sorride perché ha visto il bacio, e ascolto il vento che soffia tra gli alberi rinvigoriti dalla forza della primavera, e ho la consapevolezza di trovarmi in una città che amo pur senza conoscerla particolarmente bene, e frugo nelle tasche alla ricerca di una sigaretta, e penso che domani mi lancerò in un'avventura che ho sognato per tanto tempo, soltanto in quel momento...

... soltanto in quel momento mi torna in mente la predizione del veggente incontrato a casa di Veronique. Era qualcosa che riguardava la Turchia, ma non riesco a ricordare esattamente che cosa fosse.

9.288

La Transiberiana è la ferrovia più lunga del mondo. Si estende per 9.288 chilometri, collegando centinaia di città e numerosi paesi, percorrendo l'Eurasia e attraversando sette fusi orari. Nel momento in cui entro nella stazione di Mosca, alle ore ventitré, il sole è già spuntato a Vladivostok, la località dove finisce la strada ferrata.

Sino alla fine del XIX secolo, pochi si avventuravano a viaggiare in Siberia, dove si è registrata la temperatura più bassa in un luogo abitato del pianeta: -71,2 °C, nel villaggio di Oymyakon. Le principali vie che univano la regione al resto del mondo erano i fiumi che, tuttavia, risultavano coperti da uno spesso strato di ghiaccio per otto mesi all'anno. A quei tempi, la popolazione dell'Asia Centrale viveva praticamente isolata, anche se lì erano concentrate gran parte delle ricchezze naturali dell'impero russo. Per ragioni politiche e strategiche, lo zar Alessandro III approvò la costruzione della linea, il cui costo finale superò il bilancio militare dell'impero durante la Prima Guerra Mondiale.

Subito dopo la Rivoluzione d'Ottobre del 1917, la ferrovia costituì l'epicentro di alcune grandi battaglie della guerra civile. Le forze leali all'imperatore deposto Nicola II, principalmente la Legione Cecoslovacca, utilizzarono i vagoni blindati come depositi su rotaie e riuscirono a contrastare le offensive dell'Armata Rossa, ottenendo rifornimenti di munizioni e vettovaglie dall'Estremo Oriente russo. Fu allora che entrarono in azione gruppi di sabotatori, i quali fecero saltare i ponti e interruppero le vie di comunicazione. L'esercito imperiale venne messo in fuga e si diresse verso lo stretto di Bering e il Canada, prima di disperdersi in altri paesi.

Nel momento in cui sono entrato nella stazione di Mosca, il prezzo di un biglietto per il tragitto fino all'Oceano Pacifico in una cabina con quattro cuccette variava dai trenta ai sessanta euro, a seconda della classe.

* * *

Mi sono diretto verso un monitor con l'orario dei treni e... CLICK! La prima schermata indicava l'orario di partenza: le 23:15! Il cuore mi batteva all'impazzata, come se fossi di nuovo nella casa della mia infanzia, con il trenino elettrico che correva intorno alla camera mentre la mia mente si avventurava in luoghi remoti, distanti come quello in cui mi trovo ora.

La conversazione con J. a Saint Martin, avvenuta poco più di tre mesi prima, sembrava appartenere a una precedente incarnazione. In quell'occasione, gli avevo posto domande davvero idiote! Qual è il senso della vita? Perché non progredisco? Per quale ragione il mondo spirituale si allontana costantemente? Le risposte non potevano essere più semplici: perché non stavo vivendo!

Era veramente fantastico tornare a essere un bambino, percepire il sangue che scorre nelle vene e vedere i propri occhi che brillano, entusiasmarsi per una banchina gremita di persone, avvertire l'odore dell'olio e del cibo, udire il frastuono dei freni dei convogli in arrivo, il cigolio acuto dei carrelli portabagagli e i fischi.

Vivere è sperimentare – non restare immobili a meditare sul senso della vita. Ovviamente, non tutti devono spingersi ad attraversare l'Asia o a percorrere il Cammino di Santiago. In Austria, a Melk, ho conosciuto un monaco che non usciva quasi mai dal convento, eppure era in grado di comprendere il mondo assai meglio di molti viaggiatori. Ho un amico che ha avuto grandi rivelazioni spirituali mentre guardava i figli che dormivano. Quando mia moglie comincia a lavorare a un nuovo quadro, entra in una sorta di trance e parla con il proprio angelo custode.

Io, invece, sono nato pellegrino. Anche quando mi sento attanagliato da una pigrizia sconfinata, oppure avverto una fortissima nostalgia di casa, dopo aver fatto il primo passo mi ritrovo rapito dal senso del viaggio.

Alla stazione di Jaroslavl', mentre mi dirigo verso il binario numero 5, mi dico che non potrò mai raggiungere la meta se mi ostino a restare fermo nel medesimo luogo. Riesco a dialogare con la mia anima soltanto quando vago nei deserti, nelle città, sulle montagne, lungo le strade.

Il nostro vagone è l'ultimo: sulla base delle soste prefissate nelle varie città, verrà sganciato o unito al convoglio. Dal punto in cui mi trovo, non riesco a scorgere la locomotiva – solo un gigantesco serpente d'acciaio, fiancheggiato di mongoli, tartari, russi, cinesi, alcuni seduti su valigie enormi, tutti in attesa che le porte si aprano. Qualche tizio si avvicina per chiacchierare, ma io mi allontano: non voglio distrarmi, voglio pensare soltanto al fatto che ora sono qui, pronto per un'altra partenza, per una nuova sfida.

* * *

Il momento dell'estasi infantile dev'essersi protratto per cinque minuti al massimo, tuttavia ne ho assorbito ogni dettaglio, ogni rumore, ogni odore. Anche se alla fine è impossibile ricordare un particolare qualsiasi, non ha alcuna importanza: il tempo non è il nastro di una cassetta che si può far scorrere avanti o indietro.

'Non pensare a quando lo racconterai agli altri. Il tempo è qui, adesso. Approfittane.'

Mi avvicino al gruppo e mi accorgo che anche i miei compagni sono molto eccitati. Mi presentano all'interprete che mi accompagnerà durante il viaggio: si chiama Yao, è nato in Cina e, ancora bambino, si è rifugiato in Brasile quando il suo paese ha vissuto la triste esperienza della guerra civile. Ha compiuto gli studi superiori in Giappone, ha insegnato lingue all'università di Mosca e ora è in pensione. Ha una settantina d'anni, è alto, ed è l'unico dei presenti a essere impeccabilmente vestito con giacca e cravatta.

"Il mio nome significa 'Molto distante'," dice, per rompere il ghiaccio.

"Il mio, invece, vuol dire 'Piccola pietra', secondo l'etimologia greca," replico, sorridendo. In realtà, ho il sorriso stampato sulle labbra dalla notte precedente, quando sono riuscito a prendere sonno a stento, pensando all'avventura che mi attendeva l'indomani. Il mio umore non potrebbe essere migliore.

L'onnipresente Hilal è nei pressi del mio vagone, anche se la sua cabina dev'essere piuttosto lontana. Non sono affatto sorpreso di incontrarla – immaginavo che sarebbe andata così. Le mando un bacio con la punta delle dita; lei ricambia con un sorriso. Sono convinto che, durante il viaggio, ci saranno momenti in cui chiacchiereremo piacevolmente insieme.

Mi sento tranquillo, sono attento a ogni particolare di ciò che mi circonda, proprio come un navigatore in partenza verso un *Mare Ignotum*. L'interprete rispetta il mio silenzio. D'un tratto, noto che sta accadendo qualcosa – gli editori sembrano preoccupati. Chiedo a Yao di spiegarmi la situazione.

Mi dice che la persona che mi rappresenta in Russia non è arrivata. Mi sovviene la breve conversazione che ho avuto con il mio amico industriale il giorno prima, ma che importanza ha? Se la sub-agente non si è presentata, è un problema soltanto suo.

Mi accorgo che quando Hilal si è rivolta a una responsabile della casa editrice, ha ottenuto una risposta brusca. La giovane, però, non ha smarrito la sua determinazione – proprio come non l'ha persa quando le ho detto che non potevo prestarle attenzione. Apprezzo sempre più il suo atteggiamento, il suo carattere, la sua presenza. Le due donne cominciano a discutere.

Di nuovo, domando all'interprete che cosa sta succedendo, e l'uomo mi spiega che l'editrice ha invitato la giovane a tornare nel suo vagone. Una battaglia persa, penso – quella ragazza fa soltanto ciò che vuole. Con un certo divertimento, mi concentro sulle uniche cose che posso capire: l'intonazione della voce e il linguaggio dei corpi. Quando ritengo che quella disputa sia durata abbastanza, mi avvicino, sempre sorridente.

"Credo che nessuno ami diffondere vibrazioni negative... proprio ora che siamo così elettrizzati. Tutti ci accingiamo a compiere questo viaggio per la prima volta..."

"Ma lei voleva..."

"Non preoccuparti. Più tardi andrà nel suo vagone."

L'editrice non insiste.

Le porte si aprono con un rumore che echeggia lungo l'intera banchina, e le persone cominciano a muoversi. Chi sta salendo nei vagoni in quel momento? Che cosa significa quel viaggio per ciascun passeggero? Un incontro con la persona amata, una visita alla famiglia, la speranza di un sogno di ricchezza, un ritorno da vincitore o da perdente, una scoperta, un'avventura, la necessità di fuggire o di andare incontro? Il treno comincia ad affollarsi di realtà molteplici.

Hilal prende le sue valigie – in realtà, lo zaino e un borsone colorato – e si prepara a salire in vettura insieme a noi. L'editrice sorride, come se fosse soddisfatta per la fine della discussione – io so che, alla prima occasione, si vendicherà. Penso che sia perfettamente inutile spiegarle che nella vendetta l'essere umano si abbassa al livello del proprio nemico, mentre nel perdono mostra saggezza e intelligenza. Tranne i monaci dell'Himalaya e gli asceti del deserto, tutti provano simili sentimenti, giacché sono una componente essenziale della condizione umana. Un individuo non deve essere giudicato per questo.

* * *

Nel nostro vagone ci sono quattro cabine, una saletta (immagino che trascorreremo lì la maggior parte del tempo), una cucina e i bagni.

Mi dirigo verso la mia cabina. Vi entro: un letto matrimoniale, un armadio, un piccolo tavolo con la sedia rivolta verso il finestrino, una porta che immette in uno dei bagni. Noto un altro uscio. Mi avvicino, lo apro e vedo che conduce in uno scompartimento vuoto. Mi rendo conto che le due cabine hanno il bagno in comune.

D'accordo, la sub-agente russa non è venuta. Ma che importanza ha?

Risuona il fischio del capostazione. Il treno comincia a muoversi adagio. Tutti ci precipitiamo al finestrino della saletta e salutiamo persone sconosciute; poi vediamo la pensilina che scivola indietro, i lampioni che passano sempre più velocemente, le rotaie che si intersecano, i tralicci male illuminati. Sono impressionato dal silenzio delle persone intorno a me: nessuno sente il desiderio di parlare, tutti sognano gli scenari che li aspettano. Ho la profonda certezza che ciascuno di noi sta pensando a ciò che si troverà davanti e non a quello che ha lasciato indietro.

Quando i binari scompaiono nell'oscurità della notte, ci sediamo intorno al tavolo, sul quale troneggia una cesta piena di frutta. Poiché abbiamo cenato a Mosca, l'unica cosa che veramente desti l'interesse generale è una sfolgorante bottiglia di vodka. Viene aperta immediatamente. Beviamo e chiacchieriamo di varie cose, tranne che del viaggio – perché il viaggio è il presente, e non un ricordo del passato. Seguitiamo a bere; poi ognuno comincia ad accennare a ciò che si attende dai giorni successivi. L'allegria contagia l'intero ambiente. D'un tratto, siamo tutti diventati amici d'infanzia.

L'interprete mi racconta della sua vita e delle sue passioni: letteratura, viaggi, arti marziali. Casualmente, in gioventù, mi sono cimentato nell'Aikido: Yao dice che potremmo esercitarci nello stretto corridoio lungo gli scompartimenti se, in qualche momento di noia, non avessimo dei validi argomenti di conversazione.

Hilal parla con la responsabile della casa editrice che rifiutava di farla salire nel nostro vagone. Capisco che entrambe si stanno sforzando per superare i malintesi, ma so anche che domani è un altro giorno, e che il fatto di essere confinati nel medesimo spazio può esacerbare i conflitti – immagino che, in futuro, si scatenerà un'altra discussione. Spero che non avvenga troppo presto.

Sembra che l'interprete mi legga nel pensiero. Riempie di vodka tutti i bicchieri e inizia a parlare del modo in cui si affrontano i conflitti nell'Aikido:

"Non è una vera e propria lotta. Si cerca sempre di rasserenare lo spirito e di identificare la fonte da cui scaturisce il conflitto, allontanando qualsiasi traccia di malignità o di egoismo. Se ti accanisci per scoprire le cose buone o cattive del tuo prossimo, finirai per dimenticare la tua anima, avvertirai un grande sfinimento e ti consegnerai alla sconfitta poiché avrai sprecato ogni energia giudicando gli altri."

Nessuno sembra essere particolarmente interessato alle parole di un uomo di settant'anni. L'allegria iniziale alimentata dalla vodka cede il campo a una stanchezza collettiva. A un certo momento, vado in bagno e, quando torno, la piccola sala è pressoché vuota.

Hilal è lì, ovviamente.

"Dove sono gli altri?" domando.

"Con un atto di educazione, hanno aspettato che ti allontanassi per andare a dormire."

"Va' a coricarti nella tua carrozza, allora."

"Ma io so che qui c'è una cabina vuota..."

Raccolgo lo zaino e la sacca, la prendo delicatamente per un braccio e l'accompagno fino alla porta del vagone.

"Non abusare delle tue fortune. Buonanotte."

Lei mi guarda, senza dire niente, e s'incammina verso la sua cabina – non ho idea di dove sia.

Raggiungo il mio scompartimento, e l'eccitazione lascia il posto a un'enorme stanchezza. Sistemo il computer sul tavolino, dispongo le immagini dei miei santi – le porto sempre con me – accanto al letto e vado in bagno a lavarmi i denti. Mi accorgo subito che è un'impresa molto più difficile di quanto immaginassi: il dondolio del treno fa sì che il bicchiere d'acqua minerale per gli sciacqui si trasformi in un oggetto difficilissimo da mantenere in equilibrio. Dopo vari tentativi, finalmente riesco a concludere le mie abluzioni.

M'infilo una maglietta da notte, fumo una sigaretta, spengo la luce, chiudo gli occhi, mi dico che le oscillazioni del vagone ricordano i movimenti percepiti nel ventre materno e che avrò una notte benedetta dagli angeli.

Una pia illusione.

Gli occhi di Hilal

Quando finalmente spunta il giorno, mi alzo, mi lavo, mi vesto e vado nella piccola sala della carrozza. Sono già tutti lì – compresa Hilal.

"Devi rilasciarmi un permesso scritto perché possa tornare," dice, prim'ancora di augurarmi il buongiorno. "Oggi è stato un autentico problema arrivare sin qui. In ogni vagone, i controllori hanno detto che mi lasceranno passare solo se..."

Ignoro il prosieguo della frase e saluto gli altri. Chiedo se hanno trascorso una nottata tranquilla.

"No" è la risposta collettiva.

A quanto pare, i problemi notturni non sono stati solo miei.

"Io ho dormito benissimo," commenta Hilal, ignorando il rischio di scatenare un'ira collettiva. "La mia carrozza è situata al centro del treno e il dondolio è assai minore. Decisamente questo è il vagone peggiore per viaggiare."

L'editore è sul punto di replicare volgarmente ma, a quanto pare, riesce a controllarsi. Sua moglie guarda fuori dal finestrino e si accende una sigaretta, per dissimulare la propria irritazione. L'altra responsabile della casa editrice atteggia il volto a una smorfia, il cui messaggio è chiaro a tutti i presenti: "Ve l'avevo detto, questa ragazza è un'autentica iattura."

"Ogni giorno attaccherò sullo specchio un foglietto con una riflessione," dice Yao, che sembra aver riposato benissimo.

Si alza, si avvicina allo specchio su una parete della saletta e vi appiccica un foglio sopra il quale è scritto:

"Chi desidera vedere l'arcobaleno, deve imparare ad amare la pioggia".

Quella frase ottimista non entusiasma nessuno. Non è necessario possedere doti telepatiche per conoscere i pensieri che attraversano la mente dei presenti: 'Mio Dio, sarà così per novemila chilometri?'

"Nel cellulare, ho una foto che voglio mostrarvi," dice Hilal. "Comunque ho portato anche il violino, semmai desideriate ascoltare un po' di musica."

In realtà, stiamo già ascoltando della musica: quella proveniente dalla radio della cucina. Nella saletta, la tensione comincia a crescere: nel giro di alcuni momenti, qualcuno diventerà aggressivo, e io non avrò modo di controllare la situazione.

"Per favore, lasciaci consumare la colazione in santa pace. Accomodati, se vuoi. Dopo, io tornerò a dormire per un po'. E, più tardi, guarderò la tua foto."

Un rombo di tuono: un treno sfreccia in direzione contraria. Qualcosa che è accaduto con una regolarità allucinante per l'intera notte. E il dondolio del vagone, anziché rammentarmi la mano affettuosa che muove la culla, mi ricordava soltanto i gesti di un barman che prepara un martini dry. Mi sento fisicamente uno straccio e provo un enorme senso di colpa per aver trascinato tutte quelle persone nella mia avventura. Comincio a comprendere perché una famosa attrazione da luna-park si chiama "montagne russe".

Hilal e l'interprete provano ripetutamente a iniziare una conversazione, ma a quel tavolo nessuno – i due rappresentanti della casa editrice, la moglie dell'editore, lo scrittore che ha partorito l'idea originale del viaggio – si premura di alimentare gli argomenti. Facciamo colazione in silenzio: fuori dal finestrino scorre un paesaggio ripetitivo – piccole cittadine, foreste, piccole cittadine, foreste.

"Quanto manca a Ekaterinburg?" domanda l'editore a Yao.

"Arriveremo lì prima dell'alba."

Un sospiro generale di sollievo. Magari potremmo cambiare idea sulla nostra impresa e dire che, come esperienza, quel percorso in ferrovia è sufficiente. Non occorre scalare una montagna per scoprire che è alta; non è necessario raggiungere Vladivostok per affermare che si è percorsa la Transiberiana.

"Be', cercherò di dormire per un altro po'."

Mi alzo. Dopo un attimo, Hilal fa altrettanto.

"E il foglio? E la foto nel cellulare?"

Il foglio? Ah, sì, il permesso per poter tornare nel nostro vagone. Prima che possa dire alcunché, l'interprete scribacchia alcune frasi in russo e mi chiede di firmare in calce. Nella saletta, tutti – io compreso – lo guardiamo infuriati.

"Per cortesia, Yao, aggiungi: 'Solo una volta al giorno.'"

L'interprete esegue. Poi si alza e annuncia che andrà in cerca di un controllore per far vidimare la dichiarazione.

"E la foto nel cellulare?"

A questo punto, sono disposto a sottostare a qualsiasi richiesta, pur di poter tornare in cabina a riposare. Ma non voglio infastidire ulteriormente le persone che mi hanno invitato a compiere questo viaggio. Chiedo a Hilal di accompagnarmi sino alla fine del vagone. Aprendo la prima porta, ci ritroviamo in un disimpegno sul quale si affacciano i due sportelli di accesso al treno e la porticina che conduce al vagone successivo. Il rumore è insopportabile perché, oltre allo sferragliare delle ruote sui binari, nell'aria si spandono i cigolii delle piattaforme tra una carrozza e l'altra.

Hilal mi mostra la foto sul piccolo display del cellulare: probabilmente è stata scattata subito dopo l'alba. Una lunga nuvola nel cielo.

"E allora, lo vedi?"

Io vedo una nuvola.

"Ci segue. Siamo accompagnati."

Accompagnati da una nuvola che, a quest'ora, sarà ormai sparita. Seguito a dirmi d'accordo su tutto, purché quella conversazione finisca presto.

"Hai proprio ragione. Più tardi, ne parliamo. Adesso torna nella tua cabina."

"Non posso. Mi hai dato il permesso per venire qui soltanto una volta al giorno."

La spossatezza non mi aveva consentito di ragionare lucidamente: non mi ero reso conto di aver creato un mostro. Una volta al giorno significa che Hilal arriverà la mattina e se ne andrà solo la sera. Dovrò escogitare il modo di correggere l'errore.

"Ascoltami: in questo viaggio, anch'io sono un ospite. Mi piacerebbe godere della tua compagnia in ogni momento – ti mostri sempre carica di energia, non accetti mai un 'no' come risposta –, ma si dà il caso che..."

Gli occhi. Verdi, assolutamente senza trucco.

"... si dà il caso che..."

Forse si tratta davvero della spossatezza. Dopo oltre ventiquattr'ore senza sonno, si perdono quasi tutte le difese:

io mi trovo in questa condizione. Quel cubicolo privo di arredi – una struttura di vetro e acciaio – comincia a espandersi. Il rumore inizia a scemare, la concentrazione svanisce: non ho più coscienza di me stesso né del luogo in cui mi trovo. Anche se mi sforzo, non riesco a pensare. So soltanto che le sto chiedendo di mostrarsi ragionevole, di tornare da dov'è venuta, ma le parole che pronuncio non hanno alcun rapporto con l'immagine che vedo.

Il mio sguardo è rivolto a una luce che rischiara un luogo sacro, mentre un'onda si muove verso di me, infondendo pace e amore nel mio animo – le due percezioni sono disgiunte, non si fondono quasi mai. Vedo me stesso ma, nel contempo, scorgo elefanti che levano le proboscidi in Africa, cammelli che avanzano nel deserto, persone che chiacchierano in un bar di Buenos Aires, un cane che attraversa la strada, un pennello nella mano di una donna che sta terminando un quadro con una rosa, la neve che si scioglie su una montagna svizzera, alcuni monaci che intonano inni esotici, un pellegrino che arriva davanti alla chiesa di Santiago, un pastore con le proprie pecore, un gruppo di soldati appena svegli che si prepara alla battaglia, i pesci nell'oceano, le città e le foreste dell'intero pianeta – e tutto è così chiaro e così gigantesco, così piccolo e così delicato.

Sono nell'Aleph, il punto che contiene tutti i punti, il luogo nel quale si trovano senza confondersi tutti i luoghi della terra, visti da ogni angolazione.

Da una sorta di finestra, sto guardando il mondo e i suoi luoghi segreti, sto contemplando la poesia perduta nel tempo e le parole dimenticate nello spazio. Gli occhi di Hilal mi raccontano cose di cui tutti ignoriamo l'esistenza, ma che esistono e sono pronte per essere scoperte e conosciute dalle nostre anime – no, non dai corpi. Frasi che si intendono perfettamente, anche se non vengono pronunciate. Sentimenti che esaltano e opprimono nel contempo.

Sono davanti a porte che si aprono, prima di richiudersi dopo una frazione di secondo: un tempo assai breve, che tuttavia permette di svelare ciò che nascondono – tesori, trappole, cammini non percorsi e viaggi neppure immaginati.

"Perché mi guardi in quel modo? Perché i tuoi occhi mi rivelano queste meraviglie?"

Non sono io a parlare, bensì la ragazza – o la donna – che ho davanti. I nostri occhi si sono trasformati in specchi delle nostre anime – forse non solo delle nostre, ma di tutte le anime di tutte le creature che adesso stanno camminando, amando, nascendo e morendo, soffrendo o sognando su questo pianeta.

"Non sono io... È che..."

Non riesco a terminare la frase, perché le porte continuano ad aprirsi e a rivelare segreti. Percepisco menzogne e verità, scorgo esotiche danze di fronte all'icona di una probabile dea, marinai che lottano contro il mare in tempesta, una coppia seduta su una spiaggia a contemplare un mare calmo e accogliente. Gli usci – le porte degli occhi di Hilal – continuano ad aprirsi, e io comincio a vedere me stesso, come se ci conoscessimo da molto, moltissimo tempo...

"Che cosa stai facendo?" mi domanda lei.

"L'Aleph..."

Le lacrime della ragazza – o della donna – che ho di fronte sembrano voler scivolar fuori da una di quelle porte. Qualcuno ha detto che le lacrime sono il sangue dell'anima, ed è ciò che inizio a scorgere ora: sono entrato in un tunnel e mi muovo verso il passato, dove c'è sempre lei ad attendermi, con le mani giunte come se stesse recitando la preghiera più sacra che Dio ha donato agli uomini. Sì, lei è lì, davanti a me, inginocchiata e sorridente, e mi dice che l'amore può salvare tutto. Ma io seguito a fissare i miei vestiti, le mie mani, la penna che impugno...

"Fermati!" esclamo.

Hilal chiude gli occhi.

Sono di nuovo nella carrozza di un treno diretto in Siberia e verso l'Oceano Pacifico. Mi sento più stanco di qualche minuto prima: ho la consapevolezza di ciò che è accaduto, ma sono incapace di spiegarlo.

Hilal mi abbraccia. La stringo anch'io, e le accarezzo dolcemente i capelli.

"Lo sapevo," dice. "Sapevo di conoscerti. Fin da quando ho visto per la prima volta una tua fotografia. Sapevo che ci saremmo rincontrati in qualche momento di questa esistenza. L'ho raccontato ad amici e amiche: mi hanno risposto che farneticavo, che ogni giorno migliaia di persone probabilmente dicono la stessa cosa riguardo a migliaia di altri individui. Pensavo che avessero ragione, ma la vita... Be', la vita ti ha portato dov'ero io. Sei venuto per incontrarmi, non è vero?"

Lentamente mi riprendo dall'esperienza appena vissuta. Sì, so di che cosa sta parlando, perché molti secoli prima avevo varcato una delle porte che ora ho visto nei suoi occhi. Hilal era là, insieme con altre persone. Con enorme cautela, le domando che cosa ha visto.

"Tutto. Penso che non riuscirò mai a spiegarlo durante la mia intera esistenza. Ma nel momento in cui ho chiuso gli occhi, mi sono ritrovata in un luogo confortevole, sicuro: era come se fosse... casa mia."

No, non sa di che cosa sta parlando. Non lo sa ancora. Io, invece, sì. Prendo i suoi bagagli e la riconduco nella saletta.

"Non riesco a pensare né a parlare. Siediti, leggi qualcosa, lascia che vada a riposare per qualche momento. Tornerò presto. Se qualcuno obietta sulla tua presenza, rispondi che io ti ho chiesto di restare."

Hilal fa ciò che le ho domandato. Io raggiungo la mia cabina, mi butto sul letto vestito e sprofondo nel sonno.

Qualcuno bussa alla porta.
"Arriveremo fra dieci minuti."

Apro gli occhi. È già buio. O, meglio, dev'essere notte fonda. Ho dormito per l'intera giornata, e avrò difficoltà a riaddormentarmi.

"Poiché staccheranno il vagone e lo posteggeranno in stazione, sarà sufficiente prendere il necessario per due notti in città," aggiunge la voce dietro la porta.

Sollevo la spessa tenda del finestrino. Fuori cominciano ad apparire le luci dell'abitato, il treno riduce la velocità: stiamo davvero per arrivare. Mi lavo la faccia; rapidamente preparo lo zaino con l'occorrente per una permanenza di un paio di giorni a Ekaterinburg. A poco a poco, l'esperienza del mattino si riaffaccia nella mia mente.

Quando esco dalla cabina, trovo tutti i compagni di viaggio nel corridoio – tranne Hilal, che è ancora seduta dove l'ho lasciata. Non sorride: si limita a mostrarmi un foglio.

"Yao mi ha consegnato l'autorizzazione."

L'interprete mi guarda e sussurra:

"Hai mai letto il *Tao Tê Ching*?"

Sì, l'avevo letto, come gran parte dei giovani della mia generazione.

"Allora conosci il detto: '*Per questo l'uomo grande resta in ciò che è solido e non si sofferma in ciò che è labile, resta nel frutto e non si sofferma nel fiore.*'"

Fa un gesto impercettibile con il capo, indicando la giovane ancora seduta lì. Trovo il commento di cattivo gusto.

"Se stai insinuando che..."

"Non sto insinuando niente. Se hai frainteso vuol dire che ci stai pensando. Intendevo semplicemente chiosare il verso di Lao Tzu: nel tuo cammino, presta sempre attenzione al frutto. In poche parole, credo che lei sia la persona giusta per aiutarti."

Che Hilal e Yao si siano parlati? Non sarà che, nel momento in cui siamo scivolati nell'Aleph, l'interprete è passato da lì e ha visto che cosa stava succedendo?

"Tu credi nell'esistenza di un mondo spirituale? Di un universo parallelo, dove il tempo e lo spazio sono eterni e sempre presenti," domando.

I freni cominciano a stridere. Yao china il capo, in un cenno affermativo: in realtà, capisco che sta valutando le parole da utilizzare. Infine risponde:

"Non credo in un Dio come lo immagini tu. Ma credo in innumerevoli cose che potresti reputare difficile persino immaginare. Se domani sera non hai impegni, possiamo vederci e uscire insieme."

Il treno si ferma. Hilal si alza e ci raggiunge, Yao sorride e l'abbraccia. Tutti si infilano i cappotti. Quando scendiamo a Ekaterinburg sono l'una e quaranta di notte.

La casa Ipatiev

L'onnipresente Hilal è scomparsa.

Uscito dalla stanza, sono sceso nella hall dell'albergo pensando d'incontrarla – e invece niente. Sebbene abbia passato la giornata precedente a letto, praticamente privo di sensi, anche sulla "terraferma" sono riuscito a dormire. Telefono a Yao in camera e decidiamo di fare un giro per Ekaterinburg. Adesso ho bisogno di un'unica cosa: camminare – camminare, e respirare aria pura, ed esplorare quella città sconosciuta fino a sentirla mia.

Yao mi fornisce alcune notizie storiche – è la terza città della Russia, un importante centro minerario: le tipiche informazioni che si trovano in qualsiasi prospetto turistico –, ma io non sono affatto interessato a quel genere di notizie. Ci fermiamo davanti a un imponente edificio: mi sembra una cattedrale ortodossa.

"È la Cattedrale sul Sangue. Costruita dove prima sorgeva la casa di Nikolai Ipatiev, un ingegnere militare. Entriamo a visitarla."

Accetto la proposta perché comincio a sentire freddo. Ci avviamo verso una sorta di piccolo museo, le cui iscrizioni sono soltanto in russo.

Yao mi osserva, come se io comprendessi tutto, ma non è affatto così.

"Non percepisci niente?"

Dico di no. Lui sembra deluso. E insiste.

"Ma tu... tu che credi negli universi paralleli e nell'eternità del presente, non avverti davvero nulla?"

Sono tentato di spiegare che è stata proprio una lacuna a condurmi fin lì – la conversazione con J. e i conflitti interiori riguardo alla mia incapacità di entrare in contatto con la componente spirituale di me stesso. Ma, adesso, non è più così. Dopo la partenza da Londra, mi reputo un'altra persona: mi sono incamminato verso il mio regno e verso la mia anima, e questo mi rende tranquillo e felice. Per una frazione di secondo, mi sovvengono lo sguardo di Hilal e l'episodio dell'Aleph sul treno, ma li scaccio subito dalla mente.

"Se ora non sento niente, non vuol dire necessariamente che abbia perso quel tipo di facoltà. È possibile che, in questo momento, le mie energie interiori siano focalizzate su altre cose, rivolte verso scoperte differenti. Siamo in una cattedrale che sembra costruita di recente. Cos'è accaduto in questo posto?"

"Nella casa di Nikolai Ipatiev è finito l'Impero russo. Nella notte tra il 16 e il 17 luglio 1918, l'intera famiglia di Nicola II, l'ultimo zar, fu giustiziata insieme con il loro medico e tre persone di servizio. Il primo a cadere fu proprio lo zar, colpito più volte al capo e al petto. Le ultime a morire furono Olga, Tatiana, Maria e Anastasia, che furono finite con le lame delle baionette. La leggenda vuole che i loro spiriti vaghino ancora in queste stanze, alla ricerca dei gioielli perduti. Si dice anche che Boris Eltsin, responsabile del partito comunista locale, nel 1977 ordinò di abbattere il palazzo e, come presidente russo, nel 2000 fece edificare una chiesa, perché le loro anime potessero finalmente abbandonare quel luogo e la Russia tornasse a progredire.

"Per quale motivo mi hai portato qui?"

Per la prima volta dal nostro incontro a Mosca, Yao appare in difficoltà.

"Perché ieri mi hai domandato se credevo in Dio. Un tempo, ci credevo – fino a quando Egli mi ha separato dalla persona che amavo di più al mondo: mia moglie. Ho sempre pensato che me ne sarei andato prima di lei, ma non è stato così," racconta l'interprete. "Quando la incontrai per la prima volta, ebbi la percezione di conoscerla sin dalla nascita. Pioveva a dirotto, e quella giovane si rifiutò di accettare il mio invito per un tè, ma io sapevo che eravamo come le nuvole del cielo: si uniscono, ed è pressoché impossibile dire dove cominci l'una e finisca l'altra. Un anno dopo, eravamo marito e moglie, come se quella fosse la cosa più prevedibile e naturale del mondo. Abbiamo avuto dei figli, abbiamo onorato Dio e la famiglia… Poi, un giorno, arrivò un vento maligno e separò le nostre nubi."

Aspetto che concluda la sua storia.

"Un'ingiustizia. È stata un'ingiustizia. Può sembrare un'assurdità, ma avrei preferito che ce ne fossimo andati insieme verso un'altra vita, come lo zar e la sua famiglia."

No, non ha ancora detto tutto ciò che desiderava. Resta in attesa di un mio commento, ma io rimango in silenzio. Sembra che gli spiriti delle vittime siano davvero accanto a noi.

"E quando ho notato il modo in cui la ragazza e tu vi guardavate sul treno, in quel disimpegno dove si affacciano le varie porte, mi è sovvenuto il primo sguardo scambiato con mia moglie. Senza profferire parola, mi diceva: 'Siamo di nuovo insieme.' Ecco perché ho deciso di condurti qui. Per domandarti se sai vedere ciò che si cela alla vista, se conosci il luogo dove lei si trova adesso."

E così è stato testimone del momento in cui Hilal e io siamo penetrati nell'Aleph.

Di nuovo mi guardo intorno, lo ringrazio per avermi portato in quella chiesa e lo prego di continuare.

"Non far soffrire quella ragazza. Ogni volta che osservo come ti guarda, mi sembra che vi conosciate da tantissimo tempo."

Penso che non è esattamente qualcosa di cui dovrei preoccuparmi.

"In treno, mi hai chiesto di trascorrere la serata insieme. È ancora valido quell'invito? Potremo parlare di queste cose più tardi. È un vero peccato che tu non mi abbia mai visto contemplare mia moglie mentre dorme: sapresti leggere nei miei occhi e comprenderesti il motivo per cui siamo sposati da quasi trent'anni."

* * *

Camminare giova particolarmente al corpo e all'anima. Sono concentrato sul presente: è qui che si manifestano i segnali, i mondi paralleli, i miracoli. Il tempo davvero non esiste: Yao parla della morte dello zar come se fosse avvenuta ieri, racconta le proprie ferite d'amore come se gli fossero state inferte soltanto qualche momento prima, mentre io rivedo la pensilina della stazione di Mosca come se appartenesse a un passato assai remoto.

Arriviamo in un parco e ci fermiamo a osservare la gente. Donne con bambini, uomini frettolosi, ragazzi che discutono in un angolo, intorno a una radio che diffonde musica a un volume insopportabile. All'angolo opposto, fanciulle assorte in un'animata conversazione, probabilmente su un argomento di nessuna importanza. Anziani avvolti in lunghi cappotti invernali, sebbene sia già primavera. Yao va a comprare due hot-dog e poi mi raggiunge.

"È difficile scrivere?" mi domanda.

"No. E imparare numerose lingue straniere?"

"Nemmeno. È sufficiente un'applicazione meticolosa."

"Io mi applico sempre, ma non riesco mai a integrare ciò che ho imparato da ragazzo."

"Al contrario, io non ho mai tentato di scrivere: fin da giovane mi hanno raccontato che occorrono studio, letture noiosissime e contatti con gli intellettuali. Io detesto gli intellettuali."

Non so se si tratta di una frecciatina. Ma poiché sto mangiando l'hot-dog, non mi sento obbligato a rispondere. Mi ritornano in mente Hilal e l'Aleph. Che la giovane si sia spaventata e abbia deciso di rinunciare al viaggio? Qualche mese fa, mi sarei preoccupato tantissimo per la brusca interruzione di un simile percorso e avrei pensato che il mio apprendimento dipendesse unicamente ed esclusivamente da quel processo. Ma adesso c'è il sole, e se il mondo sembra in pace vuol dire che lo è davvero.

"Cos'è indispensabile per scrivere?" insiste Yao.

"Amare. Come tu hai amato tua moglie. O, meglio, come la ami."

"Soltanto questo?"

"Osserva il parco che si stende davanti a noi. Esso ospita varie storie che, pur essendo state raccontate innumerevoli volte, vale sempre la pena di ripetere. Il cantante, il giardiniere, l'interprete, lo scrittore... tutti siamo uno specchio del nostro tempo. Svolgiamo i nostri lavori con amore. Nel mio caso, la lettura è ovviamente importantissima, ma chi si ostina a frequentare solo i testi accademici e i manuali di stile non sa cogliere l'essenziale: le parole sono la vita trasposta sulla carta. Ecco perché bisogna muoversi e cercare fra la gente."

"Quando mi capitava di ascoltare i corsi di letteratura nell'università in cui insegnavo, mi sembrava tutto..."

" ... artificiale, immagino," lo interrompo, completando la sua frase. "Nessuno apprende ad amare con un manuale, nessuno impara a scrivere frequentando un corso. Non ti sto suggerendo di avvicinare altri scrittori, bensì d'incontrare persone con abilità diverse, giacché scrivere non è differente da qualsiasi altra attività svolta con gioia ed entusiasmo."

"Scriveresti un libro sugli ultimi giorni dello zar Nicola II?"

"Non è un'idea che mi entusiasma particolarmente. Di certo, si tratta di una storia interessante ma, per me, scrivere è soprattutto un atto di scoperta di me stesso. Se dovessi darti un consiglio, ti direi: non lasciarti intimidire dalle opinioni altrui. Poiché solo la mediocrità cerca conferme, affronta i rischi e fa' quello che desideri.

"Cerca la compagnia di persone che non temono di sbagliare e, di conseguenza, sbagliano. Ecco perché il loro lavoro non è sempre riconosciuto. Ma sono loro che trasformano il mondo e che, attraverso gli errori, raggiungono quegli obiettivi che determinano un cambiamento nell'intera comunità."

"Come Hilal."

"Sì, proprio come lei. Voglio confessarti una cosa, però: ciò che hai provato per tua moglie, io lo provo per la mia. Non sono un santo, e non mi interessa esserlo, ma – per usare una tua immagine – eravamo due nuvole e adesso ne siamo una sola. Eravamo due cubetti di ghiaccio che la luce del sole ha sciolto in un'unica acqua viva.

"Eppure, quando sono passato e ho visto il modo in cui Hilal e tu e vi guardavate..."

Non gli offro alcuno spunto, e lui tace.

Nel parco, i ragazzi non volgono mai lo sguardo verso le ragazze – sebbene i due gruppi provino un forte interesse reciproco. Gli anziani camminano persi nei ricordi d'infanzia. Le madri sorridono ai figli come se vedessero in loro futuri artisti, milionari e presidenti della repubblica. Davanti ai nostri occhi si dispiega la sintesi del comportamento umano.

"Ho vissuto in numerosi paesi," dice Yao. "Ovviamente, ho avuto momenti molto noiosi, ho affrontato situazioni ingiuste, ho fallito quando gli altri si aspettavano i miei successi. Ma non sono questi i ricordi che si sono fissati nella mia memoria. Ad aver lasciato un segno incancellabile sono i momenti in cui ho ascoltato persone che cantavano, che raccontavano storie, che celebravano la vita. Ho perso mia moglie vent'anni fa: eppure mi sembra che sia successo ieri. Lei è ancora qui, seduta su questa panchina con noi, a ricordare i minuti felici che abbiamo vissuto insieme.

"Sì, lei è ancora qui. Se riuscirò a trovare le parole giuste, potrò spiegarlo a tutti."

La mia sensibilità si è acuita, dopo che ho visto l'Aleph e ho capito che cosa intendeva dire J. Ora sono consapevole del problema, anche se non so se riuscirò a risolverlo.

"Vale sempre la pena di raccontare una storia, anche solo alla propria famiglia. Quanti figli hai?"

"Due maschi e due femmine. Ma non sono molto interessati ai miei racconti, forse perché li ho ripetuti troppe volte. Scriverai un libro sul tuo viaggio sulla Transiberiana?"

"No."

'Anche se volessi farlo, come potrei descrivere l'Aleph?'

L'Aleph

L'onnipresente Hilal continua a non comparire.

Dopo aver soffocato la domanda per gran parte della cena, ringraziando tutti per la splendida organizzazione della sessione di firma, per la musica e i balli della successiva festa (di solito, le orchestrine russe eseguono un repertorio internazionale, sia a Mosca sia nelle altre località), chiedo se qualcuno ha comunicato alla giovane turca l'indirizzo del ristorante.

Gli astanti mi guardano sorpresi: certo che no! Avevano capito che quella ragazza mi braccava, non mi lasciava in pace. Per fortuna non si era presentata all'incontro con i lettori.

"Magari avrebbe preteso di esibirsi in un altro concerto di violino, soltanto per rubare la scena," commenta aspra l'editrice.

Yao mi indirizza un'occhiata dall'altro capo del tavolo. In realtà, sa che la penso assai diversamente: 'Mi piacerebbe davvero che fosse qui.' Ma perché? Per penetrare ancora nell'Aleph e varcare quella soglia che non mi offrirà nessun ricordo memorabile? So dove conduce quella porta: un posto nel quale sono già stato quattro volte, senza mai riuscire a trovare la risposta di cui avevo bisogno. Allorché ho deciso di intraprendere il lungo viaggio di ritorno al mio regno, non mi prefiggevo di affrontare una simile ricerca.

La serata volge al termine. I due rappresentanti dei lettori scelti casualmente scattano numerose foto e mi domandano se non mi piacerebbe conoscere la città. Rispondo di sì.

"Ma avevamo un impegno insieme," dice Yao.

L'irritazione degli editori, prima rivolta verso la ragazza che imponeva la sua intrusiva presenza, ora si riversa sull'interprete che reclama la mia disponibilità, mentre il suo incarico prevede esattamente il contrario.

"Credo che Paulo sia stanco," sentenzia la responsabile della casa editrice. "È stata una giornata lunga e faticosa."

"Non è affatto stanco. Ha un'energia enorme, grazie anche alle vibrazioni d'amore che l'hanno investito oggi pomeriggio."

Gli editori hanno ragione. Malgrado l'età, sembra che Yao voglia dimostrare a tutti che occupa una posizione privilegiata nel "mio regno". Comprendo la tristezza che lo pervade per aver visto la sua amata lasciare questo mondo e, al momento opportuno, troverò il modo di parlargli e saprò cosa dirgli. Ma adesso temo che voglia soltanto raccontarmi una "storia fantastica, un'ottima trama per un libro". È qualcosa che ho sentito spesso, pronunciato specialmente da chi ha perso una persona cara.

Decido di non scontentare nessuno e dico:

"Ritornerò in albergo a piedi con Yao. Ma poi vi chiedo di restarmene da solo." Sarà la mia prima notte di tranquillità e solitudine dall'inizio del viaggio.

* * *

La temperatura è scesa oltre ogni nostra previsione, soffia il vento e la sensazione di freddo risulta ancora più intensa. Percorriamo una strada animata, e mi rendo conto di non essere l'unico a voler rincasare in fretta. Le porte dei negozi si chiudono una dopo l'altra, le sedie vengono impilate sui tavoli, le insegne luminose si spengono. Comunque, dopo un giorno e mezzo chiuso in una carrozza ferroviaria, con la prospettiva di un'infinità di chilometri ancora da percorrere, devo approfittare di ogni occasione per fare un po' di esercizio fisico.

Yao si ferma davanti a un furgone-bar e ordina due succhi d'arancia. Non ho alcun desiderio di una bevanda ma, con questa temperatura, forse un apporto di vitamina C non è affatto una cattiva idea.

"Conserva il bicchiere di carta."

Non capisco il motivo di quell'indicazione, ma obbedisco. Continuiamo a camminare per quella che sembra la strada principale di Ekaterinburg. Dopo qualche minuto, arriviamo davanti a un cinema.

"Perfetto. Con il cappuccio del giaccone e la sciarpa, nessuno ti riconoscerà. Ora chiederemo l'elemosina alla gente."

"Chiedere l'elemosina? Innanzitutto, non lo faccio dai tempi in cui vivevo da hippy. Inoltre, sarebbe un'offesa per chi ne ha bisogno."

"Credimi, tu ne hai *davvero* bisogno. Quando abbiamo visitato la Cattedrale sul Sangue, ci sono stati momenti in cui non eri presente: sembravi lontano, prigioniero del passato, di tutto ciò che hai ottenuto e ti sforzi di conservare a qualsiasi costo. Sono preoccupato per la ragazza e, se veramente desideri cambiare, ritrovare il tuo regno, chiedere l'elemosina ti aiuterà a trasformarti in una persona diversa, più innocente, più aperta."

Anch'io sono preoccupato per Hilal. Gli spiego che comprendo e, in parte, condivido i suoi suggerimenti. Tuttavia, uno dei numerosi motivi che mi hanno spinto a intraprendere questo viaggio è proprio tornare al passato, a quello che è celato nelle profondità, alle mie radici.

Sono tentato di raccontargli la storia del bambù cinese, ma rinuncio.

"Sei tu a essere prigioniero del tempo. Ti rifiuti di accettare la perdita di tua moglie, non ti rassegni. E la costringi a restare ancora qui, accanto a te, per consolarti, anziché lasciarla proseguire nel suo cammino verso la Luce Divina." Una pausa, poi concludo: "In realtà, non perdiamo mai nessuno. Formiamo tutti un'unica anima che ha bisogno di evolversi perché il mondo prosegua nel suo cammino. Tutti ci rincontreremo. La tristezza non offre alcun aiuto."

L'interprete riflette sulle mie parole e dice:

"Ma questo non è tutto."

"No, non è tutto," ammetto. "Quando arriverà il momento, sarò più chiaro e ti spiegherò altre cose. Torniamo in albergo."

Ma Yao tende il proprio bicchiere e comincia a domandare qualche spicciolo ai passanti. Mi prega di fare la stessa cosa.

"È qualcosa che ho imparato in Giappone, dai monaci buddisti: si chiama *Takuhatsu*, ed è la peregrinazione per mendicare. Oltre ad aiutare i monasteri che vivono di donazioni e imporre al discepolo l'umiltà, la pratica ha un altro significato: purificare la città nella quale si chiede. Giacché il donatore, il mendicante e l'elemosina fanno parte di un'importante catena che testimonia e diffonde armonia ed equilibrio.

"Chi chiede lo fa perché ne ha bisogno, ma anche chi dà è spinto da un identico bisogno. L'elemosina diventa il legame fra due necessità, e l'ambiente della città dove avviene la donazione migliora, perché tutti hanno potuto compiere un atto indispensabile. Tu stai compiendo una sorta di pellegrinaggio e devi impegnarti per aiutare le città che attraversi."

Sono così sorpreso che non reagisco. Yao capisce che forse ha esagerato: fa il gesto di infilare il bicchiere in una tasca.

"No! È davvero un'idea eccellente!"

Nei dieci minuti successivi restiamo lì, ciascuno su un marciapiede, saltellando da un piede all'altro per combattere il freddo, con i bicchieri protesi verso i passanti. All'inizio, mi limito a tenere il contenitore di carta davanti a me ma, a poco a poco, vinco ogni inibizione e comincio a domandare aiuto – sono uno straniero in difficoltà.

Non ho mai provato alcun imbarazzo a chiedere. Nel corso della vita, ho conosciuto moltissime persone che si preoccupano degli altri, che sono estremamente generose nel momento di dare e che provano un piacere profondo quando qualcuno si rivolge a loro per un consiglio o un aiuto. Fin qui, nessuna sorpresa – è davvero bello poter soccorrere il prossimo.

Al contrario, conosco pochissimi individui capaci di ricevere – e questo anche quando le cose gli vengono offerte con amore e generosità. È come se l'atto di accettare li facesse sentire inferiori, come se il fatto di dipendere da qualcuno risultasse indegno. E allora gli capita di pensare: 'Se mi viene dato qualcosa, è perché non sono in grado di ottenerlo con i miei sforzi.' Oppure: 'Le persone che mi offrono tutto questo, un giorno lo rivorranno con gli interessi.' O, peggio ancora: 'Non merito il bene che vogliono farmi.'

In qualsiasi caso, quei dieci minuti mi ricordano chi sono stato, mi educano, mi liberano. Alla fine, quando attraverso la strada, nel bicchiere del succo d'arancia ho l'equivalente di undici dollari. Yao ha raccolto all'incirca la medesima somma. Al di là delle sue affermazioni precedenti, è stato un ottimo ritorno al passato: ho rivissuto sensazioni che non provavo da molto tempo, tali da aiutare non solo la città, ma anche me stesso.

"Come impiegheremo il denaro?" gli domando.

La mia opinione su di lui sta cambiando di nuovo. Quest'uomo sa determinate cose, io ne conosco altre – potremo continuare a insegnarcele reciprocamente.

"In teoria è nostro, perché ci è stato donato. Conserva quei soldi separatamente e utilizzali per ciò che ritieni importante."

M'infilo le monete nella tasca sinistra: seguirò alla lettera il suo suggerimento. A passi rapidi, ci dirigiamo verso l'albergo: il tempo trascorso all'aperto ha ormai bruciato tutte le calorie della cena.

* * *

Quando arrivo nella hall, ecco l'onnipresente Hilal. È accompagnata da una donna bellissima e un uomo in giacca e cravatta.

"Salve," dico. "E così sei arrivata a casa. Comunque è stata una gioia che tu abbia condiviso con me questo tratto di viaggio. Sono i tuoi genitori?"

L'uomo non palesa alcuna reazione; la bella signora, invece, ride:

"Magari! Questa ragazza è un autentico prodigio. Peccato che non si dedichi con maggiore assiduità alla sua vocazione. Il mondo sta perdendo una grande artista!"

Hilal sembra non aver udito il commento. Si rivolge direttamente a me:

"Salve? È questa l'unica cosa che sai dirmi dopo quanto è accaduto in treno?"

La donna ci guarda stupita. Immagino il suo pensiero: cosa sarà mai successo su quel treno? Possibile che non mi sia reso conto che potrei essere il padre di quella giovane?

Yao si congeda: per lui è giunta l'ora di salire in camera. L'uomo in giacca e cravatta appare spaesato: probabilmente non comprende l'inglese.

"In treno non è accaduto assolutamente niente. Niente di quello che immaginate, almeno! E quanto a te, ragazzina, cosa ti aspettavi che dicessi? Che ho sentito la tua mancanza? Sono stato occupatissimo per l'intera giornata."

La bella signora traduce per l'uomo impassibile – poi tutti sorridono, anche Hilal. Dalle mie parole, ha compreso che ho avvertito la sua assenza, visto che l'ho evocata spontaneamente – lei non l'aveva nemmeno menzionata.

Chiedo a Yao di trattenersi per qualche momento ancora: non so dove possa condurre una simile conversazione. Ci sediamo e ordiniamo un tè. La donna si presenta come un'insegnante di violino e spiega che il suo compagno è il direttore del conservatorio locale.

"Penso che Hilal sia uno di quei grandi talenti sprecati," esordisce l'insegnante "È terribilmente insicura. Gliel'ho detto varie volte e glielo ripeto anche ora. Non ha fiducia in ciò che fai, pensa di non essere apprezzata, immagina che al pubblico non piaccia il suo repertorio. E invece non è affatto così."

Hilal insicura? Credo di aver conosciuto poche persone determinate quanto lei.

"E come tutti i soggetti dotati di grande sensibilità è…" prosegue la professoressa, con uno sguardo dolce e benevolo, "… diciamo che è leggermente… instabile."

"Instabile!" esclama Hilal, a voce piuttosto alta. "Una parola educata per dire 'MATTA'!"

Con un moto di tenerezza, l'insegnante si volge verso la giovane; poi torna a guardare me, aspettando che dica qualche cosa. Io taccio.

"Sono sicura che lei può aiutarla. Mi hanno raccontato che l'ha sentita suonare il violino a Mosca. E ho saputo anche che è stata applaudita. È qualcosa che indica la misura del suo talento, perché il pubblico moscovita è molto esigente in fatto di musica. Hilal è disciplinata, si applica nello studio più di tanti altri strumentisti, ha suonato in orchestre importanti in Russia e, con una di esse, ha compiuto una tournée all'estero. Poi, tutt'a un tratto, è successo qualcosa. Non è più riuscita a progredire."

Sono convinto dell'autenticità della tenerezza di quella donna: penso che voglia davvero aiutare Hilal – e tutti noi.

Di certo, le parole "Tutt'a un tratto, è successo qualcosa. Non è più riuscita a progredire" hanno echeggiato forte nel mio cuore. Era proprio lo stesso motivo per cui mi trovavo in quel posto.

L'uomo in giacca e cravatta non partecipa alla conversazione – a quanto pare, è lì per sostenere la bella signora dallo sguardo dolce e la violinista talentuosa. Yao finge una concentrazione esagerata sul tè.

"Ma che cosa posso fare?"

"Credo che lei sappia cosa può fare. Anche se non è più una bambina, i suoi genitori sono preoccupati. Di sicuro, non deve interrompere la carriera e disertare le prove per inseguire un'illusione."

La donna fa una pausa. Si rende conto di aver pronunciato delle frasi inopportune.

"Voglio dire… Questa ragazza è libera di viaggiare sino al Pacifico in qualsiasi momento: adesso, però, non è il tempo adatto – dobbiamo provare un concerto."

Sono d'accordo. Ma so che, qualunque cosa io dica, Hilal farà esattamente ciò che vorrà. Penso che abbia portato lì quei due per mettermi alla prova, per sapere se è veramente la benvenuta o se deve porre fine al viaggio ora.

"Ringrazio lei e il direttore del conservatorio per la visita. Comprendo le sue preoccupazioni e il suo impegno per il prossimo concerto," dico, alzandomi. "Tuttavia non sono stato io a invitare Hilal. Né a pagarle il biglietto del treno. La conosco appena."

Hilal mi lancia uno sguardo che vuol dire: "È una bugia". Ma io proseguo:

"Di conseguenza, se domani salirà sul treno diretto a Novosibirsk, io non potrò essere considerato responsabile della sua scelta. A parer mio, dovrebbe restare qua. Se lei riuscirà a convincerla, avrà tutta la mia gratitudine, oltre a quella di molti altri passeggeri."

Yao e Hilal scoppiano a ridere.

La donna mi ringrazia, dice che comprende benissimo la mia situazione e che parlerà con la giovane, cercando di farla ragionare in modo più realistico. Ci salutiamo, l'uomo in giacca e cravatta mi stringe la mano, sorride – e io, non so perché, ho l'impressione che speri ardentemente che Hilal continui il viaggio. La ragazza dev'essere un autentico problema per l'intera orchestra.

Yao mi ringrazia per la serata speciale e sale in camera. Hilal non si muove.

"Be', io vado a dormire," dico. "Hai sentito la conversazione. Francamente non riesco a capire perché oggi sei andata al conservatorio: per chiedere il permesso di proseguire? Per raccontare che viaggiavi con noi e suscitare l'invidia dei tuoi colleghi?"

"Ci sono andata per accertarmi che esisto. Dopo l'episodio del treno, non sono più sicura di niente. Cos'è accaduto?"

Comprendo le implicazioni di quella domanda. Ricordo la mia prima esperienza – assolutamente casuale – con l'Aleph, nel campo di concentramento di Dachau, in Germania: era il 1982. Rimasi disorientato per alcuni giorni e, se non fosse stato per mia moglie, avrei avuto la certezza di essere rimasto vittima di un ictus.

"Che cosa ti è successo?" chiedo, con un tono insistente.

"Il cuore mi batteva all'impazzata, ho pensato di aver lasciato questo mondo; ho avvertito un panico tremendo, mi è sembrato di trovarmi di fronte alla morte. Intorno a me, tutto mi appariva strano e, se tu non mi avessi tenuto per un braccio, penso che non sarei riuscita a muovermi. Avevo la sensazione che, davanti ai miei occhi, si presentassero cose di enorme importanza, che tuttavia non ero in grado di afferrare o comprendere – nemmeno una."

Avrei voluto confessarle: "È qualcosa a cui devi abituarti." E invece dico:

"L'Aleph."

"Ti ho sentito pronunciare questa parola durante l'interminabile lasso di tempo nel quale sono rimasta in trance: qualcosa che non avevo mai sperimentato prima."

Il ricordo dell'accaduto le incute ancora paura. È il momento di cogliere l'occasione:

"Sei convinta di voler continuare il viaggio?"

"Ora più che mai," replica. "Il terrore mi ha sempre affascinato. La storia che ho raccontato durante la cena all'ambasciata è..."

Le chiedo di andare al bar a prendere un paio di caffè – è un'impresa nella quale può riuscire soltanto Hilal: siamo gli unici avventori, e il barman smania per spegnere le luci. Si dirige al bancone e discute con il giovane – e torna con due tazzine di caffè alla turca, non filtrato. Da brasiliano, prendere un caffè forte di sera non mi spaventa: sono altre le cose che agiscono sul mio sonno.

"Come avrai capito, l'Aleph è pressoché inspiegabile. Comunque, nella Tradizione magica viene raffigurato in due modi ben distinti. Vale a dire come un punto nell'Universo che contiene tutti gli altri punti, presenti e passati, piccoli e grandi. La sua scoperta avviene per lo più in maniera casuale, com'è accaduto in treno. Perché ciò accada, la persona – o le persone – devono trovarsi nel luogo fisico in cui esso si trova. Gli adepti lo chiamano 'il piccolo Aleph'."

"Cioè... tutti coloro che arrivano in quel luogo – che entrano nello spazio di quel vagone – proveranno ciò che abbiamo sentito noi?"

"Se lasci che termini il discorso, forse capirai. Sì, ogni persona lo percepirà, ma non nel modo in cui l'abbiamo avvertito tu e io. Durante qualche festa, ti sarà capitato di scoprire che, in un determinato punto della sala, stai meglio e sei più sicura che altrove. È un pallido paragone piuttosto labile con l'Aleph, tuttavia può servire per indicarti che l'Energia Divina fluisce in maniera diversa per ciascun essere umano. Se scopri la tua esatta collocazione in una festa, quella forza ti aiuterà a essere più determinata e più presente. Se qualcuno si fosse trovato a passare per quel punto nel vagone, avrebbe avvertito una sensazione strana, come se all'improvviso possedesse una conoscenza infinita. Ma non ci avrebbe nemmeno pensato, e l'effetto sarebbe scomparso un attimo dopo."

"Quanti punti simili esistono nel mondo?"

"Non lo so esattamente. Penso che siano milioni."

"Qual è il secondo modo?"

"Aspetta, lasciami concludere: come ti ho detto, l'esempio della festa è solo un labile paragone. Il piccolo Aleph compare sempre per caso. Stai camminando in una strada, oppure ti siedi in un certo posto, e all'improvviso l'intero Universo è lì. Come prima sensazione, provi una voglia incontenibile di piangere – non si tratta di un pianto di tristezza o di gioia, bensì di emozione. Sai che stai *comprendendo* qualcosa, sebbene non riesca a spiegarlo neppure a te stessa."

Arriva il barman, pronuncia qualche frase in russo e mi porge il conto da firmare. Hilal spiega che dobbiamo andarcene. Ci avviamo verso la porta.

Salvato dal fischio dell'arbitro!

"Continua: qual è il secondo modo?"

Ho gioito troppo presto. A quanto pare, la partita non è ancora terminata.

"Il secondo modo riguarda 'il grande Aleph'."

È opportuno che le spieghi tutto adesso, quando può ancora tornare al conservatorio e dimenticare ciò che è accaduto.

"Il grande Aleph è percepibile quando due persone con affinità molto rilevanti s'incontrano per caso nel piccolo Aleph. Le diverse energie si completano e provocano una reazione a catena. In realtà, le forze sono soltanto due e..."

Sono indeciso se proseguire, ma è inutile. Hilal completa la frase:

"... equivalgono al polo positivo e a quello negativo di una qualsiasi batteria – e l'energia che ne deriva fa accendere la lampadina. Si trasformano nella medesima luce. Come i pianeti che si attraggono e finiscono per scontrarsi. E gli amanti che s'incontrano dopo tanto, tanto tempo. Dunque anche il grande Aleph si origina in maniera casuale, allorché due persone che il Destino ha scelto per una precisa missione s'incontrano nel luogo giusto."

È tutto chiaro. Ma voglio assicurarmi che abbia capito.

"Che cosa intendi per 'luogo giusto'?" le domando.

"Voglio dire... Mi spiego. Due persone possono vivere l'una accanto all'altra per l'intera vita, magari lavorare anche insieme, oppure possono incontrarsi una sola volta e non rivedersi mai più, poiché non hanno avuto l'opportunità di passare per quel punto fisico nel quale sboccia in maniera incontrollata ciò che le unisce in questo mondo. Si allontanano senza aver capito cosa le abbia avvicinate. Ma, se Dio lo desidera, quelli che hanno conosciuto l'amore si rincontrano sempre."

"Non è qualcosa di scontato. Comunque, può accadere che persone con affinità considerevoli, come il mio maestro e io, per esempio..."

"... si siano ritrovate già prima, in qualche vita passata," mi interrompe Hilal. "Oppure, per citare la famosa festa che hai portato come esempio, che s'incontrino lì nel piccolo Aleph e s'innamorino immediatamente. Il tanto celebrato amore 'a prima vista'."

È meglio che continui sulla sua rotta.

"Un amore che spesso non è 'a prima vista', ma è legato a una serie di eventi accaduti nel passato. Ciò non significa che OGNI incontro sia da porre in relazione con l'amore romantico. La maggior parte dei cosiddetti 'colpi di fulmine' avviene perché alcuni problemi del passato sono rimasti irrisolti, e occorre una nuova incarnazione per ricomporre il mosaico. La tua lettura, quindi, non corrisponde appieno alla realtà."

"Ma io ti amo."

"Ci credo. Davvero," replico, con voce amareggiata. Ma, in questa incarnazione, ho già conosciuto la donna che dovevo incontrare. È accaduto dopo un matrimonio e alcune lunghe convivenze, e ora non intendo lasciarla per nessun'altra al mondo. Ci conosciamo da secoli e resteremo insieme per l'eternità."

Hilal si rifiuta di continuare ad ascoltare. Proprio come a Mosca, mi dà un fugace bacio sulla bocca ed esce nella notte gelata di Ekaterinburg.

Non si possono domare i sognatori

La vita non è la stazione, bensì il treno. E, dopo quasi due giorni di viaggio, prevalgono la stanchezza, il disorientamento, la tensione – che aumenta quando un gruppo di persone è confinato nel medesimo luogo angusto – e la nostalgia dei giorni trascorsi a Ekaterinburg.

Il giorno della partenza, alla reception dell'albergo ho trovato un messaggio di Yao, nel quale mi proponeva di fare insieme una serie di esercizi di Aikido. Non gli ho risposto: volevo starmene da solo per qualche ora.

Ho trascorso l'intera mattina dedicandomi alacremente alla mia forma fisica: ho camminato o ho corso, in modo da essere abbastanza stanco per addormentarmi nella cabina del vagone. Sono riuscito a parlare al telefono con mia moglie – in treno il cellulare funziona piuttosto male o non prende affatto. Le ho spiegato che forse il viaggio sulla Transiberiana non era stata un'idea particolarmente brillante, che non sapevo se sarei arrivato a Vladivostok, ma che – comunque – si trattava di un'esperienza che valeva la pena di essere vissuta.

Mi ha risposto che non dovevo preoccuparmi: avrebbe accettato serenamente ogni mia decisione – in qualsiasi caso, era indaffaratissima con i suoi quadri. Poi mi ha detto che aveva fatto un sogno, del quale non riusciva a capire il significato: io ero su una spiaggia; dal mare qualcuno arrivava e mi diceva che finalmente stavo compiendo la mia missione. Poi la persona scompariva.

Le ho domandato se fosse una donna o un uomo. Ha replicato dicendo che aveva il viso nascosto da un cappuccio e, di conseguenza, non era in grado di dirmelo. Mi ha dato la sua benedizione e mi ha ripetuto che non dovevo preoccuparmi: dovevo seguire la mia intuizione, senza badare ai commenti degli altri. Sebbene fosse già autunno, Rio de Janeiro era una fornace.

"In quel sogno, con te sulla spiaggia c'era una donna o una ragazza: non sono riuscita a capire bene."

"Be', c'è una giovane, qui. Non conosco la sua età ma, secondo me, ha una trentina d'anni."

"Abbi fiducia in lei."

* * *

Nel pomeriggio, ho incontrato gli editori e rilasciato alcune interviste. Dopo aver cenato in un ristorante eccellente, verso le undici siamo andati in stazione. Quando abbiamo attraversato gli Urali – la catena montuosa che separa l'Europa dall'Asia – regnava l'oscurità più profonda. Non abbiamo visto assolutamente niente.

E, da lì, è ripresa la solita routine. Quando è spuntato il giorno, mossi da un segnale invisibile, tutti ci siamo ritrovati intorno al tavolo della colazione. Di nuovo, nessuno era riuscito a dormire. Neppure Yao, che sembrava abituato a questo genere di viaggi: aveva l'aria sempre più stanca e triste.

Come al solito, lì c'era anche Hilal. E, come al solito, aveva riposato meglio degli altri. Tutti mangiavano e si lamentavano del dondolio del treno. Poi io tornavo in cabina per cercare di dormire ancora e, dopo qualche ora, mi alzavo e facevo ritorno nella saletta, dove incontravo le medesime persone. Per ingannare il tempo, si commentavano le migliaia di chilometri che ci attendevano, si guardava fuori dai finestrini, si fumava e si ascoltava la musica banale diffusa dagli altoparlanti del treno.

Hilal quasi non parlava. Si piazzava in un cantuccio preciso, apriva un libro e attaccava a leggere – appariva sempre più avulsa dal gruppo. Nessuno sembrava infastidito dal suo isolamento – tranne io, che reputavo quell'atteggiamento assolutamente irrispettoso verso gli altri. Valutando le alternative, ovvero i suoi commenti inopportuni, preferivo non dire niente.

Talvolta, dopo la colazione, tornavo in cabina e mi mettevo a scrivere, prima di tentare di riaddormentarmi o di sonnecchiare per un po'. Era opinione generale che si andasse rapidamente perdendo la nozione del tempo. Nessuno si preoccupava più se fosse giorno o notte: per gestire la giornata ci basavamo sui pasti, come immagino che facciano i detenuti. E così ci ritrovavamo tutti nella piccola sala quando veniva servita la cena – più vodka che acqua minerale, più silenzio che conversazione.

L'editore mi ha raccontato che, quando non sono presente, Hilal passa gran parte del tempo a suonare un violino immaginario, come se si stesse esercitando. So che i giocatori di scacchi si comportano in maniera analoga: giocano intere partite nella propria mente, incuranti della mancanza di una scacchiera.

"Sì, suona una musica silenziosa per esseri invisibili che forse ne hanno davvero bisogno."

* * *

Ancora una colazione. Oggi, però, le cose appaiono diverse – come accade in ogni frangente della vita, stiamo cominciando ad abituarci. L'editore si lamenta per il malfunzionamento del cellulare (il mio non funziona mai). Sua moglie è vestita come un'odalisca – la qual cosa mi sembra buffa e assurda nel contempo. Anche se non parla inglese, riusciamo sempre a comunicare con i gesti e gli sguardi. Hilal ha deciso di partecipare alla conversazione, parlando delle difficoltà che incontrano i musicisti per vivere della loro professione. Nonostante il prestigio, talvolta un orchestrale guadagna meno di un conducente di taxi.

"Quanti anni hai?" le domanda la responsabile della casa editrice.

"Ventuno."

"Non dimostri quell'età."

Di solito, "Non dimostri quell'età" significa "Sembri più vecchia" e, in questo caso, è assolutamente vero. Non avrei mai creduto che Hilal fosse così giovane.

"Il direttore del conservatorio mi ha contattato nell'albergo di Ekaterinburg," continua la donna. "Ha detto che sei una delle violiniste più talentuose che abbia mai conosciuto. Ma che, all'improvviso, ti sei completamente disinteressata della musica."

"È stato a causa dell'Aleph," risponde la ragazza, senza guardarmi.

"L'Aleph?"

Tutti la fissano, sorpresi. Io fingo di non aver udito.

"Proprio così. L'Aleph. Non riuscivo a trovarlo, e l'energia fluiva in modo sbagliato: non era come mi aspettavo. Nel mio passato, qualcosa si era bloccato."

Sembra una conversazione totalmente surreale. Io seguito a tacere. L'editore cerca di porre rimedio a quella situazione:

"Ho pubblicato un libro di matematica nel cui titolo compare questa parola. Nel linguaggio specifico identifica 'il numero che contiene tutti i numeri'. Si trattava di un volume su Cabala e matematica. I matematici usano l'Aleph come riferimento per il numero cardinale che definisce l'infinito..."

Nessuno sembra prestare ascolto a quella spiegazione. Lui s'interrompe.

"Compare anche in alcune versioni apocrife dell'Apocalisse," dico, come se fosse la prima volta che ne sento parlare. "Quando l'Agnello afferma di essere l'inizio e la fine, l'alfa e l'omega, e ciò che si pone al di là del tempo. Inoltre, è la prima lettera degli alfabeti fenicio ed ebraico."

A questo punto, l'editrice è pentita di aver posto Hilal al centro dell'attenzione generale. È tempo di punzecchiarla ancora.

"In qualsiasi caso, per una ragazza di ventun anni, appena uscita da una scuola di musica e pronta per una carriera brillante, il passaggio da Mosca a Ekaterinburg dovrebbe essere già uno splendido risultato."

"Sicuro. Anche in considerazione del fatto che sono una *spalla*."

Quando si accorge dell'imbarazzo causato da quella parola gergale, Hilal è tentata di provocare la responsabile della casa editrice con un altro termine misterioso.

La tensione cresce. Yao decide di intervenire:

"Sei già una *spalla*, tu? Complimenti!"

Poi, rivolgendosi al gruppo, aggiunge:

"Come tutti saprete, la *spalla* è il primo violino di un ensemble. L'ultimo concertista a entrare sul palcoscenico prima del direttore, lo strumentista che siede sempre in prima fila, a sinistra. È alla *spalla* che spetta la responsabilità di dare la nota per far accordare tutti gli strumenti. A proposito, c'è una vicenda interessante, avvenuta proprio mentre mi trovavo a Novosibirsk, la nostra prossima fermata. Mi piacerebbe raccontarvi la storia: la volete sentire?"

Tutti rispondono affermativamente, come se conoscessero l'esatto significato del temine *spalla*.

La storia di Yao non è particolarmente interessante, ma serve a procrastinare lo scontro tra Hilal e l'editrice. Alla fine di un noiosissimo discorso sulle meraviglie turistiche di Novosibirsk, gli animi si sono rasserenati. Mentre tutti si accingono a ritornare nelle proprie cabine per cercare un po' di riposo, ancora una volta io mi pento dell'idea di attraversare in treno un intero continente.

"Oggi mi sono scordato di esporre la frase su cui riflettere," esclama Yao.

Poi prende un post-it e scrive: "Non si possono domare i sognatori." Infine sistema il foglietto sullo specchio, accanto agli altri.

"In una delle prossime stazioni, c'è un giornalista televisivo che chiede di intervistarti," dice l'editore.

Disponibilissimo. Accetto qualsiasi distrazione, qualunque cosa che mi aiuti a far passare il tempo.

"Perché non scrivi qualcosa sull'insonnia?" domanda l'editore, forse in tono di suggerimento. "Magari potrebbe aiutarti a dormire."

"Anch'io voglio intervistarti," esclama Hilal, che sembra definitivamente uscita dalla letargia del giorno precedente.

"Fissa un appuntamento con il mio editore."

Mi alzo, torno in cabina, mi corico e chiudo gli occhi. Come al solito, trascorro le due ore successive a rigirarmi nel letto: a questo punto, i miei ritmi biologici sono definitivamente alterati. E, come tutti gli insonni, immagino di poter impiegare il tempo sottratto al sonno per riflettere su argomenti intriganti – il che è assolutamente impossibile.

Sento echeggiare una melodia. All'inizio, penso di aver riacquistato la percezione del mondo spirituale senza affrontare alcuno sforzo. Poi, a poco a poco, mi rendo conto che non odo soltanto la musica, ma anche lo sferragliare delle ruote sui binari e il rumore degli oggetti che traballano sul tavolo.

La melodia è reale. E proviene dal bagno. Mi alzo per andare a vedere.

Hilal è lì. Si mantiene faticosamente in equilibrio con un piede dentro la vasca e l'altro sul pavimento, e sta suonando il violino. Quando mi vede, sorride, forse perché sono in mutande. In qualsiasi caso, mi sembra una situazione del tutto normale, talmente familiare che non mi passa neppure per la mente d'idea di tornare in cabina e infilarmi i pantaloni.

"Come sei entrata?"

Lei non smette di suonare: con il capo, indica la porta della cabina attigua, che condivide il bagno con la mia. Annuisco e mi siedo sul bordo all'altra estremità della vasca.

"Stamattina mi sono svegliata con l'idea che dovevo assolutamente aiutarti a entrare di nuovo in contatto con l'energia dell'Universo. Dio è penetrato nella mia anima e mi ha detto che, se riuscirò in questa impresa, anch'io potrò beneficiare di quella forza. Poi mi ha chiesto di venire qui a suonare per cullare il tuo sonno."

Non le avevo mai confessato di star vivendo la sensazione di avere perduto il contatto con l'energia dell'Universo. Comunque, il suo gesto mi commuove. Ci fissiamo in silenzio, tentando di mantenerci in equilibrio nel vagone che ondeggia. L'archetto sfiora la corda, la corda emette il suono, il suono si diffonde nello spazio, lo spazio si trasforma in un tempo musicale: ecco la pace trasmessa da un semplice strumento. Ecco la Luce Divina proveniente da tutto ciò che è dinamico, attivo.

L'anima di Hilal è in ogni nota, in ogni arpeggio. L'Aleph mi ha rivelato qualcosa della giovane che ho davanti. Non ricordo i dettagli della nostra storia comune, ma so che ci siamo già incontrati. Mi auguro che lei non scopra mai in quali circostanze. In questo preciso momento, mi sta avvolgendo con l'energia dell'Amore, come forse ha già fatto in passato. Speriamo che continui così, giacché questa è l'unica cosa che ci condurrà alla salvezza, indipendentemente dagli errori commessi. L'amore è sempre più forte.

Comincio a vestirla con gli abiti che indossava quando ci siamo visti per l'ultima volta da soli, prima che altri uomini arrivassero in città e cambiassero il corso della storia: giubbetto ricamato, camicia bianca di pizzo, gonna lunga fino alle caviglie, velluto nero trapunto di fili d'oro. Mi racconta delle sue conversazioni con gli uccelli, e di ciò che i piccoli volatili comunicano agli esseri umani – sebbene questi non li sentano. Adesso sono il suo amico, il suo confessore, il suo...

Mi fermo. Non voglio aprire quella porta, a meno che non sia assolutamente necessario. L'ho già varcata altre quattro volte, e non sono mai arrivato da nessuna parte. Sì, ora ricordo che c'erano otto donne, e so che un giorno avrò la risposta che bramo – di certo, questo non mi ha impedito di vivere la mia esistenza attuale. Quando oltrepassai quella soglia per la prima volta, provai un terrore feroce, ma subito capii che il perdono funziona solo per chi lo accetta.

Ebbene, io l'ho accettato.

Nella Bibbia, durante il racconto dell'Ultima Cena, Gesù dice che uno dei discepoli lo tradirà e, qualche attimo dopo, aggiunge che un altro lo rinnegherà. In tal modo, assegna ai due crimini un identico valore. Se Giuda lo tradisce, alla fine si impicca roso dal senso di colpa; Pietro lo rinnega – non una, bensì tre volte – ma, pur avendo il tempo di riflettere, persevera nell'errore. Poi, anziché punirsi, trasforma la propria debolezza in forza, divenendo il primo infaticabile predicatore della dottrina di colui che aveva abbandonato nel momento del bisogno.

In altre parole, il messaggio d'amore prevale sull'errore. Giuda non riuscì a capirlo; Pietro, invece, lo utilizzò come strumento della propria missione.

Non voglio aprire quella porta, perché è come una diga che ferma le onde dell'oceano. È sufficiente un piccolo foro perché, nel volgere di pochissimo tempo, la pressione dell'acqua distrugga lo sbarramento, sommergendo ogni cosa. Ora mi trovo su un treno ed esiste soltanto una donna di nome Hilal, originaria della Turchia, *spalla* di un'orchestra, che suona il violino nel mio bagno. Comincio ad avere sonno – la medicina agisce. Reclino la testa, i miei occhi si chiudono. Hilal interrompe la melodia e mi chiede di sdraiarmi. Obbedisco.

Lei si accomoda su una sedia e riprende a suonare. E d'un tratto non sono più sul treno, né nel giardino dove l'ho vista con il giubbetto ricamato – navigo in un tunnel scuro che mi condurrà al nulla, a un sonno profondo e privo di sogni. Ho un ultimo ricordo prima di addormentarmi: la frase che Yao ha attaccato allo specchio questa mattina.

Yao mi sta chiamando.

"È arrivato il giornalista."

È ancora giorno, il treno è fermo in una stazione. Mi alzo in preda a un capogiro, socchiudo la porta e, all'esterno, vedo il mio editore.

"Quanto ho dormito?"

"Tutto il giorno, credo. Sono le cinque del pomeriggio."

Spiego che mi serve un po' di tempo – per svegliarmi, per fare un bagno, per essere perfettamente lucido e non dire cose delle quali potrei pentirmi.

"Non ti preoccupare. Il treno sosterà qui per almeno un'ora."

È un'autentica fortuna che il treno sia fermo: fare il bagno con il dondolio del vagone è un'impresa difficile e pericolosa. Potrei scivolare, cadere, ferirmi e concludere il viaggio in una maniera davvero idiota– con un tutore ortopedico. Ogni volta che entro in quella vasca, provo le sensazioni di un principiante su una tavola da surf. Oggi, però, è stata un'operazione facile.

Quindici minuti più tardi, lascio la cabina, prendo un caffè con i compagni di viaggio, vengo presentato al giornalista, al quale domando quanto tempo gli serve per l'intervista.

"Un'ora. Abbiamo concordato un'ora. La mia idea sarebbe quella di accompagnarla fino alla prossima stazione e..."

"Dieci minuti. Così potrà scendere qui, non voglio incomodarla o complicarle la vita."

"Ma non..."

"Non voglio complicarle la vita," ripeto. In realtà, non avrei dovuto accettare alcuna intervista, ma avevo assunto quell'impegno in un momento nel quale non riuscivo a pensare. In questo viaggio, il mio obiettivo è un altro.

Il giornalista guarda l'editore, che si volta verso il finestrino. Yao domanda se il tavolo è un buon posto per la ripresa.

"Preferirei la piattaforma sulla quale si affacciano le porte dei vagoni," risponde il giornalista.

Hilal mi guarda: lì c'è l'Aleph.

Ma non è stanca di rimanere sempre seduta a quel tavolo? Mi domando se, dopo aver suonato fino a condurmi in un luogo senza tempo e senza spazio, sia rimasta a osservarmi mentre dormivo. In seguito, avremo tempo – un tempo abbastanza lungo – di parlarne.

"Perfetto," replico. "Può sistemare la telecamera. Ma… solo per curiosità, perché girare in un posto così angusto e così rumoroso, quando potremmo fare l'intervista qui?"

Ma il giornalista e l'operatore si stanno già dirigendo verso la piattaforma, e noi li seguiamo.

"Perché fare le riprese in uno spazio così angusto?" insisto, mentre cominciano a montare le attrezzature.

"Per offrire al telespettatore il senso della realtà. È qui che si svolgono tutte le storie del viaggio. Le persone escono dalle cabine e, in considerazione delle dimensioni ridotte del corridoio, vengono a chiacchierare qui. I fumatori si riuniscono qui. Chi ha preso un appuntamento in segreto – un incontro che deve essere ignorato dai compagni di viaggio – viene qui. Le estremità di tutti i vagoni offrono questi spazi riservati."

In quel momento, la piattaforma è occupata dal cineoperatore, dall'editore, dall'interprete, da Hilal, da un cuoco desideroso di assistere all'intervista e da me.

"Forse gradirei un briciolo di intimità."

Anche se un'intervista televisiva non può essere considerata qualcosa di intimo, l'editore e il cuoco si allontanano. Hilal e Yao invece non si muovono.

"Può spostarsi leggermente a sinistra?"

No, non posso. Lì c'è l'Aleph, creato dalle innumerevoli persone che hanno frequentato quel luogo. Nonostante Hilal sia a distanza di sicurezza, e pur sapendo che l'ingresso in quel famoso punto avverrebbe soltanto se ci trovassimo lì insieme, credo che sia opportuno non correre alcun rischio.

La telecamera è accesa.

"Prima dell'inizio della nostra chiacchierata, lei ha affermato che le interviste e la promozione del suo lavoro non costituivano l'obiettivo di questo viaggio. Può spiegarci perché ha deciso di percorrere la Transiberiana?"

"Era un mio desiderio. Un sogno da adolescente. Niente di particolarmente eccezionale."

"Immagino che un simile treno non sia il posto più confortevole del mondo."

Aziono il pilota automatico interiore e comincio a rispondere senza riflettere. Le domande si susseguono – sull'esperienza, sulle aspettative, sugli incontri con i lettori. Rispondo sempre con disponibilità ed educazione, ma non vedo l'ora che il colloquio finisca. Considero che i dieci minuti concordati sono trascorsi, ma il giornalista seguita a fare domande. Discretamente, al di fuori del campo della telecamera, gli rivolgo un cenno con la mano, a indicare che siamo alla fine. Lui appare piuttosto sorpreso, ma non perde l'aplomb.

"Viaggia da solo?"

Davanti ai miei occhi si accende la luce dell'"allarme". A quanto pare, stanno già circolando alcune voci. E mi rendo conto che questo è l'UNICO motivo di quell'intervista inattesa.

"Assolutamente no. Non ha notato tutta la gente intorno al tavolo?"

"Ma sembra che la *spalla* dell'orchestra del conservatorio di Ekaterinburg..."

Da giornalista navigato, si è tenuto la domanda più scabrosa per il finale. Tuttavia quella non è la mia prima intervista, e così lo interrompo.

"Sì, viaggia su questo treno," dico. Non intendo lasciarlo continuare. "Quando l'ho saputo, l'ho invitata a venire nel nostro vagone ogni volta che ne aveva voglia. Adoro la musica."

Indico Hilal.

"È una giovane estremamente talentuosa che, di tanto in tanto, ci fa il grande regalo di ascoltarla in qualche interpretazione al violino. Non vuole intervistarla? Sono certo che sarà lietissima di rispondere alle sue domande."

"Se ci sarà il tempo…"

No, il giornalista non è lì per occuparsi di musica. Decide di lasciar perdere, e cambia argomento.

"Cos'è Dio per lei?"

"CHI CONOSCE DIO NON LO DESCRIVE. CHI DESCRIVE DIO NON LO CONOSCE."

Ehi!

La frase mi sorprende. Anche se mi hanno fatto quella domanda innumerevoli volte, la risposta del mio pilota automatico è sempre stata: "Quando Dio si definì a Mosè, disse: 'Io sono.' Dunque, Egli non è né il soggetto né il predicato, ma il Verbo, l'azione."

Yao si avvicina.

"Perfetto. L'intervista è terminata. Grazie per il tempo che ci ha dedicato."

Come lacrime nella pioggia

Entro nella cabina e comincio ad annotare febbrilmente tutto ciò di cui ho appena parlato con gli altri. Fra poco arriveremo a Novosibirsk. Non devo dimenticare niente, neppure un dettaglio. Non è importante chi
ha posto le domande e quali sono stati gli argomenti. Se
riuscirò a fermare sulla carta le mie risposte, avrò un eccellente materiale sul quale riflettere.

* * *

Al termine dell'intervista, poiché immagino che il giornalista si tratterrà per qualche minuto, chiedo a Hilal di
andare a prendere il violino. Verrà filmata, e il suo lavoro
arriverà al pubblico. Ma il cronista dice che deve andarsene
subito, per confezionare il servizio e mandarlo in redazione.

Hilal torna con lo strumento, che era rimasto nella cabina vuota accanto al mio bagno.

La responsabile della casa editrice si mostra subito scor-
tese.

"Se vuoi restare qui, devi condividere le spese di questo
vagone riservato, visto che occupi una parte del poco spazio che abbiamo per noi."

Devo averle indirizzato un'occhiata carica di significato: non persevera nella rivendicazione.

"Sembri pronta per un concerto," dice Yao. "Perché non ci suoni qualcosa?"

Io chiedo di spegnere gli altoparlanti del vagone. E le suggerisco di eseguire un brano breve, molto breve. Hilal attacca a suonare.

All'improvviso, l'ambiente è pervaso da un'impalpabile serenità. Credo che tutti i presenti abbiano percepito quel cambiamento, giacché la nostra assidua stanchezza è scomparsa. Mi sento invaso da una pace profonda, più intensa di quella sperimentata qualche ora prima nella mia cabina.

Per quale motivo, pochi mesi fa, mi sono lamentato per aver perduto ogni collegamento con l'Energia Divina? Un'autentica stupidaggine! Quel flusso è costante: semplicemente, la routine non ci permette di accorgercene.

"Avverto un impellente bisogno di parlare. Però non so cosa dire. Per questo vi chiedo di domandarmi tutto ciò che volete," annuncio.

Comunque, non sarò io a parlare. Ma questo sarebbe inutile spiegarlo.

"Mi hai già incontrato in qualche luogo del passato?" chiede Hilal.

Così? Lì? Davanti a tutti? Era davvero questa la domanda alla quale voleva che rispondessi?

"Non è importante. Ora conta soltanto dove si trova ciascuno di noi in questo momento. Nel presente. Anche se siamo soliti misurare il tempo come si calcola la distanza tra Mosca e Vladivostok, quello non è il metodo giusto. Il tempo non si muove, ma non è neppure immobile. Diciamo che... cambia. Nella sua mutazione costante, noi occupiamo un punto, il nostro Aleph. L'idea del passare del tempo risulta influente solo quando si deve conoscere l'orario di partenza di un treno – tranne che a questo, non serve a molto altro. Neanche per cucinare. Una ricetta è diversa ogni volta che la realizziamo. È un concetto chiaro?"

Hilal ha rotto il ghiaccio, e fioccano le domande.

"Non siamo il risultato di ciò che impariamo?"

"Impariamo nel passato, ma non siamo il risultato di quell'apprendimento. Soffriamo nel passato, amiamo nel passato, piangiamo e sorridiamo nel passato. Ma, nel presente, quelle esperienze sono inutilizzabili. Il presente ha le sue sfide, il suo bene e il suo male. È sbagliato incolpare o ringraziare il passato per ciò che accade ora. Ogni relazione amorosa non ha alcuna attinenza con le storie vissute: è sempre nuova.

Mi rivolgo agli altri, ma sto parlando anche con me stesso.

"È possibile riuscire a fermare l'amore nel tempo?" Sono io a pormi la domanda. E a replicare: "Possiamo provarci, ma trasformeremmo la nostra vita in un inferno. Io non sono sposato da oltre vent'anni con la medesima persona. Se dico così, mento. Né lei né io siamo rimasti identici, ecco perché il nostro rapporto continua a essere florido e vivo. Io non mi aspetto che lei si comporti come quando ci siamo conosciuti. E mia moglie non desidera affatto che io sia lo stesso individuo che ha incontrato allora. L'amore si pone al di là del tempo. O, meglio, l'amore è il tempo e lo spazio raccolti in un punto solo, l'Aleph, che vive una trasformazione continua."

"Ma le persone non sono abituate a una simile concezione. Vogliono che tutto rimanga come..."

"E l'unico risultato è la sofferenza," sentenzio, interrompendo quella considerazione. "Noi non siamo quello che gli altri desideravano che fossimo. Siamo ciò che decidiamo di essere. Incolpare gli altri è assai facile. Puoi passare l'intera vita incolpando il mondo, ma i tuoi successi o le tue sconfitte dipenderanno esclusivamente da te. Allo stesso modo, puoi tentare di fermare il tempo, ma sprecherai le tue energie."

Il treno frena bruscamente: una manovra inattesa, che spaventa tutti. Continuo a seguire il filo del mio discorso, ma non sono particolarmente sicuro che le persone sedute intorno al tavolo siano ancora concentrate su quelle considerazioni.

"Immaginate che un treno non freni, avvenga un incidente e tutto finisca. Le vite, i ricordi... tutti quei momenti andranno perduti come lacrime nella pioggia, come diceva l'androide di *Blade Runner*. Sarà davvero così? Niente sparisce, tutto rimane conservato nel tempo. Dov'è archiviato il mio primo bacio? In un punto nascosto del mio cervello? In una serie di impulsi elettrici ormai annichiliti? Il mio primo bacio è ancora vivido e presente: non lo dimenticherò mai. È qui, vicino a me. Contribuisce sempre a creare il mio Aleph."

"Ma, in questo momento, io devo risolvere una serie di 'cose'."

"Queste 'cose' si trovano in ciò che definisci 'passato' e attendono una decisione in quello che identifichi con il nome di 'futuro'," replico. "Indeboliscono, inquinano e inficiano la tua comprensione del presente. Basarsi sull'esperienza significa rabberciare soluzioni vecchie per problemi nuovi. Io conosco molte persone che riescono ad avere un'identità soltanto quando parlano delle loro difficoltà. In questo modo, esistono: perché hanno dei problemi legati a quella che ritengono la 'loro storia'."

Poiché non ci sono commenti, proseguo con la spiegazione:

"Occorre un grande sforzo per liberarsi della memoria
ma, quando ci riesci, scopri di avere doti superiori a quelle
che immaginavi. Tu abiti in un corpo gigantesco: l'Universo, che contiene tutti i problemi e tutte le soluzioni.
Sonda la tua anima, anziché scandagliare il tuo passato.
L'Universo attraversa molti mutamenti e ti accompagna
in ciascuno di essi. Per noi, ogni mutamento è 'una vita'.
Le cellule del tuo corpo si rinnovano e cambiano, ma tu
sei sempre te stesso: e così anche il tempo non passa, ma
muta. Tu pensi di essere la medesima persona che ha camminato per Ekaterinburg, ma non è vero. Io non sono lo
stesso individuo che aveva appena cominciato a parlare.
E tanto meno questo treno adesso si trova dove Hilal ha
iniziato a suonare il violino – ma questo è ovvio. Tutto
è mutato, sebbene ci sia impossibile percepirlo in modo
chiaro."

"Un giorno, però, il tempo di questa vita finisce," dice
Yao.

"Finisce? La morte è solo una porta che si spalanca su
un'altra dimensione."

"Eppure, malgrado le tue ipotesi e le tue asserzioni, un
giorno ce ne andremo da qui, come è già accaduto ad
alcuni dei nostri cari."

"I nostri cari... Non li perdiamo mai, assolutamente
mai," affermo. "Ci accompagnano sempre, non sparisco-
no dalle nostre vite. Semplicemente, ci troviamo a esistere
in luoghi differenti. Io non posso vedere che cosa accade
nel vagone davanti, eppure negli scompartimenti ci sono
persone che viaggiano proprio come me, come voi, come
tutti. Il fatto di non poter comunicare con loro, di non
vedere i loro gesti o udire le loro parole, è assolutamente

irrilevante: sono là. Rifacendosi a un simile esempio, si può affermare che la 'vita' è un treno con molti vagoni. Talvolta ci troviamo in uno, talaltra in un altro. Talaltra ancora passiamo dall'uno all'altro: accade quando sogniamo o ci lasciamo trasportare da qualcosa di inspiegabile."

"Ma è pressoché impossibile vedere i nostri cari lontani o perduti e comunicare con loro."

"Non è così. Si può. Ogni notte, durante il sonno, visitiamo altri piani. Parliamo con i vivi, con coloro che riteniamo morti, con quelli che abitano una dimensione diversa, con noi stessi – con gli individui che siamo stati e che saremo in futuro."

Mi accorgo che l'energia si sta assottigliando: posso perdere il contatto da un momento all'altro.

"L'amore prevale sempre su quella che chiamiamo 'morte'. Ecco perché non dobbiamo piangere per i nostri cari: continuano a essere accanto a noi e a rinnovare il legame d'affetto. Lo so, è davvero arduo accettare la separazione. Se non credete a questo, però, è inutile che io continui."

Noto che Yao ha chinato il capo. La domanda che mi ha rivolto qualche momento fa, ora sta trovando una risposta.

"E quelli che odiamo?"

"Non dobbiamo mai sottovalutare i nostri nemici: coloro si trovano in un campo differente, sono passati 'di là'," rispondo. "Nella Tradizione magica, vengono identificati con il curioso nome di 'viaggiatori'. Comunque, non sono in grado di compiere azioni malvagie nella nostra realtà. No, non possono nuocere o fare del male, a meno che non siamo noi a permetterglielo. Perché, in verità, noi siamo lì con loro, e loro sono qui con noi. Sul medesimo treno. Esiste un unico modo per risolvere il problema: correggere gli errori e superare i conflitti. Prima o poi, ciò accade, anche se talvolta ci sono necessarie molte 'vite' per poter giungere a questa conclusione. Continuiamo a incontrarci e ad allontanarci in eterno. Una partenza è seguita da un ritorno; un ritorno è seguito sempre da una partenza."

"Ma tu hai detto che siamo parte del tutto. Che, in realtà, non esistiamo singolarmente."

"No, noi esistiamo nello stesso modo in cui esiste una cellula. Essa può causare un cancro devastante, che colpisce gran parte dell'organismo. Oppure può veicolare gli elementi chimici che determinano il benessere e, di conseguenza, la serenità. Ma ciò non riguarda un solo essere."

"E allora perché ci sono così tanti conflitti?"

"Perché l'Universo prosegua nel suo cammino. Perché il corpo si muova. Non c'è niente di personale. Ascoltate."

Tutti ascoltano, ma forse non sentono. È meglio che sia più chiaro.

"In questo momento, il binario e la ruota vivono un conflitto, e noi udiamo il rumore dell'attrito fra i metalli. Ma ciò che spiega e giustifica la ruota è il binario, e quello che giustifica e spiega il binario è la ruota. Il rumore del metallo è irrilevante. È soltanto una manifestazione: non si tratta di un grido di protesta."

L'energia di qualche minuto prima si è praticamente dissolta. Tutti seguitano a porre domande, ma io non riesco più a rispondere in modo coerente. Il mio uditorio capisce che è arrivato il momento di fermarsi.

"Grazie," dice Yao.

"Non devi ringraziarmi. Anch'io stavo ascoltando."

"Tu stai parlando di..."

"... di tutto e di niente in particolare. Vi sarete accorti che il mio atteggiamento verso Hilal è cambiato. Ma questo non le porterà alcun giovamento: anzi, qualche spirito debole potrebbe provare quel sentimento degradante che l'essere umano identifica con il nome di 'gelosia'. In qualsiasi caso, l'incontro con lei mi ha aperto una porta: non quella che volevo – no, una differente. Ho avuto l'opportunità di accedere all'altra dimensione della mia vita. A un altro vagone, nel quale ci sono molti conflitti irrisolti. È lì che le persone mi stanno aspettando, e io devo andare."

"Un'altra dimensione, un altro vagone..."

"Esatto. Viaggiamo eternamente sul medesimo treno, finché Dio non decide di fermarlo, per qualche ragione che conosce soltanto Lui. Ma, poiché ci è impossibile restare sempre nella nostra cabina, ci muoviamo avanti e indietro sul convoglio, da una vita all'altra, come se tutte si susseguissero. Non è così: io sono chi ero prima e chi sarò in futuro. Quando ho incontrato Hilal davanti all'albergo di Mosca, mi ha offerto un foglio con una mia storia su un fuoco acceso in vetta a una montagna. Ora voglio che ascoltiate un altro racconto sul fuoco sacro:

"'*Quando vedeva che per il proprio popolo si annunciava una sciagura, il grande rabbino Israel Baal Shem-Tov si recava in una radura nella foresta, là accendeva un fuoco, recitava una determinata preghiera, e il miracolo si compiva, allontanando la minaccia.*'

"'*Qualche tempo dopo, quando il suo discepolo Maggid di Mezritch doveva implorare l'aiuto del Cielo per le medesime ragioni, andava nella stessa radura della foresta e diceva: «Signore dell'universo, ascoltami. Non so come si accende un fuoco, ma so recitare la preghiera.» E il miracolo si compiva.*'

"'*Una generazione più tardi, per salvare il proprio popolo, il rabbino Moshe-Leib di Sasov andò nella foresta e disse: «Non so come accendere il fuoco, non conosco la preghiera, ma posso individuare la radura. Aiutaci, o Signore!» E ancora una volta il miracolo si compì.*'

"'Venne il giorno in cui fu il rabbino Israel di Ruzin a dover allontanare la minaccia. Seduto in poltrona, si prese la testa fra le mani e si rivolse a Dio: «Non so accendere il fuoco, non conosco la preghiera e non sono in grado di ritrovare la radura nella foresta. Posso soltanto raccontare questa storia e sperare che Tu mi ascolti e mi esaudisca.»'"

Adesso sono soltanto io che sto parlando. Non è più l'Energia Divina. Ma, anche se non so come riaccendere il fuoco sacro e ignoro persino il motivo per cui venne acceso, posso permettermi di raccontare una storiella.

"Siate gentili con lei."

Hilal finge di non aver udito. Anzi, fingono tutti.

La Chicago della Siberia

Tutti siamo anime che vagano nel cosmo, che vivono le proprie vite e, in alcuni casi, hanno l'impressione di passare da un'incarnazione all'altra. Ogni elemento che riguarda il codice della nostra anima non dev'essere dimenticato, giacché influisce direttamente sull'esistenza.

Guardo Hilal con amore: l'amore che, come un'infilata di specchi, si riflette nel corso del tempo, o di ciò che immaginiamo sia il tempo. Non è mai stata mia, e non lo sarà mai, perché così è scritto. Se siamo creatori e creature, siamo anche marionette nelle mani di Dio: c'è un limite che non possiamo oltrepassare – è stato decretato così, per motivi che ignoriamo. Possiamo avvicinarci a quel ciglio, sfiorare l'acqua del fiume con i piedi, ma ci è vietato immergerci e lasciarci trasportare dalla corrente.

Ringrazio la vita perché mi ha consentito di rincontrarla nel momento in cui ne avevo davvero bisogno. Sto cominciando ad accettare l'idea di dover attraversare quella soglia per la quinta volta – anche se non scoprirò la risposta. Voglio ringraziare di nuovo la vita per essere riuscito a vincere la paura. E desidero ringraziarla ulteriormente per il fatto di aver intrapreso questo viaggio.

Stasera Hilal si mostra gelosa – e io mi diverto nell'osservarla. Pur essendo una violinista talentuosa, una guerriera esperta nell'arte di ottenere ciò che desidera, non ha mai smesso e non smetterà mai di essere una bambina – d'altronde, né io né tutti coloro che chiedono davvero all'esistenza le cose migliori cesseremo mai di essere dei bimbi. Soltanto un bambino ne è capace.

Agirò per scatenare maggiormente la sua gelosia, affinché impari a conoscerla per essere pronta a lottare contro quella degli altri. Accetterò il suo amore incondizionato perché, quando si troverà nuovamente ad amare in modo assoluto, saprà su quale terreno si sta muovendo.

* * *

"La chiamano anche la 'Chicago della Siberia'."

La Chicago della Siberia. Di solito, i paragoni posseggono un fascino strano. Prima della costruzione della Transiberiana, Novosibirsk contava meno di 8.000 abitanti. Ora la sua popolazione ha quasi raggiunto 1.500.000 individui – e questo grazie a un ponte che ha permesso alla ferrovia di proseguire la sua marcia d'acciaio e carbone verso l'Oceano Pacifico.

La tradizione vuole che, in questa città, vivano le donne più belle della Russia. A una prima ricognizione, la leggenda è ampiamente avvalorata dalla realtà, sebbene mi sia impossibile procedere a una comparazione con altri luoghi che ho visitato. In compagnia di Hilal e di una delle celestiali creature femminili di Novosibirsk, adesso mi trovo davanti a un'opera completamente avulsa dalla società attuale: una gigantesca statua di Lenin, l'uomo che cercò di trasporre nella realtà l'ideale del comunismo. Non esiste niente di meno romantico che guardare quell'individuo con il pizzetto che indica il futuro, ma che è inevitabilmente impossibilitato a scivolar fuori da quella statua e cambiare il mondo.

È stata una sorta di dea a riferirmi la definizione di "Chicago della Siberia": si chiama Tatiana, è un ingegnere, ha circa trent'anni (non indovino mai l'età, ma creo un mondo personale sulla base delle mie supposizioni) e, dopo la cena e la festa, ha deciso di accompagnarci in una passeggiata. La "terraferma" mi dà la sensazione di trovarmi su un altro pianeta. Stento ad abituarmi a un suolo che non si muove e non oscilla in continuazione.

"Andiamo a prendere un drink e poi a ballare. Dobbiamo sfruttare queste soste per l'esercizio fisico."

"Ma siamo tremendamente stanchi," replica Hilal.

Ho imparato a essere anche una donna e, in momenti simili, mi trasformo e interpreto quel genere di parole. Traduzione: "Vuoi stare con lei."

"Se sei stanca, puoi tornare in albergo. Io rimango con Tatiana."

Hilal cambia argomento:

"Vorrei mostrarti una cosa."

"E allora fallo. Non occorre che siamo soli. Ci conosciamo da meno di dieci giorni, no?"

La mia replica reprime sul nascere quell'atteggiamento da "Io sto con lui". Tatiana prende coraggio – non per merito mio, ma per il fatto che le donne sono naturalmente nemiche l'una dell'altra. Dice che sarà davvero felice di condurmi nei luoghi dove si svolge la vita notturna della "Chicago della Siberia".

Lenin ci contempla impavido dal suo piedistallo: a quanto pare, è abituato a scene del genere. Se anziché agire per la creazione del paradiso del proletariato si fosse impegnato per l'instaurazione della dittatura dell'amore, le cose avrebbero funzionato decisamente meglio.

"Be', allora venite con me."

'Venite con me?' Prima che io possa reagire, Hilal s'incammina con passo risoluto. Cerca di cambiare le carte in tavola e di parare il colpo – e Tatiana cade nella sua trappola. Ci avviamo sul lunghissimo viale che conduce al ponte.

"Conosci la città?" domanda la creatura celestiale, con una certa sorpresa.

"Dipende da cosa intendi per 'conoscere'. L'essere umano conosce tutto. Per esempio, quando suono il violino, percepisco l'esistenza di..."

Cerca le parole per continuare. Infine riesce a trovare un'espressione che, se io posso capire, serve soltanto a estromettere Tatiana dalla conversazione.

"... di un gigantesco e potente 'campo relazionale d'informazione' intorno a me. Non sono io a controllarlo: anzi, ne sono controllata. Infatti, nei momenti di difficoltà o di dubbio, mi guida verso la nota o l'arpeggio migliore. Non ho bisogno di conoscere la città, devo solo lasciare che mi conduca dove vuole."

Hilal accelera il passo. Con mia grande sorpresa, Tatiana ha compreso perfettamente le sue parole.

"Io adoro dipingere," dice. "Anche se esercito la professione di ingegnere, quando mi trovo davanti a una tela bianca, scopro che ogni tocco del pennello è una meditazione visiva. Un viaggio che mi conduce a quella felicità che non riesco a trovare nel lavoro e che spero di non abbandonare mai."

Con ogni probabilità, Lenin ha assistito spesso a scene analoghe. Dapprima, due forze si scontrano, a causa di una terza forza che dev'essere conquistata o mantenuta. Poi le due forze si alleano, e l'originario oggetto del contendere viene dimenticato o perde di valore. Io mi limito ad accompagnare le due giovani, che ora sembrano amiche d'infanzia e chiacchierano animatamente in russo, dimentiche della mia esistenza. Sebbene imperversi il freddo – un freddo che, credo, in quel posto dura tutto l'anno, visto che siamo ormai in Siberia –, quella passeggiata mi sta davvero giovando, mi risolleva sempre più. Ogni chilometro percorso mi riavvicina al mio regno. C'è stato un momento, in Tunisia, durante il quale ho pensato che non sarebbe mai successo. E invece aveva ragione mia moglie quando diceva: "Credo che sia arrivato il momento che tu prosegua da solo. La solitudine può risultare opprimente ma, alla fine, riuscirai a vincerla proprio sforzandoti di stabilire un vero contatto con gli altri."

Seguire le due donne mi sta stancando. Domani lascerò un biglietto a Yao, chiedendogli di fare qualche esercizio di Aikido. Il mio cervello ha lavorato più del mio corpo.

* * *

Ci fermiamo praticamente nel nulla – in una piazza deserta, con una fontana al centro. L'acqua è ghiacciata. Il ritmo del respiro di Hilal è accelerato: se continua a respirare in quel modo, il surplus di ossigeno la porterà a vivere una sensazione di galleggiamento. Una trance provocata artificialmente, che non m'impressiona più.

Ora la giovane turca è il maestro di cerimonia di un rituale che ignoro. Ci chiede di prenderci per mano e di fissare la fontana.

"Dio Onnipotente," esordisce, con il respiro ancora molto rapido, "invia i Tuoi messaggeri ai Tuoi figli, il cui cuore è pronto a riceverli."

Mentre prosegue nella recita della preghiera, mi accorgo che la mano di Tatiana comincia a tremare: è come se stesse per entrare in trance anche lei. Sembra che Hilal sia in contatto con l'Universo, o con quello che ha definito il "campo relazionale d'informazione". Continua a pregare, mentre le dita della giovane russa smettono di tremare e stringono con forza le mie. Dieci minuti dopo, il rituale si conclude.

Vengo assalito da un dubbio: devo dire o no ciò che penso? Quella ragazza è una splendida incarnazione di generosità e amore, e allora merita di essere ascoltata.

"Non ho capito," dico.

Lei sembra sconcertata.

"È un rito per entrare in contatto con gli spiriti," spiega Hilal.

"E dove l'hai imparato?"

"Su un libro."

Affronto subito l'argomento, o aspetto il momento in cui saremo soli per esprimere la mia opinione? Poiché Tatiana ha partecipato al rituale, decido di proseguire.

"Senza voler sminuire la tua ricerca o il lavoro dell'autore di quel libro, io credo che tu abbia imboccato una strada sbagliata. A che cosa serve un rituale celebrato con simili modalità? Ci sono milioni di persone convinte che questo sia il modo di comunicare con il Cosmo e di salvare la razza umana. Peccato che ogni volta che non ottengono alcun risultato – d'altronde, non è così che si celebra il rito –, perdono un po' della loro speranza. La recuperano con il libro successivo o con il seminario seguente, che porta sempre qualche novità. Ma, nel giro di qualche settimana, dimenticano ciò che hanno appreso: a poco a poco, si ritrovano privi di fede e di aspettative."

Hilal è sorpresa. Voleva mostrarmi qualcosa che travalicasse il suo talento musicale, ma si è inoltrata in un campo assai pericoloso, l'unico nel quale la mia tolleranza è pari allo zero. Adesso Tatiana mi considera soltanto un gran maleducato, e si lancia nella difesa della sua nuova amica:

"Ma le preghiere non avvicinano gli esseri umani a Dio?"

"Voglio rispondere con un'altra domanda. Le preghiere che reciti fanno nascere il sole l'indomani? Ovviamente, no: il sole sorge perché obbedisce a una legge universale. Dio ci è vicino, indipendentemente dalle preghiere che recitiamo."

"Intendi dire che le nostre preghiere sono inutili?" incalza Tatiana.

"Nient'affatto. Se non ti svegli presto, non riuscirai mai a vedere il sole che spunta. Se non preghi, anche se Dio è sempre accanto a te, non ti accorgerai mai della Sua presenza. Ma, se pensi di raggiungere un qualche risultato affidandoti soltanto a simili invocazioni, allora è meglio che tu ti trasferisca nel deserto di Sonora negli Stati Uniti, o che passi il resto della vita in un *ashram* in India. Nel mondo reale, Dio è presente più nel violino della ragazza che ha celebrato il rituale."

Tatiana scoppia a piangere. Hilal e io non sappiamo che cosa fare. Aspettiamo che le sue lacrime cessino, e che lei ci dica ciò che prova adesso.

"Grazie," mormora, dopo un momento. "Anche se credi davvero che sia stato inutile, io voglio ringraziarti. Il mio animo è segnato da centinaia di ferite, eppure sono costretta a comportarmi come se fossi l'essere più felice del mondo. Oggi, per lo meno, qualcuno mi ha preso per mano e mi ha detto: 'Non sei sola. Vieni con noi.

Mostraci ciò che conosci.' Mi sono sentita amata, utile, importante."

Una pausa. Poi prosegue, rivolgendosi a Hilal:

"Anche quando hai lasciato intendere che conoscevi meglio di me questa città – il posto dove sono nata e ho vissuto tutta la mia esistenza –, non mi sono sentita né sminuita né insultata. Ho creduto nelle tue affermazioni, ho capito che non ero più sola, che qualcuno mi avrebbe mostrato ciò che non conosco. In effetti, non avevo mai visto questa fontana: adesso, ogni volta che starò male, verrò qui e domanderò a Dio di proteggermi. So che le parole del tuo rituale non avevano alcun significato particolare. Molte volte ho recitato preghiere simili, senza mai essere ascoltata – e la fede mi abbandonava sempre più. Poi, qualche minuto fa, è accaduto qualcosa di importante: voi eravate stranieri, ma non estranei."

Un'altra pausa. Quindi Tatiana continua:

"Tu sei molto più giovane di me, non hai sofferto ciò che ho patito io, non conosci la vita, procedi con la buona sorte schierata al tuo fianco. Il fatto che sei innamorata di un uomo mi ha spronato a innamorarmi di nuovo della vita – sì, ora mi sarà più facile anche cercare nuovamente l'amore di un altro compagno."

Hilal abbassa lo sguardo. Non era ciò che avrebbe voluto sentire. Forse aveva pensato di confessarlo, ma adesso è un'altra persona a pronunciare le sue parole, nella città di Novosibirsk, in Russia, nella realtà che ci ostiniamo a immaginare – probabilmente molto diversa da quella che Dio ha pensato per la nostra terra. In questo momento, la sua mente si dibatte tra le parole che prorompono dal cuore di Tatiana e la logica della violinista, la quale vorrebbe porre fine a quel momento davvero speciale con un allarme: "Lo hanno notato tutti. Sul treno, ormai se ne stanno accorgendo"

"Voglio aggiungere soltanto che finalmente mi sono concessa il perdono e mi sento più leggera," prosegue Tatiana. "Non capisco cosa siete venuti a fare qui e perché mi avete chiesto di accompagnarvi in una passeggiata. Di certo, voi avete confermato una mia insistente intuizione: gli esseri umani s'incontrano quando hanno davvero bisogno di incontrarsi. Mi sono appena salvata da me stessa."

Aveva un'espressione totalmente diversa, ora. La dea si era trasformata in fata. Spalanca le braccia in direzione di Hilal, che le si avvicina. Si abbracciano. Tatiana mi guarda e fa un cenno col capo: mi chiede di avvicinarmi, ma io non mi muovo. A Hilal, quell'abbraccio serve molto più che a me. La giovane violinista non ha mostrato qualcosa di magico, bensì uno scenario convenzionale che, tuttavia, è diventato un elemento magico per merito di una donna che ha saputo tramutare quell'energia e renderla sacra.

Le due donne continuano ad abbracciarsi. Io guardo l'acqua ghiacciata della fontana, e so che un giorno tornerà a scorrere, prima di congelare di nuovo e di nuovo riprendere a fluire. Che sia così anche per i nostri cuori: che anch'essi obbediscano al tempo, ma non restino mai fermi per sempre.

Tatiana prende dalla borsa un biglietto da visita. Esita, poi lo porge a Hilal.

"Addio," dice. "Questo è il mio numero di telefono, ma so che non vi rivedrò mai più. Forse tutto ciò che ho detto appartiene a un momento d'inguaribile romanticismo e, ben presto, le cose torneranno a essere come prima. In qualsiasi caso, per me è stato molto importante."

"Addio," replica Hilal. "Se ho saputo trovare la strada per la fontana, saprò anche ritornare in albergo."

Mi offre il braccio. Camminiamo nelle vie gelide e, per la prima volta da quando ci conosciamo, la desidero come donna. La lascio davanti all'ingresso dell'albergo: le dico che ho bisogno di camminare ancora, da solo, pensando alla vita.

Il Cammino della Pace

'Non devo. Non posso.' E, per mille volte, devo ripetermi: 'Non voglio.'

Yao si toglie i vestiti e rimane in mutande. Malgrado abbia più di settant'anni, il suo corpo è solo pelle e muscoli. Mi spoglio anch'io.

Ne ho bisogno. Non per i giorni trascorsi confinato sul treno, ma perché ora il mio desiderio sta aumentando in maniera incontrollabile. Sebbene raggiunga valori esagerati solo quando siamo lontani – lei nella sua cabina, io alle prese con qualche impegno professionale –, so che la mia capitolazione è ormai prossima.

È accaduto così anche nel passato, allorché c'incontrammo per quella che immagino sia stata la prima volta: quando si allontanava da me, non riuscivo a pensare ad altro. Quando ritornava vicina, visibile, palpabile, i demoni scomparivano, senza che dovessi fare alcuno sforzo per controllarmi.

Ecco perché deve restare qui. Adesso. Prima che sia troppo tardi.

Yao indossa il kimono; me lo infilo anch'io. In silenzio, ci avviamo verso il *dojo*, il luogo consacrato alla pratica, che è riuscito a scovare dopo tre o quattro telefonate. Ci sono varie persone che meditano o si esercitano: troviamo un angolo libero.

"Il Cammino della Pace è vasto e immenso, e riflette il grande disegno che permea e informa il mondo visibile e invisibile. Il guerriero è il trono del Divino e agisce sempre per un fine più grande": Morihei Ueshiba scrisse queste parole quasi un secolo fa, mentre sviluppava le teorie e le tecniche dell'Aikido.

Il cammino del suo corpo è la porta accanto. Io andrò a bussare, lei aprirà e non mi chiederà che cosa desidero: potrà leggerlo nei miei occhi. Forse avrà paura. O forse dirà: "Entra, ti stavo aspettando. Il mio corpo è il trono del Divino, e agisce per rendere manifesto anche qui ciò che stiamo già vivendo in un'altra dimensione."

Seguendo la tradizione, Yao e io ci salutiamo con un inchino. Poi il nostro sguardo cambia. Ora siamo pronti per il combattimento.

E, nella mia immaginazione, anche lei china il capo, come se stesse dicendo: "Sì, sono pronta. Prendimi, afferra i miei capelli."

Yao e io ci avviciniamo, afferriamo i colletti dei rispettivi kimono, cerchiamo una posizione salda – e il combattimento ha inizio. Dopo un secondo, mi ritrovo sul *tatami*. Non posso pensare a lei: invoco lo spirito di Ueshiba, che mi soccorre con i suoi insegnamenti. Riesco a tornare allo spazio del *dojo*, al mio avversario, al combattimento, all'Aikido, al Cammino della Pace.

"La tua mente dev'essere in armonia con l'Universo. Il tuo corpo deve accompagnare il moto dell'Universo. Tu e l'Universo siete una cosa sola."

La forza del colpo mi ha avvicinato a lei. Reagisco e faccio la medesima cosa. Le afferro i capelli e la scaravento sul letto. Mi lancio sul suo corpo. Ecco, questa è l'armonia dell'Universo: un uomo e una donna trasformati in un'unica energia.

Mi alzo. Sono anni che non combatto, la mia mente è lontana da qui, ho dimenticato come si mantiene l'equilibrio. Yao aspetta che mi riprenda: osservando la sua postura, mi sovviene la posizione in cui devo tenere i piedi. Mi piazzo di fronte a lui, stavolta in modo corretto, e di nuovo ci afferriamo per i colletti del kimono.

E ancora non c'è Yao davanti a me, bensì Hilal. Le immobilizzo le braccia – prima con le mani, poi con le ginocchia. Comincio a sbottonarle la camicetta.

Torno a solcare lo spazio: non riesco a capire come sia potuto accadere. Mi ritrovo sul *tatami*, e fisso il soffitto costellato di luci fluorescenti: ignoro come abbia potuto abbassare le difese in maniera così ridicola. Yao tende la mano: un aiuto per alzarmi. Rifiuto: posso farlo da solo.

Di nuovo, afferriamo i colletti dei rispettivi kimono. E ancora la mia mente si allontana: ritorno al letto, alla camicetta sbottonata, ai piccoli seni dai capezzoli turgidi, che mi chino a baciare, mentre lei dondola piano le anche – fra il piacere e l'eccitazione per il prossimo movimento.

"Concentrati," dice Yao.

"Lo sto già facendo."

Non è vero. E lui lo sa. Sebbene non sia in grado di leggere nei miei pensieri, capisce che non sono lì. Il mio corpo brucia per la massiccia quantità di adrenalina che mi circola nel sangue, per le due cadute e per tutto ciò che è scivolato via insieme ai colpi ricevuti: la camicetta, i jeans, le scarpe da ginnastica lanciate lontano. Se non è possibile prevedere il prossimo attacco, diventa indispensabile agire con accortezza, intuito e...

Yao allenta la presa sul colletto e afferra il mio dito, piegandolo in una mossa tradizionale. La torsione di un dito, e il corpo si paralizza. Un'azione su un semplice dito blocca l'intero sistema. Mi sforzo per non urlare. Vedo le stelle. Poi, all'improvviso, il dolore acutissimo fa letteralmente scomparire il *tatami*.

Dapprima mi sembra che il male favorisca la mia concentrazione sul Cammino della Pace – è quello che dovrei fare. Ma, un istante dopo, cede il passo a una sensazione assolutamente diversa: lei mi sta mordicchiando le labbra mentre ci baciamo. Le mie ginocchia non le immobilizzano più le braccia. Adesso le sue mani mi afferrano con forza, le sue unghie si conficcano nelle mie spalle. I suoi gemiti si riversano nel mio orecchio sinistro. I suo denti smettono di tormentarmi le labbra. La sua testa si muove, e lei mi bacia.

"Allena il tuo cuore. Se saprai controllarlo, sconfiggerai l'avversario. Questa è la disciplina che fortifica il guerriero."

È quel che cerco di fare. Riesco a sottrarmi al colpo e afferro il suo kimono. Yao immagina che provi un'umiliazione tremenda. Si è reso conto che tutti i miei anni di pratica sono svaniti e, di sicuro, ora mi permetterà di attaccarlo.

Leggo il suo pensiero. Leggo il pensiero di lei, e mi lascio dominare. Hilal mi rovescia sul letto, monta sul mio corpo, mi slaccia la cintura e comincia a sbottonarmi i pantaloni.

"Il Cammino della Pace scorre come un fiume e, giacché niente può resistergli, è inevitabilmente votato alla vittoria. L'arte della pace è imbattibile, perché non si lotta contro qualcuno, ma soltanto contro se stessi. Vinci te stesso e trionferai sul mondo".

Sì, è proprio quello che sto facendo ora. Il sangue scorre più veloce che mai, il sudore mi gocciola sulle ciglia e, per una frazione di secondo, mi impedisce di vedere: il mio avversario, però, non approfitta del vantaggio. Con due mosse, è a terra.

"Non farlo," dico. "Non sono un bambino che deve vincere a ogni costo. In questo momento, il mio combattimento avviene su un altro piano. Non regalarmi una vittoria senza merito, o senza la gioia di essere il migliore."

Yao comprende e si scusa. Ora non stiamo lottando, ma praticando il cammino. Lui afferra di nuovo il mio kimono. Io abbozzo un colpo da destra; poi, all'ultimo istante, muto la traiettoria. Con una mano, Yao afferra il mio braccio e lo torce: mi obbliga a inginocchiarmi, affinché non si spezzi.

Nonostante il dolore, capisco che la situazione sta migliorando. Anche se ricorda un combattimento, il Cammino della Pace è qualcosa di assai diverso. È l'arte di colmare ciò che è manchevole e di eliminare quello che è superfluo. Impiego ogni energia e, a poco a poco, la mia mente si allontana dal letto, dalla giovane con i piccoli seni e i capezzoli turgidi che mi sbottona i pantaloni e mi accarezza il sesso. In questo combattimento, c'è la mia lotta con me stesso: devo vincerla a qualsiasi costo, cadendo e rialzandomi innumerevoli volte. Lentamente cominciano a scomparire i baci mai dati, gli orgasmi pronti a sbocciare, le carezze dopo il sesso violento e selvaggio, romantico ma senza limiti o preclusioni.

Avanzo lungo il Cammino della Pace, vi riverso la mia energia, affluente di un fiume inarrestabile, che segue il suo corso sino alla fine, sfociando nel mare com'era stabilito.

Mi rialzo. Cado di nuovo. Combattiamo per quasi mezz'ora, astraendoci dall'ambiente circostante. Non indugiamo sulla presenza degli altri *aikidoka*, ma li osserviamo mentre si sforzano di assumere la posizione corretta, quella che li aiuterà a trovare una giusta collocazione nella vita quotidiana.

Alla fine, Yao e io siamo sudati ed esausti. Lui mi saluta con un inchino, io rispondo in modo identico; poi ci avviamo verso la doccia. Ho incassato colpi per l'intera durata del combattimento, eppure sul mio corpo non c'è alcun segno: ferire l'avversario significa ferire se stessi. Saper controllare l'attacco per non arrecare danni all'altro: ecco il Cammino della Pace.

Lascio che l'acqua scorra sul mio corpo, lavando via tutte le fantasie che si erano raggrumate e poi dissolte nella mia mente. Quando il desiderio tornerà – so che accadrà –, chiederò nuovamente a Yao di trovare un posto dove praticare l'Aikido – magari anche il corridoio del treno, come avevamo pensato – e ritrovare il Cammino della Pace.

Vivere è allenarsi. Allenandoci, ci prepariamo per affrontare tutto quello da cui siamo attesi. A quel punto, la vita e la morte perdono ogni significato: esistono solo le sfide che accogliamo con gioia e superiamo con serenità.

* * *

"Un uomo mi ha chiesto di poter parlare con te," dice Yao, mentre ci rivestiamo. "Gli ho promesso che avrei cercato di procurargli un appuntamento, perché gli devo un favore. Ti prego, fallo per me."

"Ma partiremo domattina presto," gli ricordo.

"Ah, l'appuntamento sarebbe durante la nostra prossima sosta. Certo, io sono soltanto un interprete... Se credi che sia impossibile, gli dirò che sei impegnato."

Non è solo un interprete, e lo sa. È un uomo che intuisce quando ho bisogno di aiuto, anche se ne ignora le ragioni.

"Allora va bene. Farò ciò che mi chiedi," replico.

"Voglio che tu sappia che ho una lunga esperienza nelle arti marziali," dice, cambiando argomento. "E, quando ha elaborato il Cammino della Pace, Morihei Ueshiba non intendeva soltanto prevalere sul nemico fisico. Se l'intenzione dell'*aikidoka* fosse stata schietta e pura, durante il cammino sarebbe riuscito a vincere anche il suo nemico interiore."

"È molto tempo che non combatto."

"Non è vero. Forse è molto tempo che non ti eserciti. Ma il Cammino della Pace vive ancora dentro di te. Quando lo si è appreso, non lo si dimentica più."

Sapevo qual era l'obiettivo di Yao. Avrei potuto troncare il discorso, ma ho deciso di lasciarlo proseguire. Era un uomo navigato, esperto, abituato alle avversità e, malgrado gli innumerevoli cambiamenti che aveva sperimentato in questa incarnazione, era sempre sopravvissuto. Inutile tentare di nascondergli qualcosa.

Lo invito a continuare il discorso.

"Tu non stavi battendoti con me. Lottavi con lei."

"È vero."

"E allora continueremo ad allenarci, ogni volta che il viaggio ce lo permetterà. Voglio ringraziarti per quello che hai detto in treno, paragonando la vita e la morte al passaggio da un vagone all'altro e spiegando che avviene più volte nel corso della nostra vita. Per la prima volta dalla scomparsa di mia moglie, ho passato una notte tranquilla. L'ho incontrata nei sogni e ho visto che era felice."

"Comunque stavo parlando anche per me."

Lo ringrazio per essere stato un avversario leale, per non avermi regalato una vittoria priva di meriti.

L'anello di fuoco

"*È indispensabile sviluppare una strategia che riguardi e utilizzi tutto ciò che ti sta intorno. Il miglior modo di prepararsi a una sfida è poter disporre di una molteplicità di risposte.*"

Finalmente ero riuscito ad accedere a internet. Dovevo rinfrescarmi la memoria sulle innumerevoli annotazioni e varianti del Cammino della Pace.

"*La ricerca della pace è una pratica di preghiera che genera luce e calore. Sforzati di dimenticare te stesso, di comprendere che nella luce risiede la saggezza e nel calore si trova la compassione. Camminando su questo pianeta, impegnati per osservare la vera forma dei cieli e della terra. Ciò potrà avvenire se riuscirai a vincere ogni paura, se avrai coscienza che i tuoi gesti e i tuoi atteggiamenti corrispondono davvero al tuo pensiero.*"

Qualcuno bussa alla porta. Sono talmente concentrato che stento a comprendere che cosa sta accadendo. Il mio primo impulso è quello di non rispondere, tuttavia mi dico che quella bussata potrebbe riguardare qualcosa di urgente – chi troverebbe il coraggio di svegliare una persona a quest'ora, senza un valido motivo?

Mentre mi avvio verso la porta, considero che esistono individui sufficientemente coraggiosi per una simile azione.

Apro l'uscio e vedo Hilal, con una maglietta rossa e i pantaloni del pigiama. Senza profferire parola, entra e si sdraia sul letto.

Mi corico accanto a lei. Si avvicina – e io l'abbraccio.

"Dove sei stato?" domanda.

"Dove sei stato?" è una frase che non possiede un unico significato. Chi pone questa domanda sovente intende anche dire: "Ho sentito la tua mancanza", "Avrei voluto essere con te", oppure: "Devi rendermi conto di ciò che fai."

Non rispondo. Mi limito ad accarezzarle i capelli.

"Ho telefonato a Tatiana, e abbiamo passato il pomeriggio insieme," dice Hilal, come se intendesse replicare a una domanda che non ho posto – comunque, io non ho risposto alla sua. "È una donna triste, e la tristezza è contagiosa. Mi ha raccontato che ha una gemella tossicodipendente, incapace di trovarsi un lavoro o di vivere una qualsiasi relazione amorosa normale. Comunque, la tristezza di Tatiana non deriva da questo, bensì dal fatto che è una donna di successo, bella, desiderata dagli uomini. Le piace il suo lavoro, è divorziata e ha incontrato un uomo che si è innamorato di lei. Ogni volta che incontra la sorella, però, prova un tremendo senso di colpa. Primo, perché non è in grado di risolvere la situazione. Secondo, perché la sua vittoria rende più amara la sconfitta della gemella. In altre parole, non si è mai felici, quali che siano le circostanze. Tatiana non è l'unica persona al mondo a pensarla così."

Continuo ad accarezzarle i capelli.

"Ricordi il mio racconto durante la cena all'ambasciata? E quello che gli altri hanno detto in varie occasioni: possiedo un talento straordinario, sono una grande violinista, la mia carriera sarà costellata di trionfi e gioie. È ciò che ha ribadito anche l'insegnante, prima di aggiungere: 'È terribilmente insicura... Non ha fiducia in ciò che fa.' Non è vero: io padroneggio la tecnica, so dove attingere l'ispirazione, ma NON sono nata per essere una violinista, e nessuno mi convincerà mai del contrario. Lo strumento è un mezzo personale per evadere dalla realtà, un 'momento di gloria' che mi porta lontano da me stessa, e grazie al quale sono viva. Sono sopravvissuta per poter incontrare qualcuno che mi avrebbe liberato da tutto l'odio che provo. Quando ho letto i tuoi libri, ho capito che quella persona eri tu. Ovvio."

"Ovvio."

"Ho cercato di aiutare Tatiana, raccontandole che fin dall'adolescenza ho lottato per distruggere tutti gli uomini che mi si avvicinavano, solo perché uno aveva tentato deliberatamente di annientarmi. Ma lei non mi ha creduto, ha pensato che fossi una bambina. Ha accettato di rivedermi per avvicinare te."

Si muove, si fa più vicina a me. Avverto il calore del suo corpo.

"Mi ha chiesto di poter accompagnarci fino al lago Baikal. Ha detto che, anche se il treno passa quotidianamente da Novosibirsk, non ha mai avuto un motivo per partire. Adesso, invece, l'ha trovato."

Come immaginavo, ora che siamo a letto insieme, provo soltanto un'enorme tenerezza per la giovane turca. Spengo la luce. La stanza è illuminata soltanto dalle cascate di scintille prodotte da qualche macchinario in un edificio poco distante.

"Le ho risposto che non era possibile. Ho aggiunto che, anche se sale sul treno, non potrà mai arrivare alla tua carrozza: i controllori glielo impedirebbero. Lei ha capito che non la volevo vicino."

"In quel posto, lavorano anche la notte," dico.

"Mi stai ascoltando?"

"Sì, ti ascolto, ma non capisco. Una persona con alcuni problemi mi cerca, proprio come hai fatto tu. E anziché offrirle il tuo aiuto, ti adoperi per allontanarla definitivamente."

"Perché ho paura. Paura che si avvicini troppo – e che il tuo interesse per me scemi. Poiché ignoro chi sono realmente e qual è il mio ruolo qui, tutto potrebbe scomparire all'improvviso."

Distendo il braccio sinistro, recupero le sigarette, e ne accendo due: una per lei e una per me. Sistemo il posacenere sul mio petto.

"Mi desideri?" domanda Hilal.

Vorrei rispondere: "Sì, ti desidero quando sei lontana, quando sei soltanto una fantasia che pervade la mia mente. Oggi ho combattuto per quasi un'ora pensando a te, al tuo corpo, alle tue gambe, ai tuoi seni, ma la lotta fisica ha consumato solo una minima quantità della mia energia. Sono un uomo che ama e vuole la propria moglie, eppure ti desidero. Di sicuro, non sono l'unico che ti desidera, come non sono l'unico uomo sposato che vuole un'altra donna. Con il pensiero, tutti commettiamo adulterio; poi chiediamo perdono e torniamo a peccare. Eppure non è il timore del peccato che mi impedisce di sfiorare il tuo corpo, di stringerlo fra le braccia, di prenderlo. No, questo senso di colpa non mi appartiene. Ora c'è qualcosa di molto più importante che fare l'amore con te. Ecco perché non provo alcuno stimolo sessuale nei tuoi confronti, e mi limito a stare disteso accanto a te, a scrutare la camera dell'albergo illuminata dalla fuggevole luce delle scintille proveniente dall'edificio oltre i vetri della finestra."

"Certo che ti desidero," dico. "E tanto. Io sono un uomo e tu sei una donna molto attraente. Inoltre, per te provo una tenerezza immensa, che aumenta giorno dopo giorno. Ammiro il tuo modo di trasformarti con grande facilità da donna a bambina e da bambina a donna. Sei come l'archetto che sfiora le corde del violino e crea una melodia divina."

Le braci delle sigarette aumentano d'intensità. Ancora due tirate.

"E perché non mi tocchi?"

Spengo la sigaretta, lei fa altrettanto. Continuo ad accarezzarle i capelli e a preparare il viaggio nel passato.

"Devo compiere un'azione molto importante per entrambi. Ti ricordi dell'Aleph? Ho deciso di oltrepassare quella porta davanti alla quale abbiamo provato un terrore enorme."

"E io cosa devo fare?"

"Niente. Soltanto rimanermi accanto."

Comincio a immaginare l'anello di luce dorata che sale e scende lungo il mio corpo. Parte dai piedi e risale fino al capo. Poi torna indietro. All'inizio, mi è difficile concentrarmi ma, pian piano, il cerchio acquista velocità.

"Posso parlare?"

Sicuro. L'anello di fuoco agisce al di là di questa realtà.

"Non esiste cosa peggiore che essere respinti. Quando la tua luce incontra quella di un'altra anima, tu pensi che le finestre si spalancheranno, che entrerà il sole e che, finalmente, le ferite del passato si rimargineranno. E invece non accade niente di ciò che hai immaginato. Forse sto pagando il fio per gli innumerevoli uomini che ho fatto soffrire."

La luce dorata comincia a vibrare e a muoversi in maniera indipendente – prima era soltanto il risultato degli sforzi della mia mente, un esercizio piuttosto noto per ritornare alle vite passate.

"No, tu non stai pagando nulla. Proprio come me. Ricorda quel che ti ho detto in treno: 'Tutto ciò che viviamo adesso sta nel passato e nel futuro.' In questo preciso istante, in un albergo di Novosibirsk, si crea e si distrugge il mondo. Stiamo redimendo tutti i peccati, se questo è il nostro autentico desiderio."

A Novosibirsk, e in tutti i punti dell'Universo, il tempo batte come il gigantesco cuore di Dio, espandendosi e contraendosi. Hilal si avvicina ulteriormente a me, e io sento il suo piccolo cuore che batte sempre più forte.

Anche l'anello dorato che circonda il mio corpo si muove sempre più rapidamente. La prima volta che feci quell'esercizio – subito dopo aver letto un libro che insegnava come scoprire i misteri delle vite passate – venni proiettato nella Francia della metà del XIX secolo, e mi vidi intento a scrivere un libro che trattava i medesimi argomenti che oggi caratterizzano le mie opere. Scoprii il mio nome, il luogo in cui vivevo, il tipo di penna che utilizzavo e la frase che avevo scritto. Provai un tale spavento che tornai subito nel presente, poco distante dalla spiaggia di Copacabana, nella camera dove mia moglie dormiva tranquillamente accanto a me. Il giorno seguente, iniziai a procurarmi ogni informazione possibile sulla mia identità precedente; poi, una settimana dopo, decisi di tornare a incontrare me stesso. Non funzionò. E, nonostante innumerevoli tentativi, non riuscii a ripetere l'esperienza.

Ne parlai con J. Mi spiegò che anche, nella Tradizione, esiste la "fortuna del principiante", concepita da Dio con l'unico scopo di dimostrare che è possibile – una sorta di dono che scompare nel volgere di un momento, rendendo l'impresa difficile come tutte le altre. Mi suggerì di abbandonare quella prova, a meno che non avessi qualcosa di tremendamente serio da risolvere in una delle vite passate. In caso contrario, era un'inutile perdita di tempo.

Anni dopo, a São Paulo, conobbi una donna: un medico omeopatico, una professionista rinomata, estremamente disponibile con i suoi pazienti. Ogni volta che l'incontravo, avevo l'impressione di averla già conosciuta in passato. Poi, un giorno, mentre ci trovavamo sul balcone del mio albergo ad ammirare il panorama della città, le proposi di fare l'esercizio dell'anello. Entrambi fummo proiettati verso la porta che, più tardi, avrei rivisto anche con Hilal, dopo aver scoperto l'Aleph sul treno. Quando se ne andò, mi salutò con un sorriso sulle labbra. Comunque, non riuscii più a incontrarla: non rispose mai alle mie telefonate e si rifiutò di ricevermi allorché mi presentai nella clinica in cui lavorava. Capii che era inutile insistere.

La porta, però, era ormai aperta: il piccolo foro nella diga aveva incominciato a trasformarsi in un buco da cui l'acqua sprizzava con una forza sempre maggiore. Nel corso degli anni, incontrai altre tre donne che mi sembrò di conoscere da molto tempo – in qualsiasi caso, non ripetei l'errore commesso con la dottoressa ed evitai di coinvolgerle nella pratica dell'anello di fuoco. Nessuna di loro scoprì mai che ero il responsabile di una tragedia patita in un'esistenza precedente.

A ogni modo, la coscienza del mio errore non mi ha mai impedito di agire, animato dalla sincera intenzione di correggerlo. Poiché la sciagura aveva colpito otto donne, ero sicuro che una di loro mi avrebbe raccontato l'epilogo della vicenda. Ormai conoscevo quasi ogni particolare della storia, tranne ciò che riguardava una maledizione lanciata contro di me.

Ed è anche per questo che ho scelto di percorrere la Transiberiana e, oltre dieci anni dopo, mi sono lasciato prendere di nuovo dall'Aleph. La quinta donna ora è sdraiata accanto a me e parla di cose che non m'interessano, giacché l'anello di fuoco sta girando sempre più vorticosamente. No, non voglio che mi segua fino al punto in cui ci siamo incontrati nel passato.

"Le donne credono nell'amore. Gli uomini, invece, no," dice Hilal.

Seguito ad accarezzarle i capelli. L'intensità dei battiti del suo cuore comincia a diminuire. Immagino che abbia gli occhi chiusi: finalmente si sente amata, protetta, e la sua idea di essere respinta si è dileguata con la medesima rapidità con cui era comparsa.

Anche il suo respiro comincia a rallentare. Hilal si muove di nuovo, ma stavolta solo per trovare una posizione più comoda. A questo punto, prendo il posacenere dal mio petto e lo appoggio sul comodino; poi la cingo con entrambe le braccia.

Adesso l'anello dorato si solleva e si abbassa a una velocità incredibile – schizza dai miei piedi alla testa, dalla testa ai miei piedi. D'un tratto, ho la sensazione che l'aria intorno a me sia scossa, come se si fosse verificata un'esplosione.

Ho gli occhiali appannati e le unghie sporche. Anche se la candela illumina fiocamente l'ambiente, riesco a vedere le maniche dell'abito che indosso: di tessuto grossolano, pesante.

Davanti a me, c'è una lettera. È sempre la stessa.

Cordova, 11 luglio 1492

Carissimo,

ci sono rimaste poche armi, tra cui l'Inquisizione, che è stata bersaglio di attacchi ferocissimi. La malafede di alcuni e i preconcetti di altri hanno trasformato l'Inquisitore in un mostro. In questo difficile e delicato momento, mentre questa supposta Riforma fomenta la ribellione nelle case e i disordini nelle strade, calunnia il tribunale terreno di Cristo e lo accusa di nefandezze e torture, noi rappresentiamo l'Autorità! E l'Autorità ha il dovere di punire con la pena suprema chi arreca un danno irreparabile al bene generale; ha il dovere di estirpare dal corpo malato quel membro che lo contamina, per impedire che altri imitino il suo agire. È dunque giustissimo infliggere la pena di morte a coloro che – propagando ostinatamente l'eresia – fanno in modo che molte anime siano consegnate al fuoco dell'Inferno.

Queste donne credono di poter impunemente beneficiare della libertà di diffondere il veleno dei loro errori, di seminare la lussuria e l'adorazione del diavolo. Sono streghe! Non sempre le punizioni spirituali sono sufficienti. La maggioranza delle persone è incapace di comprenderle. La Chiesa deve avere – e ha – il diritto di denunciare ciò che è sbagliato e di esigere un atteggiamento radicale dalle autorità.

Queste donne sono arrivate ad allontanare il marito dalla moglie, il fratello dalla sorella, il padre dai figli. Senza dubbio, la Chiesa è una madre misericordiosa, sempre disposta a perdonare. La nostra unica preoccupazione è quella di otte-

nere il pentimento, affinché ci sia possibile consegnare le loro anime purificate al Creatore. Nella tua missione – un'arte divina nella quale si riconosce l'ispirata parola di Cristo –, gradua meticolosamente i castighi, affinché esse confessino tutte le macchinazioni, i rituali, i feticci che diffondono nella città ora in preda al caos e all'anarchia.

Guidati dal vittorioso braccio di Cristo, quest'anno siamo riusciti a ricacciare i mussulmani sulla sponda dell'Africa. Avevano esteso il loro dominio su una considerevole parte d'Europa ma, con il soccorso della Fede, abbiamo trionfato in tutte le battaglie. Anche i giudei sono fuggiti, e quelli che sono rimasti saranno convertiti con il ferro e il fuoco.

Un morbo peggiore dei giudei e degli arabi è stato il tradimento di coloro che affermavano di credere in Cristo e che, invece, ci hanno pugnalato alle spalle. Ma, quando meno se lo aspettano, anch'essi saranno puniti – è soltanto una questione di tempo.

Ora, però, dobbiamo concentrare la nostra attenzione e i nostri sforzi su quelli che, in maniera insidiosa, s'infiltrano nel nostro gregge: autentici lupi con indosso pelli d'agnello. Ecco perché bisogna agire per mostrare a tutti che il male non resterà impunito: infatti, se queste donne riusciranno nei loro intenti, la notizia si diffonderà, il cattivo esempio si moltiplicherà, il vento del peccato si trasformerà in un ciclone – e noi ne usciremo indeboliti: gli arabi torneranno, i giudei si riorganizzeranno e quasi un millennio e mezzo di lotte per la Pace di Cristo sprofonderanno nell'oblio.

Qualcuno ha sostenuto che l'utilizzo della tortura venne codificato dal tribunale del Sant'Uffizio. Nulla di più falso! Al contrario, quando il Diritto romano ammise l'impiego della tortura, la Chiesa respinse quella decisione. Ma ora, pressati dalla necessità, abbiamo sposato quella scelta; tuttavia, l'uso di un simile mezzo è LIMITATO! Il Papa ha permesso

– non ordinato – *l'utilizzo della tortura in casi rarissimi e solo di fronte a eretici. In questo tribunale dell'Inquisizione, tanto ingiustamente screditato, ogni regola è improntata alla saggezza, all'onestà e alla prudenza. Dopo ogni denuncia, ai peccatori viene concessa sempre la grazia del sacramento della penitenza, prima che tornino ad affrontare il giudizio nei Cieli, dove ci saranno rivelati tutti i segreti. Il nostro interesse precipuo è la salvezza di quelle povere anime: ecco perché l'Inquisitore ha il diritto di interrogare il prigioniero con i metodi più acconci per ottenere la* CONFESSIONE. *È in questo caso che, talvolta, interviene l'applicazione della tortura, ma solamente secondo quanto esposto in precedenza.*

Eppure i nemici della Gloria Divina ci accusano di essere dei carnefici privi di cuore: non vogliono accorgersi che l'Inquisizione applica la tortura con una misura e un'indulgenza sconosciute in tutti i tribunali civili del nostro tempo! Poiché la tortura può essere impiegata soltanto UNA *volta in ogni processo, mi aspetto che non sprecherai l'unica opportunità concessa. Se non agirai in modo equo e corretto, getterai discredito sul tribunale, e saremo costretti a liberare quelle donne venute al mondo solo per diffondere il seme del peccato. Tutti siamo deboli, solo il Signore è forte. Ma Egli ci rende forti quanto Lui, allorché ci concede l'onore di combattere per la gloria del Suo nome.*

Tu non hai il diritto di sbagliare. Se quelle donne sono colpevoli, devono confessare prima che vengano affidate alla misericordia del Padre.

So che è la prima volta che ti accingi a un simile impegno, so che il tuo cuore è ricolmo di quella che definisci compassione ma che in verità è una sorta di debolezza, e per questo voglio ricordarti che Gesù non esitò a cacciare a sferzate i mercanti dal Tempio. Il Superiore si premurerà di mostrarti tutti i procedimenti consentiti, dimodoché quando ti trove-

rai ad agire, saprai scegliere tra la frusta, la ruota o gli altri strumenti, senza che il tuo spirito vacilli. Ricordati che non v'è nulla di più compassionevole della morte sul rogo. Essa è la forma più sublime di purificazione. Il fuoco brucia la carne, ma monda l'anima, la quale potrà liberamente ascendere alla gloria di Dio!

Il tuo lavoro è fondamentale perché si mantenga l'ordine, perché il nostro paese superi le difficoltà interne, perché la Chiesa rafforzi il suo potere minacciato dalle iniquità e la parola dell'Agnello torni a echeggiare nel cuore degli uomini. Talvolta è necessario utilizzare la paura perché l'anima ritrovi la sua strada. Talaltra occorre ricorrere alla guerra perché si possa vivere in pace. Non è importante il giudizio odierno sulle nostre pratiche, giacché il futuro ci renderà giustizia e riconoscerà la bontà del nostro operato.

Forse neanche nell'avvenire gli uomini comprenderanno le nostre azioni e dimenticheranno che la nostra durezza era motivata dall'auspicio che tutti potessero vivere nella mansuetudine predicata dal Figlio, eppure già noi sappiamo che nel Cielo ci attende la giusta ricompensa.

I semi del male devono essere scalzati dalla terra prima che mettano radici, germoglino e fruttifichino. Aiuta il tuo Superiore a compiere il suo sacro lavoro – senza odio contro quelle sventurate creature, ma senza alcuna pietà verso il Maligno.

Ricordati che, in Cielo, esiste un altro tribunale: là dovrai rendere conto di come hai amministrato il volere di Dio sulla Terra.

F.T.T., O.P.

Credere, pur essendo screditata

Non ci siamo mossi per l'intera notte. Quando mi sveglio, le mie braccia la cingono ancora: entrambi siamo nella posizione in cui ci trovavamo prima che la velocità dell'anello dorato aumentasse vertiginosamente. Mi duole il collo per la mancanza di movimento durante il sonno.

"Alziamoci. Abbiamo alcune cose da fare."

Hilal si gira dall'altro lato, mormorando una frase come: "In questo periodo dell'anno, il sole sorge molto presto in Siberia"

"Su, alziamoci. Dobbiamo uscire subito. Va' nella tua camera e vestiti. Ci troviamo nella hall."

* * *

Il portiere dell'albergo mi ha dato una cartina, e adesso mi indica il percorso. Cinque minuti a piedi. Hilal protesta perché il buffet della colazione non è ancora aperto.

Usciamo, imbocchiamo due traverse, e subito ci ritroviamo davanti alla mia meta.

"Ma è... una chiesa!"

Sì, è proprio una chiesa.

"Detesto svegliarmi presto. E detesto ancora di più... quella." Indica la cupola a bulbo azzurra, sormontata da una croce dorata.

Le porte sono aperte, e un gruppo di donne anziane sta entrando nell'edificio. Mi guardo intorno: la strada è deserta, non c'è ancora traffico.

"Ho assolutamente bisogno che tu faccia una cosa per me."

Sul volto di Hilal compare finalmente il primo sorriso della giornata. Le sto chiedendo un favore! Lei è necessaria nella mia vita!

"È qualcosa che posso fare solo io?"

"Sì, soltanto tu. Comunque, non domandarmi il motivo per cui te lo sto chiedendo."

* * *

La prendo per mano e la conduco all'interno. Non è la prima volta che entro in una chiesa ortodossa. Non ho mai capito che cosa devo o posso fare, oltre ad accendere sottili candele di cera e pregare santi e angeli per garantirmi una protezione. Sono comunque affascinato dalla bellezza di questi templi, che riprendono un progetto architettonico ideale: soffitto a volta celeste, navata centrale senza banchi, archi laterali, icone che i pittori – tra preghiere e digiuni – hanno realizzato con colori smaglianti e adornato di foglie d'oro. Davanti ad alcune di esse, le mattiniere fedeli si genuflettono, prima di baciare il vetro di protezione.

Così accade in moltissime occasioni: le tessere del puzzle cominciano a incastrarsi con una perfezione assoluta quando un individuo si concentra su ciò che davvero desidera. Nonostante tutto ciò che ho sperimentato durante la notte, nonostante non sia riuscito ad andare oltre la lettera – c'è ancora tempo fino a Vladivostok –, il mio cuore è tranquillo.

Anche Hilal sembra affascinata dalla bellezza del luogo. Deve aver dimenticato che ci troviamo in una chiesa. Mi avvicino a una donna seduta in un angolo e compro quattro candele: ne accendo tre davanti all'immagine di San Giorgio – non sono affatto sicuro dell'identità di quella figura –, e prego per me, per la mia famiglia, per i miei lettori e per il mio lavoro.

Accendo anche la quarta candela, e la porto a Hilal.

"Ti prego, fa' tutto ciò che ti chiedo. Prendi questa candela."

Con un gesto istintivo, la giovane si guarda intorno, per scoprire se qualcuno ci sta osservando. Forse immagina che quel comportamento non sia rispettoso o adatto al luogo in cui ci troviamo. Un attimo dopo, però, smette di preoccuparsi. Detesta le chiese, e non deve comportarsi come gli altri.

La fiamma della candela si riflette nei suoi occhi. Io chino il capo. Non avverto alcun senso di colpa, soltanto un moto di accettazione e un dolore lontano, che si manifesta in un'altra dimensione e che devo accogliere.

"Ti ho tradita. E ti chiedo di perdonarmi."

"Tatiana!"

Le poso le dita sulle labbra. Nonostante tutta la sua forza di volontà, le sue lotte, il suo talento, non posso dimenticare che ha solo ventun anni. Avrei dovuto formulare la frase in modo differente.

"No, Tatiana non c'entra. Ti prego solo di perdonarmi."

"Non posso concederti il perdono, se non so che cosa riguarda."

"Pensa all'Aleph. Ricorda ciò che hai provato in quel momento. Sforzati per portare in questo luogo sacro qualcosa che non conosci, ma che custodisci nel cuore. Se può esserti utile, immagina una delle tue sinfonie preferite e lascia che ti guidi fino al luogo prestabilito. Ora è importante soltanto questo. Parole, spiegazioni e domande non servono a niente: possono solo confondere ulteriormente ciò che è già piuttosto complesso. Semplicemente, perdonami. Il perdono deve venire dal profondo della tua anima – quell'anima che trasmigra da un corpo all'altro e, a mano a mano che viaggia nel tempo inesistente e nello spazio infinito, seguita ad apprendere.

"Non si può ferire l'anima, perché non si può ferire Dio. Ma purtroppo si resta legati alla memoria, e questo rende la nostra vita miserabile, anche se non ci manca niente per essere felici. Magari potessimo vivere senza remore e fardelli, come se ci fossimo appena svegliati sul pianeta Terra e ci trovassimo all'interno di un tempio d'oro – ah, se potessimo… Ma non possiamo".

"Continuo a non sapere perché devo perdonare l'uomo che amo. Ma forse un motivo esiste, ed è l'unico: è la prima volta che gli sento chiedere una cosa del genere."

Un odore d'incenso comincia a diffondersi nella chiesa. Entrano i pope per la preghiera mattutina.

"Dimentica chi sei in questo momento e raggiungi il posto dove si trova colei che sei sempre stata. Là scoprirai le parole della remissione, con le quali mi perdonerai."

Hilal cerca ispirazione nelle pareti dorate, nelle colonne, nelle fiammelle delle candele, nelle persone che varcano la soglia della chiesa in quell'ora mattutina. Chiude gli occhi: forse ha deciso di accettare il mio suggerimento e di seguire le note di una sinfonia.

"È molto strano. Mi sembra di scorgere una giovane… una giovane che non è più qui, ma che vuole tornare…"

Le chiedo di ascoltare le parole della ragazza.

"Dice che perdona. Non perché è diventata santa, ma per il fatto che le è impossibile continuare a provare un simile odio. Odiare stanca. Forse non cambia niente nel Cielo o sulla Terra, non salva o condanna la mia anima, tuttavia anch'io mi sento esausta, e lo capisco soltanto adesso. Io perdono l'uomo che cercò di distruggermi quando avevo dieci anni. Conosceva il senso delle sue azioni; io, invece, no. Eppure ho pensato che fosse colpa mia: ho odiato lui e me stessa, e tutti coloro che mi si sono avvicinati negli anni successivi. Ora, però, la mia anima si sta liberando."

No, non era quello che mi aspettavo.

"Perdona tutto e tutti, ma perdona anche me," dico. "Ti imploro."

"Sì, perdono anche te, di cui ignoro il delitto. Ti concedo il perdono perché io ti amo e tu non mi ami; ti concedo il perdono perché mi hai obbligato a confrontarmi con il mio demone, dopo anni che ormai non pensavo a lui. Ti perdono perché mi respingi, e il mio potere diminuisce sempre più; ti perdono perché non capisci chi sono e cosa sto facendo qui. Perdono te e il demonio che titillava le mie carni quando ancora non sapevo cos'era la vita. Lui toccava il mio corpo, ma deturpava la mia anima."

Congiunge le mani in un gesto di preghiera. Avrei voluto che il perdono fosse solo per me, ma Hilal aveva deciso di redimere tutto il suo mondo. E forse era meglio così.

Il suo corpo comincia a tremare. I suoi occhi si riempiono di lacrime.

"Deve avvenire proprio qui? In una chiesa? Usciamo all'aria aperta. Ti prego!"

"No, dev'essere in una chiesa. Un giorno, lo faremo all'aria aperta, ma oggi dev'essere proprio qui. Ti imploro, perdonami."

Lei chiude gli occhi e solleva le braccia con le mani aperte. Dalla soglia, una donna nota il gesto e ci indirizza un cenno di disapprovazione con il capo: ci troviamo in un luogo sacro, con abitudini e riti diversi. Forse avremmo dovuto rispettare la tradizione. Ignoro il rimprovero. Ora mi sento sollevato perché Hilal sta dialogando con lo Spirito, colui che detta le preghiere e le leggi supreme, e niente che appartiene a questo mondo può distrarla.

"Io mi libero dall'odio grazie al perdono e all'amore. Capisco che, quando è inevitabile, la sofferenza serve per farmi progredire verso la gloria. Adesso so che tutto s'intreccia, tutte le strade s'incontrano, tutti i fiumi procedono verso lo stesso mare. Ecco perché, in questo momento, io sono lo strumento del perdono. Perdono per ogni crimine commesso, per quelli che conosco e quelli che ignoro."

Sì, era uno spirito che le parlava. Io conoscevo sia quello spirito sia quella preghiera – l'avevo imparata molti anni prima in Brasile. Ma si trattava dell'invocazione di un ragazzino, non di una giovane. Hilal, però, seguitava a declamare le parole: ora aleggiavano nel Cosmo, in attesa di essere usate nel momento del bisogno.

Hilal prega sottovoce, ma la chiesa ha un'acustica talmente perfetta che le sue frasi risuonano in ogni angolo.

"Per le lacrime che dovuto versare, io concedo il perdono.

"Per i dolori e le delusioni, io concedo il perdono.

"Per i tradimenti e le menzogne, io concedo il perdono.

"Per le calunnie e le perfidie, io concedo il perdono.

"Per l'odio e la persecuzione, io concedo il perdono.

"Per i colpi che mi hanno ferito, io concedo il perdono.

"Per i sogni infranti, io concedo il perdono.

"Per le speranze sepolte, io concedo il perdono.

"Per il disprezzo e la gelosia, io concedo il perdono.

"*Per l'indifferenza e l'accidia, io concedo il perdono.*

"*Per le ingiustizie perpetrate in nome della giustizia, io concedo il perdono.*

"*Per la collera e i maltrattamenti, io concedo il perdono.*

"*Per la negligenza e l'oblio, io concedo il perdono.*

"*Per tutte le malvagità del mondo, io concedo il perdono.*"

Abbassa le braccia, apre gli occhi e si copre il viso con le mani. Mi avvicino per abbracciarla, ma Hilal mi allontana con un gesto:

"Non ho ancora terminato."

Richiude gli occhi e solleva il viso verso l'alto.

"Io concedo il perdono anche a me stessa. Che le sventure del passato non pesino più sul mio cuore. Al posto della pena e del risentimento, ci siano la comprensione e l'indulgenza. Al posto della ribellione, ci sia la musica del mio violino. Al posto del dolore, ci sia l'oblio. Al posto della vendetta, ci sia la vittoria.

"*Io mi impegno ad amare al di sopra di ogni disamore.*

"*A donare anche se spogliata di tutto.*

"*A lavorare con gioia anche fra mille impedimenti.*

"*A tendere la mano anche se mi trovassi perduta nella solitudine e nell'abbandono.*

"*Ad asciugare le lacrime anche nel pianto.*

"*A credere pur essendo screditata.*"

Apre gli occhi, pone le mani sul mio capo e, con l'autorità che proviene dall'Alto, dice:

"Così sia. Così sarà."

* * *

In lontananza, si ode il canto di un gallo. È il segnale. La prendo per mano, e usciamo: ci fermiamo a osservare la città che comincia a svegliarsi. Hilal appare piuttosto sorpresa: probabilmente sta ripensando a tutto ciò che ho detto. Io sento che, finora, il perdono è stato il momento più importante del viaggio. Ma non costituisce il passo ultimo e definitivo: voglio sapere che cosa accade dopo quella lettera.

Arriviamo giusto in tempo per far colazione con il resto del gruppo, preparare le valigie e avviarci verso la stazione.

"Hilal alloggerà nella cabina vuota del nostro vagone," dico.

Nessun commento. Immagino i pensieri che attraversano la mente degli altri, ma non mi premuro di dare alcuna spiegazione.

"*Korkmaz Igit*," dice Hilal.

Dall'espressione di sorpresa che si dipinge sui volti di tutti i presenti – anche su quello del mio interprete –, capisco che quelle parole non appartengono alla lingua russa.

"*Korkmaz Igit*," ripete Hilal. "Che in un dialetto turco significa: 'A chi è temuto non occorre audacia.'"

Le foglie del tè

Sembra che ormai siamo tutti abituati al viaggio. Il tavolo nella saletta è il centro del nostro universo, ed è lì che quotidianamente ci ritroviamo per la colazione, il pranzo, la cena, per discorrere sulla vita e su che cosa ci attende. Hilal si è sistemata nel nostro vagone, mangia con noi, usa il bagno tra le nostre cabine per la doccia giornaliera, suona ossessivamente il violino durante le ore diurne e partecipa in misura sempre minore alle conversazioni.

Oggi stiamo parlando degli sciamani del lago Baikal, la nostra prossima fermata. Yao ci terrebbe davvero che ne conoscessi uno.

"Può essere. Quando arriveremo là, decideremo insieme."

Traduzione: "Non mi interessa granché."

In qualsiasi caso, non credo si lascerà scoraggiare dalla mia risposta. In alcune arti marziali, uno degli elementi più importanti è quello della "non-resistenza". I migliori combattenti sfruttano sempre l'energia del colpo contro chi lo ha sferrato. Perciò, quanto più sprecherò la mia energia in parole, tanto meno sarò convinto delle mie affermazioni, e diventerò un avversario facile da vincere, da dominare.

"Mi è tornata in mente la conversazione che abbiamo avuto prima di arrivare a Novosibirsk," dice la responsabile della casa editrice. "Sostenevi che l'Aleph è un punto al di fuori di noi, ma quando due persone sono innamorate riescono a trasportarlo in qualsiasi luogo. Gli sciamani affermano di possedere poteri soprannaturali e di essere i soli in grado di avere quel tipo di visione."

"Se ci riferiamo alla Tradizione magica, la risposta è che 'quel punto si trova al di fuori di noi'. Se ci affidiamo alla tradizione umana, allora le persone innamorate possono sperimentare il Tutto, ma soltanto in determinati momenti e in occasioni molto particolari. Nella vita reale ci vediamo come esseri distinti, mentre l'Universo è un'unica cosa, una sola anima. Ecco perché, per farlo manifestare, occorre un evento molto intenso: un orgasmo fortissimo, una grave perdita, l'acme di un conflitto, un momento di estasi davanti a qualcosa di sommamente bello."

"Di certo, i conflitti non mancano," commenta Hilal. "Ne siamo circondati, anche in questo vagone."

La giovane era rimasta in silenzio fino ad allora, ma adesso sembra tornata la persona polemica dell'inizio del viaggio, rianimando una situazione ormai risolta. Si è imposta e vuole dimostrare il potere acquisito. L'editrice sa che quelle parole sono rivolte a lei.

"I conflitti coinvolgono solo gli animi che non possiedono un grande discernimento," replica, cercando di generalizzare. In qualsiasi caso, la sua frecciata centra il bersaglio. "Il mondo è diviso tra quelli che mi capiscono e quelli che non mi capiscono. E io mi limito a lasciare che queste persone si torturino per cercare di guadagnarsi la mia simpatia."

"Davvero buffo, anch'io ho una posizione simile," ribatte Hilal. "Mi sono sempre immaginata così e, in moltissime occasioni, sono riuscita a raggiungere i miei obiettivi.

Un chiaro esempio di ciò è dato dal fatto che ora dormo in questo vagone."

Yao si alza. La sua limitata pazienza non gli consente di sopportare simili discorsi.

L'editore mi guarda. Che cosa si aspetta da me? Che mi schieri?

"Non hai idea di quello che stai dicendo," replica la responsabile della casa editrice, guardando Hilal. "Anch'io ho sempre pensato di essere preparata a tutto, fino a quando è nato mio figlio. Allora, è come se il mondo mi fosse crollato addosso: mi sono sentita debole, insignificante, incapace di proteggerlo. Sai chi si crede capace di tutto? Un bambino. Un bimbo ha fiducia, non ha paura, crede nel proprio potere e ottiene esattamente ciò che desidera.

"Poi il bambino cresce. Comincia a capire che il suo potere non è affatto smisurato e che, per sopravvivere, dipende dagli altri. Allora inizia ad amare e si aspetta di venir ricambiato: nel prosieguo della vita, poi, desidera essere sempre più corrisposto. È pronto a sacrificare ogni cosa, persino il proprio potere, per avere in cambio il medesimo amore che offre. E, alla fine, una buona parte degli adulti si ritrovano nella situazione di fare qualsiasi cosa per essere accettati e amati."

Yao era tornato: si manteneva in equilibrio, reggendo un vassoio con una teiera e cinque tazze.

"Ecco perché ti ho domandato dell'Aleph e dell'amore," continua l'editrice. "Non mi stavo riferendo ad alcun uomo. Ho vissuto dei momenti nei quali, guardando mio figlio che dormiva, ero in grado di vedere tutto ciò che accadeva nel suo mondo contemporaneamente: il posto da cui era venuto, i luoghi che avrebbe conosciuto, le prove che sarebbe stato costretto ad affrontare per arrivare laddove sognavo che arrivasse. Lui è cresciuto, l'amore è continuato con la medesima intensità, ma l'Aleph è scomparso."

Sì, aveva capito l'Aleph. Le sue parole sono seguite da un silenzio rispettoso. Hilal ha un'espressione disorientata.

"Mi sento sperduta," dice la giovane turca. "Mi sembra che i motivi che mi hanno spronato per raggiungere i miei obiettivi conquistati finora non esistono più. Posso scendere alla prossima stazione, tornare a Ekaterinburg, dedicarmi per il resto della vita al violino e continuare a non capire. Arriverà il giorno della mia morte, e io mi domanderò: 'Cosa ci facevo lì?'"

Le sfioro il braccio.

"Vieni con me."

Mi alzo: voglio condurla nel luogo dell'Aleph, in modo che scopra il motivo per cui ha sentito il bisogno di attraversare l'Asia in treno: sono pronto a qualsiasi reazione, ad accettare qualunque decisione. Mi sovviene la dottoressa che non ho mai più rivisto – forse non sarà diverso con Hilal.

"Aspettate un momento," dice Yao.

Ci chiede di sederci di nuovo, distribuisce le tazze e sistema la teiera al centro del tavolo.

"Durante la mia vita in Giappone, ho imparato ad apprezzare la bellezza delle cose semplici. E la cosa più elementare e, nel contempo, più sofisticata che ho mai sperimentato è stata l'arte del tè. Prima mi sono allontanato con l'unico scopo di mostrarvela: spiegare che, nonostante tutti i nostri conflitti, tutte le nostre difficoltà, le meschinità e le prodigalità, possiamo affidarci a ciò che è semplice. Dopo aver lasciato le spade all'esterno, i samurai entravano nella sala, si sedevano nella posizione rituale e prendevano il tè, seguendo i dettami di un cerimoniale assai elaborato. Nei pochi minuti che trascorrevano lì dentro, dimenticavano la battaglia e si dedicavano alla contemplazione del bello. Forse è il momento di imitarli."

Una dopo l'altra, riempie le tazze. Noi aspettiamo in silenzio.

"Sono andato a preparare il tè perché ho visto due samurai pronti al combattimento. Ma quando sono tornato, al posto degli onorevoli guerrieri, ho trovato due anime che si capivano, senza alcun bisogno di lottare. In qualsiasi caso, ora beviamo il tè. Concentriamo i nostri sforzi per cercare di raggiungere la Perfezione attraverso i gesti imperfetti della vita quotidiana. La saggezza autentica consiste nel rispettare e onorare le nostre azioni più semplici: esse possono condurci al nostro obiettivo."

Con una sorta di riverenza, beviamo il tè che Yao ci ha servito. Ora che ho ottenuto il perdono, posso sentire il gusto delle foglie colte ancora giovani. Posso essere raccolto da mani callose, seccare al sole, invecchiare insieme a loro, trasformarmi in una bevanda e creare armonia intorno a me. Nessuno di noi ha fretta: nel corso di questo viaggio stiamo distruggendo e ricostruendo continuamente quello che siamo.

Dopo aver posato la tazza vuota, di nuovo invito Hilal a seguirmi. Lei merita di sapere e decidere da sola.

Ci troviamo sulla piattaforma del vagone, nel disimpegno sul quale si affacciano le varie porte. Un uomo che ha all'incirca la mia età sta chiacchierando con una signora proprio nel punto in cui si trova l'Aleph. In considerazione dell'energia che si sprigiona da lì, è possibile che non si muovano per qualche tempo.

Decidiamo di aspettare. Arriva un'altra persona, si accende una sigaretta e si unisce ai due conversatori.

Hilal è intenzionata a tornare nella saletta.

"Questo disimpegno appartiene alla nostra carrozza. Loro non potrebbero stare qui, dovrebbero utilizzare quello del vagone precedente."

Le chiedo di lasciar perdere. Possiamo aspettare.

"Perché quell'atteggiamento aggressivo? L'editrice ti stava offrendo la pace," le domando.

"Non so spiegarlo. Mi sento smarrita. Giorno dopo giorno, a ogni fermata, ho la sensazione di essere sempre più sperduta. Credevo di avere un bisogno imperioso di accendere il fuoco sulla montagna, di stare accanto a te, di aiutarti a compiere una missione che non conosco. Immaginavo che avresti reagito esattamente nel modo in cui ti sei comportato: vale a dire, adoperandoti perché ciò non accadesse. E ho pregato per essere in grado di superare gli ostacoli, di sopportare ogni conseguenza, di vincere le umiliazioni, le offese, i rifiuti e le occhiate di disprezzo... tutto in nome di un amore che non pensavo esistesse, ma che invece esiste.

"E sono arrivata vicinissima alla meta: la cabina vuota, perché Dio ha voluto che la persona a cui era destinata rinunciasse all'ultimo momento. Ma non è stata lei a prendere la decisione: è venuta dall'Alto, ne sono sicura. Eppure, per la prima volta da quanto sono salita su questo treno diretto verso l'Oceano Pacifico, non ho voglia di proseguire il viaggio."

Arriva un altro individuo che si unisce al gruppetto che chiacchiera. Ha portato tre lattine di birra: a quanto pare, la conversazione si protrarrà a lungo.

"Riesco a comprendere il tuo stato d'animo. Pensi di essere arrivata alla fine, ma non è così. Comunque, è qualcosa di perfettamente motivato: hai bisogno di capire che cosa stai facendo qui. Tu sei venuta per perdonarmi, e io vorrei mostrarti il motivo. Ma le parole uccidono, soltanto l'esperienza potrà farti comprendere ogni cosa. O meglio, potrà far comprendere tutto a entrambi, perché anch'io ignoro la fine, l'ultima riga, l'ultima parola di questa storia."

"Dovremo aspettare che quelli se ne vadano, per poter entrare nell'Aleph."

"È quello che penso anch'io. Ma loro non se ne andranno tanto presto, proprio per via dell'Aleph. Senza conoscerne la ragione, lì provano una sensazione di euforia e di pienezza. Osservando quelle persone, mi sono reso conto che forse dovrei guidarti nel percorso, e non mostrarti tutto in una volta.

"Stasera vieni nella mia cabina. Come già sai, avrai qualche problema ad addormentarti, perché il vagone dondola in modo fastidiosissimo. Ma tu chiudi gli occhi, rilassati e resta accanto a me. Lascia che ti abbracci com'è accaduto nell'albergo di Novosibirsk. Io tenterò di arrivare da solo alla fine della storia, poi ti racconterò esattamente tutti gli eventi."

"È l'unica cosa che speravo di sentire dalle tue labbra. Un invito a venire nella tua cabina. Ti prego, non mi respingere di nuovo."

La quinta donna

"Non ho avuto il tempo di lavare il mio pigiama."
Hilal indossa solo una maglietta che mi ha chiesto in prestito: le copre il tronco, lasciandole scoperte le gambe. Mi è impossibile capire se indossa la biancheria intima. S'infila sotto la coperta.

Le accarezzo i capelli. Devo far ricorso a un'estrema delicatezza e a un grande garbo – dire tutto senza dire niente.

"In questo momento, ho bisogno di un'unica cosa: un abbraccio. Un gesto antico quanto l'umanità, il cui significato va al di là dell'incontro di due corpi. Un abbraccio vuol dire: 'Non sei una minaccia, non ho paura di starti così vicino, posso rilassarmi, sentirmi protetto e comprendere che c'è una persona in grado di capirmi.' Secondo la tradizione, ogni volta che abbracciamo qualcuno con piacere, guadagniamo un giorno di vita. Ti prego, abbracciami adesso," le chiedo.

Poso la testa sul suo petto, e lei mi accoglie fra le braccia. Di nuovo, sento il suo cuore che batte veloce: mi accorgo che non indossa il reggiseno.

"Vorrei davvero raccontarti che cosa cercherò di fare adesso, ma non ci riesco. Non sono mai arrivato alla fine, al punto in cui le cose si risolvono e si spiegano. Mi fermo sempre prima, nel solito momento, quando stiamo per andare via."

"Quando stiamo per andare via... da dove?"

"Quando tutti se ne stanno andando dalla piazza: non chiedermi una spiegazione più chiara. Ci sono otto donne, e una di esse mi parla: mi dice qualcosa che non riesco a udire. In questi vent'anni, ho incontrato quattro di loro, ma nessuna è riuscita a condurmi al punto finale. Tu sei la quinta. Poiché questo viaggio non è stato casuale, e poiché Dio non gioca a dadi con l'universo, ritengo che sia stato il racconto sul fuoco sacro a fare in modo che ti avvicinassi a me. L'ho capito quando siamo entrati insieme nell'Aleph."

"Ho voglia di una sigaretta. Spiegati meglio. Pensavo che volessi stare con me."

Ci sediamo sul letto, ed entrambi ci accendiamo una sigaretta.

"Vorrei davvero farlo, e raccontarti tutto – e riuscire finalmente a scoprire che cosa accade dopo la lettera, che è la prima cosa che compare. A quel punto, sento la voce del mio superiore: le otto donne mi aspettano. Alla fine, poi, qualcuna di voi mi mormora qualcosa: forse una benedizione, forse una maledizione."

"Ti stai riferendo a una vita passata? A una lettera?"

Volevo che capisse proprio questo. Ma spero che non mi chieda di spiegarle di quale vita sto parlando.

"È tutto qui, nel presente. O stiamo sprofondando nell'abisso, o stiamo guadagnando la salvezza. In un attimo, ci condanniamo e, in un istante differente, ci salviamo, cambiando sempre lato, saltando da un vagone all'altro, da un mondo parallelo all'altro. Devi credermi."

"Ti credo. Penso di sapere di cosa stai parlando."

Ancora un treno che sfreccia in senso contrario. Scorgiamo i finestrini illuminati in rapida successione, avvertiamo il rumore e lo spostamento d'aria. Sembra che la nostra carrozza dondoli più del solito.

"Adesso ho bisogno di andare dall'altro lato che, comunque, si trova sul medesimo 'treno', quello chiamato tempo e spazio. Non è difficile, è sufficiente immaginare un anello dorato che sale e scende lungo il proprio corpo: all'inizio, si muove adagio; poi acquista velocità. Quando, a Novosibirsk, ci siamo trovati in questa posizione, la pratica ha funzionato in maniera strabiliante – tutto era nitido, chiarissimo. Ecco perché vorrei ripetere quell'esercizio in ogni gesto: tu mi abbracciavi, io ti abbracciavo – e l'anello mi ha proiettato nel passato piuttosto facilmente."

"Basta questo? Che immaginiamo un anello?"

Guardo fisso il computer sul tavolo della cabina. Mi alzo, lo prendo e lo appoggio sul letto.

"Noi crediamo che qui ci siano foto, parole, immagini… una finestra sul mondo. Ma, in realtà, dietro ciò che compare sul display di un computer esiste soltanto una sequela di 0 e 1, il linguaggio macchina utilizzato dai programmatori che si basa sull'alfabeto binario.

"L'uomo è sempre stato obbligato a creare una realtà visibile intorno a sé, altrimenti la razza umana non sarebbe sopravvissuta ai predatori. Poi, per tramandarla, ha inventato una cosa chiamata 'memoria' – anche i computer ne hanno una. La memoria serve a proteggerci dai pericoli, a consentirci di vivere in società, a procurarci i nutrimenti necessari, a crescere, a trasferire alla generazione successiva la nostra intera conoscenza. Tuttavia, non può essere considerata la materia principale della vita."

Riporto il computer sul tavolo e torno a letto.

"L'anello di fuoco è solo un artificio per liberarci dalla memoria. Ho letto qualcosa al riguardo, ma non ricordo chi l'abbia scritto. Spesso la notte lo utilizziamo in maniera inconsapevole, allorché sogniamo: andiamo nel nostro passato recente o remoto. Poi, quando ci svegliamo, crediamo di essere stati protagonisti di autentiche assurdità, ma non è così. Abbiamo visitato un'altra dimensione, che non è retta dalle regole di qui. Pensiamo di aver vissuto situazioni insensate perché, al risveglio, ci ritroviamo nuovamente nel mondo organizzato dalla 'memoria', dalla nostra capacità di comprendere il presente. E dimentichiamo quasi subito quello che abbiamo visto."

"È davvero così semplice far ritorno a una vita passata o entrare in un'altra dimensione?"

"Sì, è abbastanza elementare, visto che accade quando sogniamo. È comunque possibile provocare autonomamente questo viaggio, anche se è sconsigliabile. Dopo che l'anello dorato si è impossessato del tuo corpo, la tua anima spicca il volo ed entra in una sorta di terra di nessuno. Se tu non hai una meta, scivolerai in un sonno profondo, e magari verrai trasportata in luoghi dove non sarai ben accolta, dove non apprenderai nulla, dai quali ti potrà accadere di riportare nel presente problemi che appartengono al passato."

Spegniamo le sigarette. Appoggio il posacenere sulla sedia che funge da comodino e le chiedo di riabbracciarmi. Il suo cuore batte all'impazzata.

"Io sono una di quelle otto donne?"

"Sì. Tutte le persone con le quali abbiamo avuto problemi nel passato ricompaiono nelle nostre vite, in quella che i mistici chiamano 'la Ruota del Tempo'. A ogni incarnazione aumenta la nostra consapevolezza, e i vari conflitti vanno via via risolvendosi. Nel momento in cui tutte le dispute di tutti gli individui cesseranno, la razza umana entrerà in una nuova fase del suo sviluppo."

"Ma... perché abbiamo creato quei conflitti nel passato? Soltanto per risolverli in seguito?"

"No, perché l'umanità possa evolversi e procedere verso un obiettivo che non conosciamo. Pensa all'epoca in cui tutti gli esseri erano concentrati nel brodo primordiale che ricopriva il pianeta. Per milioni di anni, le cellule si sono riprodotte in modo identico, finché una ha subito una mutazione. A quel punto, miliardi di sue simili sono insorte, sbraitando: 'Sei sbagliata, sei entrata in conflitto con tutte noi.'

"Eppure, quella mutazione ha prodotto un cambiamento anche nelle cellule vicine. E, errore dopo errore, il brodo primordiale si è gradualmente trasformato in organismi complessi – in amebe, pesci, animali e uomini. Il conflitto è stato la base dell'evoluzione."

Hilal si accende un'altra sigaretta.

"E perché dovremmo risolvere i conflitti proprio ora?"

"Perché l'Universo – il cuore di Dio – si contrae e si espande. Una delle formule principali degli alchimisti recitava: 'Solve et coagula.' 'Risolvi e unisci.' Non domandarmene il motivo: non lo so.

"Oggi pomeriggio, tu e la mia editrice avete discusso. Grazie a quello scontro, ognuna di voi ha potuto accendere una luce che l'altra non vedeva. Avete risolto e vi siete unite – e tutti noi che vi stavamo intorno ne abbiamo tratto un giovamento. Di certo, il risultato finale sarebbe potuto essere opposto: uno scontro senza alcun epilogo positivo. In quel caso, o l'argomento non era rilevante o avrebbe dovuto essere affrontato più avanti. Comunque, alla fine, il conflitto avrebbe determinato un mutamento, giacché l'energia sprigionata dal vostro astio avrebbe contagiato l'intera carrozza. Non dimenticare che questo vagone è una metafora della vita".

Hilal non sembra molto interessata alla componente teorica dell'esperienza.

"Comincia pure. Io ti seguo."

"No, tu non mi seguirai. Anche se sono fra le tue braccia, non sai dove sto andando. Non devi seguirmi. Promettimi che non lo farai, che non ti concentrerai sull'anello di fuoco. Anche se non arriverò al punto finale, alla soluzione dell'enigma, ti dirò dove ti ho incontrato in passato. Non so se sia stata la sola volta che ci siamo incrociati nelle vite precedenti, ma è l'unica della quale sono certo."

Hilal non risponde.

"Promettimelo," insisto. "Oggi ho cercato di condurti nell'Aleph, ma nel disimpegno c'era altra gente. È un segnale: vuol dire che devo tornare in quel posto prima di te."

Lei allarga le braccia e fa la mossa di alzarsi. La trattengo.

"Andiamo nell'Aleph adesso," dice. "A quest'ora, non ci sarà nessuno nel disimpegno della piattaforma."

"Ti prego, credi alle mie parole. Abbracciami ancora, e cerca di non muoverti, anche se incontrerai qualche difficoltà ad addormentarti. Ti prego, lascia che prima tenti di avere una risposta. Accendi il fuoco sacro sulla montagna, perché io sto andando in un luogo freddo come la morte."

"Io sono una di quelle donne," sentenzia Hilal.

Sì, le ripeto che è così. Sto ascoltando il suo cuore.

"Accenderò il fuoco sacro e resterò accanto a te per sostenerti. Va' in pace."

Immagino l'anello. Il perdono mi rende più libero. Nel giro di pochi momenti, l'anello comincia a vibrare e a ruotare intorno al mio corpo, spingendomi verso quel luogo che conosco e che abborro, ma nel quale devo assolutamente tornare.

Ad Extirpanda

Alzo gli occhi dalla lettera e osservo la coppia vesti-ta elegantemente davanti a me. L'uomo porta una camicia di lino di un bianco immacolato e un farsetto di velluto con le maniche ricamate d'oro. La donna indossa una blusa anch'essa bianca, con le maniche lunghe e l'alto colletto ricamato d'oro che sembra incorniciarle il viso preoccupato, un corpetto di lana con fili di perle, e tiene una giacchetta in pelle sulle spalle. Parlano con il mio superiore.

"Siamo amici da anni," dice lei, con un sorriso forzato sulle labbra, come se volesse convincerci che non c'è alcun problema, che si tratta di un malinteso. "L'avete battezzata voi, avviandola sul cammino di Dio."

Poi, rivolgendosi a me, aggiunge:

"Tu la conosci meglio di chiunque altro. Avete giocato insieme, siete cresciuti l'uno accanto all'altra e vi siete allontanati solo quando hai scelto il sacerdozio."

L'Inquisitore è impassibile.

Con gli occhi, mi chiedono di aiutarli. Molte volte ho dormito nella loro casa e mangiato al loro desco. Dopo che i miei genitori morirono di peste, furono loro a occuparsi di me. Annuisco. Sebbene abbia cinque anni più di lei, la conosco meglio di chiunque altro: abbiamo giocato insieme, siamo cresciuti l'una accanto all'altro e, prima che entrassi nell'Ordine dei Domenicani, era la donna con la quale avrei voluto passare il resto dei miei giorni.

"E non stiamo neppure parlando di amiche sue," interviene il padre, rivolgendosi all'Inquisitore. Sul suo volto c'è un sorriso che esprime fiducia. "Non so che cosa facciano o abbiano fatto. Penso che la Chiesa abbia il dovere di sradicare l'eresia, di distruggere la minaccia, proprio come è avvenuto con i mori. Di sicuro, saranno colpevoli, giacché la Chiesa non è mai ingiusta. Ma lor signori sanno perfettamente che nostra figlia è innocente."

La sera prima, come avveniva ogni anno, i superiori dell'Ordine avevano visitato la città. La tradizione voleva che tutti gli abitanti si riunissero nella piazza principale. Nessuno era obbligato a farlo, ma chi non si fosse presentato andava ad aggiungersi alla lista dei sospetti. Famiglie di ogni ceto e di ogni classe sociale erano confluite davanti alla chiesa, dove uno dei superiori aveva letto un documento, spiegando il motivo della visita: snidare gli eretici e condurli davanti ai tribunali della giustizia terrena e divina. Poi era seguito il momento della misericordia: coloro che, facendo un passo avanti, avessero spontaneamente confessato la partecipazione a pratiche abominevoli e l'inosservanza delle leggi divine avrebbero avuto un castigo blando. A conferma del terrore che balenava negli occhi di tutti, nessuno si era mosso.

Subito dopo era stato chiesto ai presenti di denunciare qualsiasi attività equivoca dei vicini. A quella richiesta, un contadino – un uomo che picchiava le figlie, angariava i sottoposti, ma andava a messa ogni domenica, come se fosse davvero uno degli agnelli di Dio – si era presentato davanti al Santo Uffizio e aveva cominciato ad additare le giovani a una a una.

* * *

L'Inquisitore si volta verso di me, mi rivolge un cenno con il capo, e io gli porto la lettera. La appoggia sopra una pila di libri. La coppia aspetta. Nonostante il freddo, la fronte di quell'uomo potente è madida di sudore.

"Nessuno della nostra famiglia si è adoperato per evitare il castigo: siamo timorati di Dio. Io non sono venuto per salvarle tutte: rivoglio soltanto mia figlia. E prometto che, appena raggiungerà i sedici anni, varcherà la soglia di un monastero. In questo mondo, il suo corpo e la sua anima non avranno altro fine che la devozione terrena alla Maestà Divina."

"Quell'uomo le ha accusate davanti a tutti," replica l'Inquisitore. "Se fosse una menzogna, non si sarebbe esposto al disonore di fronte all'intera popolazione. Di solito, ci ritroviamo ad agire sulla base di denunce anonime, giacché è raro trovare persone così coraggiose."

L'uomo potente e ben vestito si mostra sollevato: l'Inquisitore ha parlato, e immagina che ora esista una possibilità di dialogo.

"Quell'individuo mi è nemico, lei lo sa. L'ho cacciato dal lavoro perché guardava mia figlia con cupidigia. È una meschina vendetta, un atto che non riguarda la nostra fede."

"È vero," vorrei dire, in quel momento. E non solo per quella ragazza, ma anche per le altre sette accusate. Si dice che quel contadino abbia avuto rapporti sessuali con due delle sue figlie – un pervertito, che riesce a provare piacere solo con le ragazzine.

L'Inquisitore prende un libro da una pila sul tavolo.

"Voglio credere che sia così. E sono disposto a cercare di provarlo, ma devo seguire le procedure stabilite. Se è innocente, non avrà alcunché da temere. Al di fuori di ciò che è scritto in queste pagine, niente verrà fatto, assolutamente niente. Dopo i molti eccessi iniziali, ora siamo più attenti e organizzati: oggigiorno non muore più nessuno fra le nostre mani."

Gli porge il libro: *Directorium Inquisitorum*. L'uomo prende il volume, ma non lo apre. Ha le mani tese, quasi aggrappate al volume, come se volesse nascondere il suo tremore.

"È il nostro codice di condotta," prosegue l'Inquisitore. "Parla delle radici della fede cristiana e della perversità degli eretici. E ci indica i procedimenti con cui distinguere una cosa dall'altra."

La donna porta una mano alla bocca e si morde le dita, reprimendo la paura e il pianto. Ormai ha capito che non otterranno nulla.

"Non sarò io che andrò a raccontare al tribunale di averla vista, da bambina, parlare con quelli che definiva i suoi 'amici invisibili'. È risaputo che lei e le sue amiche si riunivano nel bosco e, posate le dita sopra un bicchiere, cercavano di farlo muovere con la forza del pensiero. Quattro di loro hanno già confessato: utilizzavano quella pratica per entrare in contatto con gli spiriti dei morti, dai quali ottenere rivelazioni riguardo al futuro. Inoltre hanno ammesso di possedere poteri demoniaci: per esempio, la facoltà di parlare con quelle che chiamano le 'forze della natura'. Dio è l'unica forza e l'unico potere."

"Ma è qualcosa che fanno tutti i bambini!"

L'Inquisitore si alza, si avvicina al mio tavolo, prende un altro libro e comincia a sfogliarlo. Nonostante l'amicizia che lo lega a quella famiglia – il solo motivo per cui ha accettato questo incontro –, è impaziente di cominciare e concludere il suo lavoro prima che arrivi la domenica. Io cerco di confortare la coppia con lo sguardo: sono di fronte a un superiore e non devo manifestare le mie opinioni.

Ma l'uomo e la donna ignorano la mia presenza: sono totalmente concentrati sui movimenti dell'Inquisitore.

"Per favore," implora la madre, senza nemmeno sforzarsi di nascondere la disperazione. "Salvi nostra figlia. Le amiche hanno confessato perché sono state sottoposte a..."

L'uomo afferra la mano della moglie, interrompendo la frase. Ma l'Inquisitore la completa:

"... tortura. E voi, che conosco da molto tempo e con i quali ho dibattuto vari aspetti della Teologia, non sapete che, se Dio fosse davvero in loro, non permetterebbe mai che soffrissero o confessassero ciò che non esiste? Pensate che un qualche dolore fisico sarebbe sufficiente a strappare le peggiori ignominie dalle loro anime? L'impiego della tortura venne approvato circa trecento anni fa dal Santo Padre Innocenzo IV con la bolla *Ad Extirpanda*. Non è una pratica che utilizziamo con piacere: è un mezzo che ha il valore di una prova di fede. Chi non ha niente da confessare, sarà confortato e protetto dallo Spirito Santo."

I ricchi abiti della coppia contrastano in maniera stridente con la sala scevra di qualsiasi lusso o comodità, tranne il camino acceso che riscalda l'ambiente. Un raggio di sole penetra da un'apertura nella parete di pietra e fa scintillare i gioielli che adornano le dita e il collo della donna.

"Non è la prima volta che il Santo Uffizio arriva in questa città," continua l'Inquisitore. "Nelle altre visite, nessuno di voi si è lamentato o ha trovato ingiusto l'operato del tribunale. Anzi, in una delle nostre cene, avete approvato quella pratica in uso ormai da tre secoli, dicendo che era l'unico modo per evitare che le forze del male si propagassero. Ogni volta che purificavamo la città dagli eretici, voi applaudivate, comprendendo che non siamo carnefici, ma soltanto buoni cristiani in cerca della verità, che non sempre è trasparente."

"Ma…"

"Ma… riguardava gli altri. Quelli che ritenevate meritevoli di tortura e rogo. Una volta…" prosegue l'Inquisitore, indicando l'uomo, "denunciaste una famiglia. Diceste che la madre praticava le arti magiche e agiva in modo da causare la morte del vostro bestiame. Riuscimmo a provare la verità, furono condannati e…"

Prima di completare la frase, attende un attimo, quasi volesse assaporare le parole:

"… io vi aiutai a comprare per pochissimi denari le terre di quella famiglia, che era vostra vicina. La vostra compassione fu ricompensata."

Si rivolge a me:

"*Malleus Maleficarum.*"

Mi avvicino allo scaffale, che si trova dietro al suo tavolo. È un uomo buono, profondamente convinto dell'equità delle proprie azioni. Non è lì per esercitare una qualche vendetta personale, ma per adoperarsi in nome della fede. Sebbene non confessi mai i propri sentimenti, l'ho visto spesso con lo sguardo lontano, perso nell'infinito, quasi stesse domandando a Dio perché lo aveva caricato di un fardello così pesante.

Gli porgo il grosso volume rilegato in pelle, con il titolo a lettere dorate impresso sulla copertina.

"È tutto qui. *Malleus Maleficarum.* Una lunga e dettagliata ricerca sulla cospirazione universale per riportare in auge il paganesimo, sulle credenze che vogliono la natura come unica salvatrice, sulle superstizioni che affermano l'esistenza di vite passate, sulla vituperata astrologia e sull'ancor più vituperata scienza che si oppone ai misteri della fede. Il demonio sa di non poter agire da solo, ha bisogno delle streghe e dei cosiddetti scienziati per sedurre e corrompere il mondo.

"Mentre gli uomini muoiono nelle guerre in difesa della Fede e del Regno, le donne cominciano a pensare di esser nate per governare, e i codardi che si credono saggi vanno a cercare in strumenti e teorie quel che potrebbero benissimo trovare nella Bibbia. Spetta a noi impedire che ciò accada. Non sono stato io a condurre le giovani nelle prigioni. Io sono soltanto incaricato di scoprire la loro innocenza, o se devo agire per la loro salvezza."

Si alza e mi chiede di seguirlo.

"Devo andare. Se vostra figlia è innocente, farà ritorno a casa prima che nasca un nuovo giorno."

La donna si getta sul pavimento e si avvinghia alle sue caviglie.

"Vi imploro! L'avete tenuta fra le braccia quando era bambina!"

Il marito tenta un'ultima sortita.

"Donerò alla Chiesa tutte le mie terre e tutti i miei averi, qui, adesso. Datemi un foglio di carta e la vostra penna: scriverò l'atto e lo firmerò. Vorrei andarmene, tenendo mia figlia per mano."

L'Inquisitore allontana la donna, che resta a terra, a singhiozzare con il viso fra le mani.

"L'Ordine dei Domenicani è stato scelto proprio per evitare che simili errori, abbastanza frequenti in passato, si perpetuassero. Allora era piuttosto facile corrompere gli inquisitori con il denaro. Ma noi siamo un ordine mendicante, e continueremo a esserlo. Le ricchezze terrene non ci tentano: comunque, quest'offerta scandalosa peggiora solo la situazione."

L'uomo mi afferra per le spalle.

"Tu eri come un figlio per noi! Dopo la morte dei tuoi genitori, ti abbiamo accolto nella nostra casa, evitando che continuassi a essere maltrattato da tuo zio!"

"Non si preoccupi," gli sussurro all'orecchio. Temo che l'Inquisitore possa sentire. "Non si preoccupi."

Sì, certo, mi aveva accolto… Per farmi lavorare come uno schiavo nelle sue proprietà. Per insultarmi e battermi quando commettevo un qualche sbaglio.

Mi divincolo e mi avvio alla porta. L'Inquisitore si volta un'ultima volta verso la coppia:

"Un giorno, mi ringrazierete per avere salvato vostra figlia dal castigo eterno."

"Toglietele i vestiti. Che resti nuda."

L'Inquisitore è seduto a un tavolo enorme; tutte le sedie intorno sono vuote.

Due guardie si muovono verso la ragazza, che fa un cenno con una mano.

"Non serve il loro intervento, posso svestirmi da sola. Ma, vi prego, non fatemi del male."

Lentamente, si toglie la gonna di velluto con i ricami d'oro, elegante quanto quella che indossava la madre. I venti uomini presenti fingono indifferenza, ma io conosco i pensieri che attraversano le loro menti. Lascivia, lussuria, cupidigia, perversione.

"La camicia."

Si sfila la camicetta: ieri probabilmente era bianca, oggi appare sporca e sgualcita. I suoi gesti sono molto lenti, sembrano studiati. So che cosa pensa adesso: 'Lui mi salverà. Ora fermerà tutto.'

Io non dico niente, mi limito a domandare silenziosamente a Dio se si tratti di un'azione giusta; poi prendo a recitare febbrilmente il Padrenostro, chiedendo al Signore di illuminare sia lei sia il mio superiore. Immagino cosa gli passa per la mente, in questo momento: la denuncia non è soltanto causata da gelosia o vendetta, ma anche dall'incredibile bellezza della giovane – l'immagine stessa di Lucifero, il più bello e il più perverso angelo del Cielo.

Lì, tutti conoscono suo padre: sanno che è un uomo potente e può colpire a morte chiunque tocchi sua figlia. Lei mi cerca con lo sguardo, io non mi volto. Gli altri sono sparpagliati nell'immensa sala sotterranea, quasi nascosti nell'ombra, per paura che la ragazza possa sopravvivere ai tormenti e denunciarli. Vigliacchi! Hanno scelto di porsi al servizio di una causa altissima, si adoperano per purificare il mondo. E allora perché si nascondono di fronte a una giovane indifesa?

"Togliti anche gli altri indumenti."

Lei continua a fissarmi. Alza le mani, scioglie il nodo della sottoveste azzurra che le copre il corpo e, lentamente, la lascia scivolare a terra. Con lo sguardo, mi implora di intervenire per evitare quello spettacolo. Le rispondo con un cenno del capo: non deve preoccuparsi, andrà tutto bene.

"Cerca il marchio di Satana," mi ordina l'Inquisitore.

Mi avvicino con la candela. I capezzoli dei piccoli seni sono turgidi: non capisco se per il freddo o l'involontaria voluttà di trovarsi nuda di fronte a tutti quegli uomini. Le sue carni sono percorse da brividi. I vetri spessi delle finestrelle in alto non lasciano filtrare molta luce, ma il chiarore proveniente dall'esterno si riflette sul suo corpo immacolatamente bianco. Non è una ricerca lunga: vicino al suo sesso – che innumerevoli volte ho fantasticato di baciare, in preda a tentazioni inenarrabili –, scorgo il marchio di Satana, nascosto tra i peli del pube, in alto a sinistra. La scoperta mi annichila: forse l'Inquisitore ha davvero ragione – ecco la prova inconfutabile che ha avuto rapporti con il demonio. Provo nausea, tristezza e rabbia nel contempo.

Devo esserne certo. M'inginocchio accanto alle sue gambe nude e osservo con attenzione il marchio: una macchia nera, a forma di luna crescente.

"L'ho da quando sono nata."

Proprio com'è accaduto ai suoi genitori, anche lei pensa di poter dialogare, di poter convincere l'Inquisitore della propria innocenza. Dal momento in cui sono entrato nella sala, io seguito a pregare, chiedendo disperatamente a Dio di darmi la forza di svolgere i miei compiti. Alcuni momenti di dolore e, in meno di mezz'ora, tutto sarà finito. Anche se quella macchia è una prova inconfutabile dei suoi crimini, io l'ho amata prima di consacrare il mio corpo e la mia anima al servizio di Dio – perché sapevo che il suo nobile padre non le avrebbe mai permesso di sposare un contadino.

Ma quell'amore è tuttora più forte della mia capacità di dominarlo. Non voglio vederla soffrire.

"Non ho mai invocato il demonio. Tu mi conosci, e sai chi sono le mie amiche. Diglielo tu che sono innocente," esclama, indicando il mio superiore.

L'Inquisitore si rivolge alla giovane con una dolcezza sorprendente, che può essere ispirata soltanto dalla misericordia divina.

"Conosco la tua famiglia. Ma la Chiesa sa che il demonio non sceglie i propri sudditi basandosi sul ceto e sulla classe sociale, bensì sulla capacità di sedurre con le parole o con la bellezza terrena. 'Il male esce dalla bocca dell'uomo,' ha detto Gesù. Se il male è davvero lì, sarà esorcizzato dalle urla e si trasformerà in quella confessione che tutti attendiamo. Se non esiste alcun male, invece, resisterai al dolore."

"Ho freddo, forse…"

"Non parlare, se non ti rivolgo la parola," dico, con tono dolce ma risoluto. "Devi soltanto fare un cenno affermativo o negativo con il capo. Quattro delle tue amiche ti hanno già raccontato che cosa accade, non è vero?"

Lei annuisce.

"Raggiungete i vostri posti, signori."

Ora i vigliacchi dovranno mostrare il loro volto. Giudici, scrivani e nobili si siedono intorno al grande tavolo dove, fino a quel momento, c'era solo l'Inquisitore. Soltanto le guardie, la giovane e io rimaniamo in piedi.

Ah, volesse Iddio che quella marmaglia non fosse lì. Se fossimo solo noi tre, so che in lui prevarrebbe la pietà. Se la denuncia non fosse avvenuta pubblicamente – un evento piuttosto raro, visto che la maggior parte delle persone temevano le critiche e le rivalse dei vicini e preferivano l'anonimato, forse questo processo non si celebrerebbe. Ma il destino ha voluto che le cose andassero in maniera diversa – la Chiesa ha bisogno dei servigi di quella gentaglia, il processo deve avvenire secondo le regole stabilite. Dopo le innumerevoli accuse di arbitri ed eccessi del passato, un decreto ha stabilito che tutto deve essere registrato su documenti civili. In questo modo, in futuro nessuno potrà affermare che il potere ecclesiastico non ha agito con correttezza e con l'unico scopo della difesa della fede. Le condanne vengono imposte dallo Stato: agli inquisitori spetta soltanto il compito di indicare il colpevole.

"Non aver paura. Ho appena parlato con i tuoi genitori e ho promesso loro che mi sarei adoperato in ogni maniera per dimostrare che non hai mai partecipato ai riti che ti vengono imputati. Che non hai evocato i morti, che non hai cercato di strologare il futuro, che non hai tentato di visitare il passato, che non sei un'adoratrice della natura, che i discepoli di Satana non hanno mai toccato il tuo corpo, nonostante quel marchio che CHIARAMENTE compare su di esso."

"Voi sapete che..."

Tutti i presenti, i cui volti sono ora visibili dall'imputata, si girano verso l'Inquisitore con espressione indignata, in attesa di una reazione legittimamente violenta. Ma il mio superiore si limita a portare le mani alle labbra, chiedendole di mostrare rispetto verso il tribunale.

Sembra che le mie preghiere siano ascoltate. Chiedo al Padre di concedere ulteriore pazienza e tolleranza all'Inquisitore, affinché non la destini alla ruota. Poiché nessuno resiste a quel supplizio, viene riservato solo gli accusati sicuramente colpevoli. Delle quattro giovani finora comparse di fronte al Tribunale, neppure una ha meritato il castigo estremo: essere legata alla parte esterna del cerchio, sotto il quale vengono posti braci e chiodi appuntiti. Quando si aziona la ruota, il corpo inizia a bruciare, mentre le punte lacerano le carni.

"Portate il letto."

Le mie suppliche sono state esaudite. Una delle guardie urla un ordine.

Lei tenta di fuggire, pur sapendo che è impossibile. Corre ora a destra ora a sinistra, si lancia contro i muri di pietra, raggiunge la porta, ma è ricacciata via. Nonostante il freddo e l'umidità, il suo corpo è madido di sudore e brilla nella fioca luce che penetra nella sala. Non urla come le altre ragazze: cerca soltanto di scappare. Infine le guardie riescono ad afferrarla: approfittano della confusione per toccarle i piccoli seni, il sesso celato da un folto di peli.

Arrivano due uomini con un letto di legno, appositamente costruito in Olanda per il Sant'Uffizio – oggi il suo impiego è raccomandato in vari paesi. Lo collocano accanto al tavolo, afferrano la giovane che cerca di divincolarsi in silenzio, le divaricano le gambe e fissano le caviglie ai due anelli collocati all'estremità inferiore. Poi, le prendono le braccia, gliele sollevano oltre il capo e le assicurano con una grossa corda a una leva.

"Manovrerò io la leva," dico.

L'Inquisitore mi lancia un'occhiata. Di norma, dovrebbe essere una guardia ad azionarla, ma io so che quella gentaglia potrebbe lacerarle i muscoli. Comunque, anche nelle quattro precedenti occasioni, il mio superiore ha acconsentito che me ne occupassi personalmente.

"Va bene."

Mi avvio verso una delle estremità del letto e poso le mani sul cilindro di legno ormai consumato dall'uso. Gli uomini si protendono: quella ragazza nuda, legata al letto con le gambe aperte, è una visione che può essere infernale e paradisiaca nel contempo. Il demonio tenta e provoca pure me. Stanotte mi flagellerò fino a scacciarlo dal mio corpo: voglio che con lui si allontani anche il ricordo di questo momento nel quale desidero cingerla in un abbraccio, per proteggerla da quegli sguardi e da quei sorrisi lussuriosi.

"Vattene, in nome di Gesù Cristo!"

Ho urlato contro il demonio, ma involontariamente ho azionato la leva e la sua figura si è tesa. Lei ha emesso un gemito soltanto quando la sua colonna vertebrale si è inarcata. Riduco la trazione, e il corpo torna in posizione naturale.

Continuo a pregare compulsivamente, implorando la misericordia divina. Quando oltrepassa la barriera del dolore, lo spirito si rafforza. I desideri della vita quotidiana perdono ogni significato, e l'uomo si purifica. La sofferenza viene dal desiderio, non dal male.

La mia voce risuona calma e confortante.

"Le tue amiche ti hanno parlato di questa pratica, non è vero? A mano a mano che sposterò la leva, le tue braccia verranno tirate all'indietro, le spalle si slogheranno, la colonna vertebrale si disarticolerà, la pelle si spaccherà. Non costringermi ad andare troppo oltre. Confessa, come hanno fatto le tue compagne. Il mio superiore ti assolverà da ogni peccato, potrai far ritorno a casa dopo la penitenza, e tutto rientrerà nella normalità. Il Sant'Uffizio non tornerà molto presto qui."

Volgo lo sguardo di lato, per accertarmi che lo scrivano stia annotando correttamente le mie parole. Tutto dev'essere registrato per il futuro.

"Confesso," dice lei. "Indicami i miei peccati, e io confesserò."

Sposto la leva con molta cautela: uno scarto sufficiente per fare in modo che le sue labbra urlino di dolore. Ti prego, non voglio spingermi oltre. Ti imploro, aiutami e confessa subito.

"Non sarò io a dire i tuoi peccati. Anche se li conosco, è indispensabile che sia tu a confessarli, davanti a questo tribunale."

La ragazza attacca a parlare: senza che sia necessaria alcuna tortura, confessa ogni colpa, tutto ciò che ci aspettavamo. In quel modo, sta scrivendo la propria sentenza di morte, e io devo evitarlo. Spingo ancora la leva: voglio che gridi e si zittisca ma, nonostante il dolore, continua. Racconta di premonizioni, di presagi riguardo al futuro, di come la natura abbia rivelato a lei e alle sue compagne molti segreti della medicina. Disperato, premo ulteriormente sulla leva, eppure non tace: alterna le parole alle urla di dolore.

"Un momento," mi dice l'Inquisitore. "Ascoltiamo che cos'ha da dire. Allenta la trazione."

Poi, rivolgendosi agli altri, aggiunge:

"Vi chiamo a testimonio. Anche per questa sventurata vittima del demonio, la Chiesa chiede la morte sul rogo."

No! Vorrei implorarla di tacere, ma tutti i presenti mi stanno guardando.

"Il tribunale concorda," sentenzia uno dei giudici.

Lei ha udito ogni parola. È perduta per sempre. Per la prima volta da quando è entrata in quella sala, il suo sguardo si trasforma: acquisisce una fermezza che potrebbe venire solo dal Maligno.

"Confesso di aver commesso tutti i peccati del mondo. Di aver fatto dei sogni in cui gli uomini si avvicinavano al mio letto e baciavano il mio sesso – ebbene, uno di quegli uomini eri tu, e io rammento di averti tentato in sogno. Confesso di essermi riunita con le mie amiche per evocare lo spirito dei morti, giacché volevo sapere se un giorno avrei sposato l'uomo che ho sempre sognato di avere al mio fianco."

Rivolge un cenno del capo verso di me.

"Quell'uomo eri tu. Aspettavo di crescere, per cercare di allontanarti dalla vita monastica. Confesso di aver scritto lettere e diari: li ho bruciati, perché parlavano dell'unica persona che, oltre ai miei genitori, ha mostrato compassione nei miei confronti e che, proprio per questo, io amavo. Quella persona eri tu…"

Aziono la leva. La trazione aumenta, e lei emette un grido, prima di perdere i sensi. Il suo corpo bianco è madido di sudore. Quando le guardie si apprestano a gettarle sul viso dell'acqua fresca perché riprenda coscienza e si possa continuare a estorcerle la confessione, l'Inquisitore le blocca.

"Non serve. Penso che il tribunale abbia udito ciò che era necessario. Rimettetele la sottoveste e riconducetela in cella."

Le guardie sollevano il corpo inanimato, raccolgono la camicia bianca dal pavimento e trasportano la giovane lontano dai nostri occhi. L'Inquisitore si volta verso i giudici dall'animo insensibile.

"Adesso, signori, attendo la conferma scritta del verdetto. A meno che qualcuno dei presenti non abbia qualcosa da dire in favore della colpevole. In tal caso, riconsidereremo le accuse.

Tutti si voltano verso di me – non soltanto il mio superiore. Con lo sguardo, alcuni mi chiedono di tacere, altri di salvarla, perché – come ha detto la giovane – io la conosco.

Perché ha voluto pronunciare quelle parole? Perché ha scelto di rivangare vicende faticosamente superate quando avevo deciso di servire Dio e di lasciarmi alle spalle il mondo? Perché non permettermi di difenderla, allorché potevo salvarle la vita? Se ora mi pronunciassi in suo favore, domani l'intera città mormorerebbe che l'ho salvata perché ha detto di avermi sempre amato. La mia reputazione e la mia carriera sarebbero inesorabilmente distrutte.

"Sono disposto a mostrare ora l'incommensurabile clemenza della Santa Madre Chiesa se una sola voce si leverà in difesa di quella sventurata."

Non sono l'unico presente che conosce la sua famiglia. Alcuni le devono dei favori, altri del denaro – altri ancora, invece, sono animati da una grande invidia. Nessuno apre bocca. Nessuno deve o chiede nulla.

"Debbo considerare concluso il procedimento?"

Pur essendo più istruito e più devoto di me, l'Inquisitore sembra chiedere il mio aiuto. Eppure lei ha comunicato a tutti che mi amava.

"Di' soltanto una parola e il mio servo sarà guarito": così dice il centurione a Gesù. È sufficiente una sola parola e la mia amata sarà salva.

Eppure le mie labbra non si muovono.

Anche se non lo palesa, so che cosa l'Inquisitore prova per me: disprezzo. Si rivolge al gruppo:

"La Chiesa, qui rappresentata da questo umile difensore, attende la conferma della pena di morte."

I giudici si riuniscono in un angolo. Nelle orecchie, sento le grida sempre più alte del demonio che tenta di confondermi, come aveva già fatto quel giorno. Su nessuna delle altre quattro ragazze ho rinvenuto marchi inoppugnabili. Ho visto alcuni confratelli spingere la leva sino in fondo: i condannati muoiono con gli organi spappolati, con il sangue che sprizza dalla bocca, con i corpi allungati di oltre trenta centimetri.

Gli uomini della legge tornano con un foglio sottoscritto da tutti. Il verdetto è identico a quello delle altre quattro sventurate: morte sul rogo.

L'Inquisitore ringrazia tutti e se ne va, senza rivolgermi la parola. Si allontanano anche gli uomini che amministrano la legge e la giustizia terrene: alcuni chiacchierano di futilità che riguardano i dintorni, altri camminano con il capo chino. Mi avvicino al camino, prendo alcune braci e le infilo sotto la tonaca. Avverto il lezzo della carne arsa: le mie mani bruciano, il mio corpo si contrae per il dolore, ma io resto impassibile.

"Signore," dico infine, quando il dolore si attenua. "Che i segni di queste bruciature restino per sempre sul mio corpo, affinché io non dimentichi chi sono stato oggi."

Neutralizzando la forza senza movimento

Una donna sovrappeso – anzi, davvero molto grassa –, truccata vistosamente e vestita con un abito tradizionale, intona canti folcloristici. Mi auguro che tutti si stiano divertendo: la festa è bellissima, e ogni chilometro percorso su quel treno mi rende sempre più euforico.

Durante il pomeriggio, c'è stato un momento in cui la persona che ero prima di cominciare il viaggio è scivolata in una crisi depressiva, dalla quale però si è ripresa subito – poiché Hilal mi aveva perdonato, non dovevo assolutamente continuare a incolpare me stesso. Non è facile né essenziale tornare nel passato e riaprire vecchie ferite. L'unica giustificazione è la consapevolezza che una simile conoscenza mi aiuterà a comprendere il presente in modo più acuto.

Da quando è finita la sessione di firma, sto cercando le frasi giuste per portare Hilal verso la verità. Il lato peggiore delle parole è costituito dal fatto che ci danno la sensazione di essere in grado di farci capire e di capire gli altri. Ma, appena voltiamo le spalle e ci ritroviamo faccia a faccia con il nostro destino, scopriamo che non sono sufficienti. Conosco una moltitudine di individui che – a parole – sono degli autentici maestri, ma che si rivelano incapaci di vivere ciò che predicano! Inoltre, una cosa è descrivere una situazione, un'altra è sperimentarla. Ecco perché ho compreso da tempo che, quando un guerriero insegue il proprio sogno, deve ispirarsi a ciò che realmente fa, non a quello che immagina di fare. È inutile che racconti a Hilal le nostre esperienze comuni: le parole per descrivere simili vicende sono morte ancor prima di uscire dalla bocca.

Rivivere le realtà del sotterraneo, della tortura e della morte sul rogo non l'aiuterà affatto – al contrario, potrà causarle un dolore tremendo. Ci aspettano ancora alcuni giorni insieme, e sono sicuro che troverò la maniera più appropriata per spiegarle il nostro rapporto, senza che sia necessario vivere nuovamente quelle sofferenze.

Potrei scegliere di non raccontarle nulla, di lasciarla nell'ignoranza. Ma, senza alcuna ragione logica, intuisco che la verità la libererà da molte angustie che l'affliggono in questa incarnazione. Non è un caso che io abbia deciso di affrontare questo viaggio quando mi sono accorto che la mia vita non scorreva più come un fiume verso il mare – l'ho fatto perché, intorno a me, tutto minacciava di ristagnare. Né tanto meno può essere considerato un evento casuale che lei mi abbia raccontato di aver avvertito la medesima sensazione.

Di conseguenza, devo confidare nel soccorso di Dio per trovare un modo di rivelarle la verità. Ogni giorno, tutte le persone che viaggiano nel mio vagone sperimentano una nuova fase della loro vita. L'editrice sembra più disponibile e meno arroccata sulle sue posizioni. Yao, che in questo momento sta fumando una sigaretta accanto a me e osserva la pista da ballo, deve provare un moto di felicità quando mi mostra cose che ormai ho dimenticato – e che gli fa bene ricordare. Abbiamo passato la mattinata praticando l'Aikido in una palestra che è riuscito a scovare qui a Irkutsk. Alla fine, mi ha detto:

"Dobbiamo essere preparati a fronteggiare gli attacchi del nemico e avere la forza di guardare negli occhi la morte perché c'illumini il cammino."

Molte frasi di Morihei Ueshiba si rivelano particolarmente adatte a guidare i passi di chi si dedica al Cammino della Pace. Tuttavia Yao ne ha scelto una davvero attinente al momento che avevo vissuto la notte prima: mentre Hilal dormiva fra le mie braccia, ho visto la sua morte, ed essa ha illuminato il mio cammino.

Non so se Yao conosca qualche pratica per accedere a un mondo parallelo e scoprire quello che accade là – in questo caso, qualcosa che mi riguarda. Anche se è la persona con la quale dialogo maggiormente (Hilal parla sempre meno, per quanto abbia vissuto con lei esperienze straordinarie), non lo conosco ancora bene. Penso che sia stato abbastanza inutile dirgli che i nostri cari non scompaiono, ma si spostano soltanto in un'altra dimensione. Mi sembra che continui ad avere il pensiero fisso della moglie: a questo punto, posso solo consigliargli di consultare un eccellente medium che vive a Londra. Da questi, otterrà le risposte che gli occorrono, e la spiegazione dei segnali che confermano le mie parole sull'eternità del tempo.

Ho la certezza che esiste un preciso motivo per cui ci troviamo qui, a Irkutsk, dopo che, senza una particolare riflessione, in un ristorante di Londra ho deciso che dovevo attraversare l'Eurasia in treno. Simili esperienze si verificano soltanto quando le persone si sono già incontrate in qualche luogo del passato e procedono insieme verso la libertà.

Hilal sta ballando con un suo coetaneo. È brilla, ostenta un'eccessiva allegria e, più di una volta, stasera, mi ha raggiunto per dirmi che le spiaceva tremendamente non aver portato il violino. È davvero un peccato. Tutta questa gente merita l'incanto e la seduzione della grande *spalla* dell'orchestra di uno dei più famosi conservatori russi.

* * *

La grassa cantante lascia il palcoscenico, ma l'orchestrina continua a suonare e la platea saltella urlando il ritornello: "Kalashnikov! Kalashnikov!" Se la musica di Goran Bregović non fosse così nota, un ignaro osservatore potrebbe pensare che un gruppo di terroristi sta festeggiando una qualche impresa, visto che "Kalashnikov" è il nome comune dei fucili d'assalto AK-47 – un nome che vuole essere un omaggio al loro progettista.

Il ragazzo e Hilal si stringono, e un bacio sembra ormai prossimo. Sebbene è qualcosa che non li riguarda, so che i miei compagni di viaggio sono preoccupati – forse è una scena a cui non mi fa piacere assistere.

Invece è qualcosa che mi rende davvero contento.

Magari fosse quella la realtà, magari Hilal incontrasse una persona libera in grado di renderla felice senza costringerla a interrompere la sua brillante carriera, una persona che la abbracci al tramonto e accenda il fuoco sacro qualora lei avesse bisogno di aiuto. Se lo merita.

"Posso guarire quei segni sulla tua pelle," dice Yao, mentre osserviamo la gente che balla. "La medicina cinese possiede rimedi efficacissimi."

Si sbaglia.

"Non sono particolarmente gravi. Appaiono e scompaiono con frequenza sempre più ridotta. Comunque, per l'eczema nummulare non esiste alcuna cura."

"Secondo la tradizione cinese, quelle macchie compaiono sulla pelle dei soldati che furono bruciati in battaglia, in un'incarnazione precedente."

Sorrido. Yao mi guarda e ricambia il sorriso. Di sicuro, non si rende conto di ciò che sta dicendo. Porto questi segni da quella mattina nel sotterraneo, e resteranno sulla mia pelle per sempre. Quando mi vidi nello scrittore francese della metà del XIX secolo, sulla mano che reggeva la penna notai le macchie della dermatite nummulare – il cui nome deriva dalla forma delle lesioni, simili a piccole monete (*nummulus*, in latino).

O a scottature di braci.

La musica s'interrompe. È ora di andare a cena. Mi avvicino a Hilal e invito il suo ballerino ad accompagnarci: sarà uno dei lettori scelti per partecipare alla serata. La giovane turca mi guarda sorpresa.

"Ma ne hai già invitati tanti."

"C'è sempre posto per un altro," replico.

"Non sempre. In alcuni frangenti, questa vita non è un lungo treno, i cui biglietti sono acquistabili da chiunque."

Poiché non riesce a capire, il ragazzo comincia a sospettare che ci sia qualcosa di strano nella nostra conversazione. Dice che aveva promesso di cenare con la famiglia. A quel punto, decido di assumere un tono scherzoso.

"Hai mai letto Majakovskij?" gli domando.

"Non è più nei programmi scolastici. Era un poeta al servizio del governo."

È vero ma, alla sua età, io amavo Majakovskij. E conoscevo alcuni episodi della sua vita.

Si avvicinano i due editori: temono che sia sul punto di litigare per una questione di gelosia. In molte situazioni della vita, le cose appaiono completamente diverse da quelle rappresentate nella realtà.

"S'innamorò della moglie del suo editore, una ex ballerina bellissima," proseguo io, in tono provocatorio. "Un amore assoluto e travolgente – ed essenziale perché la sua opera perdesse la connotazione politica e acquisisse una splendida umanità. Le scriveva delle poesie alterando i nomi. L'editore sapeva che stava parlando di sua moglie, eppure continuava a pubblicargli i libri. Lei amava sia il marito sia il poeta. Escogitarono la soluzione di vivere felicemente in tre."

"Anch'io amo mio marito e amo te!" esclama la moglie del mio editore. "Perché non ti trasferisci in Russia?!"

Il ragazzo ha capito il messaggio.

"È la sua fidanzata, lei?" mi chiede.

"Sono innamorato di questa ragazza da almeno cinquecento anni. Ma la risposta è: 'No.' È libera, senza legami, come un uccellino. È una giovane con una brillante carriera davanti che non ha ancora incontrato un uomo che la tratti con l'amore e il rispetto che merita."

"Che stupidaggini stai dicendo? Pensi che abbia bisogno di qualcuno per trovarmi un fidanzato?"

Il ragazzo ribadisce di aver promesso che cenerà in famiglia, ringrazia e se ne va. Si avvicinano i vari lettori invitati, e ci avviamo a piedi verso il ristorante.

"Permettimi di fare un'osservazione," dice Yao, mentre attraversiamo la strada. "Ti sei comportato male con Hilal, con quel ragazzo e con te stesso. Con lei, perché non hai rispettato l'amore che prova per te. Con il giovane, perché è un tuo lettore e si è sentito manipolato. E con te stesso, perché le tue azioni sono state motivate dall'orgoglio: ti premeva far risaltare la tua importanza. Se avessi agito per gelosia, avresti potuto essere scusato, invece... Hai solo voluto mostrare ai tuoi amici e a me che non dai il minimo valore a nulla, e questo non è vero."

Annuisco. Nell'uomo, non sempre il progresso spirituale si accompagna alla saggezza.

"E per concludere..." continua Yao, "vorrei dirti che per me Majakovskij è stata una lettura obbligatoria. Comunque sappiamo che quello stile di vita non diede grandi risultati, visto che si suicidò con un colpo di pistola al cuore ben prima di compiere i quarant'anni."

* * *

Abbiamo già cambiato cinque fusi orari da quando siamo partiti. Nel momento in cui a Irkutsk ci sediamo a tavola per la cena, a Mosca hanno appena terminato il pranzo. Per quanto la città possegga un fascino coinvolgente, l'atmosfera della comitiva appare più tesa che sul treno. Forse tutti ci siamo ormai abituati a quel piccolo mondo che, intorno a un tavolo, viaggia verso una meta precisa, e reputiamo ogni fermata un intoppo che ci costringe ad abbandonare il nostro cammino.

Dopo l'ultima scena della festa, Hilal è di pessimo umore. L'editore ha il cellulare letteralmente incollato all'orecchio, e discute in modo acceso con l'individuo all'altro capo della linea – Yao mi tranquillizza, dicendo che stanno parlando della distribuzione dei libri. I tre lettori sembrano molto timidi.

Quando ordiniamo da bere, uno di loro ci raccomanda di non esagerare con quella bevanda: si tratta di una mistura di vodka della Mongolia e della Siberia, e l'indomani ne pagheremmo le conseguenze. In qualsiasi caso, tutti vogliono bere per alleviare la tensione. Vuotiamo il primo bicchiere, poi il secondo e... non è ancora arrivata la cena, quando ordiniamo un'altra bottiglia. Alla fine, il lettore che ci ha messo in guardia sul beverone decide di non voler essere l'unico commensale sobrio, e ingolla tre bicchieri uno dopo l'altro, mentre noi applaudiamo.

L'allegria torna a impadronirsi della compagnia – non di Hilal, però, che continua a mostrare un'espressione scura, malgrado abbia bevuto quanto gli altri.

"Che città assurda!" esclama il lettore astemio fino a un paio di minuti prima, i cui occhi ora appaiono arrossati. "Ma… avete visto la strada davanti al ristorante?"

Io ho notato una serie di case di legno splendidamente intarsiate: è rarissimo poter ammirare simili capolavori, oggigiorno. Un museo architettonico all'aperto.

"Non intendo parlare delle case, ma della strada."

Il marciapiede era davvero in pessime condizioni. E, in alcuni tratti, ho avvertito il pungente odore di una fogna a cielo aperto.

"Questa parte della città è controllata dalla mafia," prosegue lui. "Quei delinquenti vogliono comprare tutte le case con i relativi terreni e abbatterle per costruire degli orrendi complessi residenziali. Ma, visto che finora nessuno ha accettato di vendere, non permettono che il quartiere sia bonificato. Edificata quattrocento anni fa, questa città ha ricevuto a braccia aperte gli stranieri che commerciavano con la Cina, è diventata famosa per il suo mercato di diamanti, oro e pelli, ma ora la mafia sta tentando di impossessarsi di essa e di piegarla ai suoi traffici. Anche se il governo resiste…"

"Mafia" è una parola universale. Mentre l'editore è ancora impegnato nella sua interminabile telefonata, la moglie si lamenta del menù e Hilal finge di trovarsi su un altro pianeta, Yao e io notiamo che alcuni uomini seduti al tavolo accanto cominciano a prestare orecchio ai nostri discorsi.

Paranoia. Pura paranoia.

Il lettore continua a bere e a lagnarsi. I suoi due amici sono d'accordo su tutto. Parlano male del governo, delle condizioni delle strade, della pessima manutenzione dell'aeroporto. Niente che nessuno di noi non direbbe delle nostre città: loro, però, continuano a ripetere la parola "mafia" a ogni lamentela. Tento di cambiare argomento, pongo qualche domanda sugli sciamani della regione (Yao è contento: non mi sono dimenticato dell'incontro, sebbene non l'abbia confermato) e i tre lettori seguitano a parlare di mafia: la "mafia degli sciamani", la "mafia delle guide turistiche". A questo punto, hanno portato la terza bottiglia del beverone mongolo-siberiano, tutti si sono accalorati discutendo di politica – in inglese, affinché io possa comprendere, o per evitare che gli avventori dei tavoli vicini s'intromettano nella discussione. L'editore finisce la telefonata e interviene nel discorso; la sua collega si infervora; Hilal trangugia un bicchiere dietro l'altro. Soltanto Yao è ancora sobrio: ha lo sguardo apparentemente smarrito e tenta di dissimulare la propria preoccupazione. Io mi sono fermato al terzo bicchiere e non ho alcuna intenzione di riprendere.

Poi quella che sembrava solo paranoia diventa realtà. Uno degli uomini del tavolo accanto si alza e si avvicina.

Non dice niente. Si limita a guardare i tre lettori e, all'istante, la conversazione si blocca. Tutti siamo stupiti per quella presenza. L'editore, piuttosto alterato per l'alcol e i problemi con Mosca, domanda qualcosa in russo.

"No, non sono suo padre," risponde l'estraneo. "Comunque, non penso che abbia l'età per bere in quel modo. E per dire cose che non sono vere."

Parla un inglese perfetto, con l'accento ricercato di chi ha studiato in una costosissima scuola in Inghilterra. Ha pronunciato le frasi con un tono di voce freddo, privo di emozione o aggressività.

Soltanto un imbecille si perderebbe in minacce. E solo un altro imbecille si sentirebbe minacciato. Quando le cose vengono dette in quel modo preciso significano pericolo – perché, se sarà necessario, i soggetti, i verbi e i predicati si trasformeranno in azioni.

"Avete scelto il ristorante sbagliato," continua l'uomo. "Qui il cibo è cattivo e il servizio è pessimo. Forse è meglio che cerchiate un altro locale. Pagherò io il vostro conto."

In effetti, le pietanze non sono particolarmente invitanti, la bevanda tipica è davvero scadente, come ha spiegato il lettore, e il servizio non potrebbe essere peggiore. Adesso, però, non ci troviamo davanti a qualcuno preoccupato per la nostra salute o il nostro benessere: quell'uomo ci sta solo cacciando.

"Andiamo via," dice uno dei ragazzi.

Prima che possiamo muoverci, lui e i suoi due amici si dileguano. Lo sconosciuto sembra soddisfatto e si volta per ritornare al suo tavolo. Per una frazione di secondo, la tensione si allenta.

"Invece, per me il cibo è ottimo, e non ho affatto intenzione di cambiare ristorante."

Anche le parole di Yao sono state pronunciate con voce priva di qualsiasi emozione o minaccia. Non c'era alcuna necessità che parlasse: il diverbio si era ormai concluso – il problema erano soltanto quei ragazzi – e avremmo potuto finire di cenare in pace. Lo sconosciuto si riavvicina e lo fissa. Al suo tavolo, un altro uomo prende il cellulare ed esce. Nel ristorante cala il silenzio.

Yao e l'estraneo si fissano.

"Il cibo di questo locale può intossicare e uccidere in pochissimo tempo."

Yao non si alza dalla sedia.

"Secondo le statistiche, nei tre minuti della nostra conversazione nel mondo sono morte trecentoventi persone, e ne sono nate seicentocinquanta. È la vita, il mondo. Non so quanti siano stati quelli passati a miglior vita per un'intossicazione, sicuramente più d'uno. C'è chi è morto dopo una lunga malattia e chi per un incidente: probabilmente una percentuale di questi si è beccata una pallottola oppure è deceduta dopo aver dato alla luce un bambino, la qual cosa si ricollega al dato statistico delle nascite. Solo chi è vivo muore."

Rientra l'uomo che era uscito a telefonare. L'individuo davanti al nostro tavolo non lascia trasparire alcuna emozione. Tutti gli avventori rimangono in silenzio per quella che sembra un'eternità.

"È passato un minuto," dice infine l'uomo al nostro tavolo. "Probabilmente sono morti altri cento esseri umani, e ne sono nati duecento."

"Proprio così," commenta Yao.

Due uomini compaiono sulla soglia del ristorante e si avviano verso il nostro tavolo. Lo sconosciuto nota il movimento, fa un cenno con il capo e quelli escono.

"Anche se il cibo è pessimo e il servizio inaccettabile, se avete scelto questo ristorante, non posso oppormi. Buon appetito."

"Grazie. Ma, visto che si è offerto di pagare il conto, accettiamo con piacere la sua proposta."

"Non si preoccupi di questo," dice, rivolgendosi direttamente a Yao, come se lì non ci fosse nessun altro. Infila la mano in una tasca e, mentre tutti immaginiamo che tirerà fuori una pistola, ne estrae un inoffensivo biglietto da visita.

"Se un giorno si trovasse disoccupato o fosse stanco della sua attuale attività, mi cerchi. La nostra società immobiliare ha un'importante filiale in Russia, e siamo sempre alla ricerca di persone come lei. Di gente che capisca come la morte sia solo il dato di una statistica."

Gli porge il biglietto da visita. I due uomini si stringono la mano, e lo sconosciuto si dirige verso il suo tavolo. A poco a poco, il ristorante riprende vivacità, le conversazioni tornano ad animare l'ambiente, e noi guardiamo meravigliati Yao, il nostro eroe, colui che ha sconfitto il nemico senza sparare un solo colpo. Hilal ha vinto il malumore e ora si sforza di seguire una conversazione assurda, nella quale si parla contemporaneamente dell'imbalsamazione degli uccelli e della qualità della bevanda a base di vodka mongolo-siberiana. L'adrenalina prodotta dalla paura ci ha riportato alla sobrietà.

Devo approfittare dell'occasione. Poi chiederò a Yao la ragione della sua sicurezza.

"Sono particolarmente colpito dalla fede del popolo russo. Per settant'anni, il comunismo ha predicato che la religione è l'oppio dei popoli, ma non ha ottenuto alcun risultato".

"Marx ignorava le splendide qualità," commenta la moglie dell'editore.

Una risata generale. Io proseguo:

"E una situazione analoga si è verificata nella Chiesa a cui appartengo. Abbiamo ucciso in nome di Dio e torturato in nome di Cristo; abbiamo stabilito che la donna costituiva una minaccia per la società e soffocato ogni manifestazione delle doti femminili; abbiamo praticato l'usura; abbiamo assassinato innocenti; abbiamo sancito alleanze con il diavolo. Eppure, duemila anni dopo, siamo ancora qui."

"Odio tutte le chiese," dice Hilal, abboccando all'esca. "Se, in questo viaggio, c'è un momento che ho davvero detestato, ebbene è quello in cui mi hai costretto a entrare nella chiesa di Novosibirsk."

"Immaginiamo che tu creda nelle vite passate e che, in una delle tue precedenti esistenze, fossi stata bruciata dall'Inquisizione in nome della fede che il Papato tentava di imporre. La odieresti di più per questo?"

Non pensa a lungo, prima di rispondere.

"No. Il mio odio sarebbe identico. Yao non ha odiato l'uomo che si è avvicinato al nostro tavolo: si è soltanto preparato a lottare per un principio."

"Ma... se tu fossi stata innocente?"

L'editore ci interrompe. Magari ha pubblicato un libro sull'argomento...

"Mi viene in mente Giordano Bruno. Prima membro militante della Chiesa, poi arso vivo nel centro di Roma. Durante il processo, disse al tribunale: 'Avete certamente più paura voi nel pronunciare quella sentenza che io nell'ascoltarla!' Oggi c'è una sua statua nel luogo dove fu assassinato dai suoi 'sodali'. La sua è una vittoria, perché fu giudicato dagli uomini, e non da Gesù."

"In qualche modo, stai cercando di giustificare un'ingiustizia e un crimine," dice l'editrice.

"Assolutamente no. I suoi assassini sono stati cancellati dalla Storia, mentre Giordano Bruno influenza ancora il mondo con le sue idee. Il suo coraggio è stato ricompensato. Una vita senza causa è una vita senza effetti."

Sembra una conversazione con un fine ben preciso.

"Se tu fossi Giordano Bruno," dico, e guardo Hilal negli occhi, "riusciresti a perdonare i tuoi carnefici?"

"Dove vuoi arrivare?"

"Io appartengo a una confessione che, in passato, ha commesso azioni terribili. Ma voglio arrivare allo spirito delle sue origini perché, nonostante tutto, in me percepisco ancora l'amore di Gesù, più forte dell'odio di coloro che si autodefinirono i suoi successori. Inoltre, continuo a credere nel mistero della transustanziazione del pane e del vino."

"È un problema soltanto tuo. Io voglio evitare ogni contatto con chiese, preti e sacramenti. A me bastano la musica e la contemplazione silenziosa della natura. Ma le tue dichiarazioni hanno una qualche attinenza con ciò che hai visto dopo..." Si interrompe, cerca le parole, "... dopo l'esercizio dell'anello di fuoco?"

Non ha accennato al fatto che ci trovassimo a letto insieme. Malgrado il suo forte temperamento e le sue parole inattese, capisco che cerca di proteggermi.

"Non so. Come ho detto in treno, tutto ciò che accade nel passato e nel futuro avviene anche nel presente. Magari ci siamo incontrati perché io sono stato il carnefice e tu la vittima, ed è arrivato per me il momento di chiedere la tua assoluzione."

Tutti ridono – anch'io.

"E allora devi trattarmi meglio. Riservarmi un'attenzione maggiore. Dire quei, di fronte a tutti, una frase di tre parole che vorrei davvero sentire."

So che cosa sta immaginando: "Io ti amo..."

"Dirò tre frasi di tre parole. La prima: 'Devi sentirti protetta.' La seconda: 'Non devi preoccuparti.' La terza: 'Io ti adoro.'"

"Anch'io voglio dire una cosa: soltanto chi sa pronunciare le parole: 'Io ti amo' può ambire ad ascoltare la frase: 'Io ti amo.'"

Tutti applaudono. Torniamo alla bevanda mongolo-siberiana, parliamo d'amore, di persecuzione, di crimini in nome della verità, del cibo del ristorante. Per ora, la nostra conversazione non avrà un seguito; forse Hilal non ha capito di che cosa stavo parlando – in qualsiasi caso, il primo passo, quello più difficile, è stato compiuto.

* * *

All'uscita, domando a Yao perché abbia deciso di comportarsi in quel modo, esponendo al pericolo l'intera comitiva.

"È accaduto qualcosa?" mi risponde l'interprete.

"No, ma sarebbe potuto succedere. Di solito, si cerca di mostrarsi rispettosi con quel tipo di gente."

"Quando ero giovane, sono stato cacciato da vari posti e mi sono ripromesso che, da adulto, ciò non sarebbe accaduto mai più. In qualsiasi caso, non ho mancato di rispetto a quel tizio: l'ho solo affrontato nel suo campo. Gli occhi non mentono: e lui sapeva che non stavo bluffando."

"Comunque l'hai sfidato. Siamo in una città piccola, e lui avrebbe potuto temere che il suo potere risultasse sminuito."

"Quando siamo partiti da Novosibirsk, mi hai raccontato qualcosa a proposito dell'Aleph. Qualche giorno dopo, mi è sovvenuto che anche i cinesi hanno una parola che lo identifica: *Ki*. Ebbene, sia lui che io eravamo nel medesimo centro di energia. Senza voler filosofare su ciò che sarebbe potuto accadere, ogni individuo avvezzo al pericolo sa che, in ogni momento della vita, può trovarsi ad affrontare un avversario. Non dico 'nemico', bensì 'avversario'. Quando gli avversari sono sicuri del proprio potere, come nel caso di quel tizio, il confronto diventa pressoché obbligatorio – altrimenti potremmo ritrovarci indeboliti per non aver compiuto l'azione giusta. Apprezzare e stimare gli avversari è un atteggiamento completamente diverso da quello offerto dagli adulatori, dai deboli o dai traditori."

"Ma lui era..."

"Non importa chi o cos'era lui, bensì come gestiva la propria forza. Il suo stile di lotta mi è piaciuto, e a lui è piaciuto il mio. Soltanto questo."

La rosa dorata

Malgrado tutte le compresse di analgesico e di antiacido ingurgitate, ho un'emicrania terribile, a causa del beverone mongolo-siberiano. C'è un vento teso, e la giornata è limpida e senza nuvole. I blocchi di ghiaccio si confondono con la ghiaia della riva, sebbene sia ormai primavera. Il freddo è davvero insopportabile, nonostante io sia perfettamente intabarrato.

Ho un solo pensiero: 'Mio Dio, mi sento a casa!'

Davanti a me, un lago del quale non riesco quasi a vedere l'altra sponda. Acqua trasparente, montagne innevate sullo sfondo, un'imbarcazione di pescatori in procinto di salpare – rientrerà all'imbrunire. Voglio essere qui con ogni mio senso, assolutamente presente, perché non so se un giorno tornerò. Traggo ripetuti respiri profondi, cercando di interiorizzare tutto.

"Uno dei panorami più belli che abbia mai visto."

Dopo questo commento, Yao prende coraggio e decide di fornirmi altri particolari geografici. Mi dice che il lago Baikal, definito il "mare del Nord" dagli antichi testi cinesi, raccoglie il 20% dell'acqua dolce del pianeta e si è formato circa 25 milioni di anni fa – non sono informazioni che mi interessano.

"Non mi distrarre. Voglio trasportare questo mirabile paesaggio nella mia anima."

"È troppo grande. Perché non agisci al contrario? Ti immergi e ti unisci all'anima del lago."

Cioè? Dovrei volontariamente provocarmi uno shock termico e morire congelato in Siberia? In qualsiasi caso, alla fine l'interprete è riuscito a farmi perdere la concentrazione: sento la testa pesante, il vento è insopportabile, e decidiamo di avviarci verso il posto dove pernotteremo.

"Grazie per essere venuto. Non te ne pentirai."

Raggiungiamo l'alberghetto di un villaggio con strade sterrate e case simili a quelle che ho ammirato a Irkutsk. Di fronte all'ingresso c'è un pozzo. Accanto, scorgo una bambina che si impegna per recuperare un secchio pieno d'acqua. Hilal le si avvicina per aiutarla ma, con un gesto maldestro, anziché tirare la corda, spinge la ragazzina pericolosamente verso il bordo.

"Recita una sentenza dell'*I-Ching*: 'Una città può essere trasferita, ma non il pozzo.' Io dico che puoi muovere il secchio, ma non la bambina. Fa' attenzione."

La madre della ragazzina si avvicina e attacca a discutere con Hilal. Le lascio al loro diverbio, entro nel piccolo albergo e vado nella mia camera. Yao non voleva assolutamente che Hilal venisse: dove incontreremo lo sciamano non è consentito l'ingresso alle donne. Comunque gli avevo detto che non ero particolarmente interessato a quell'incontro. Ho una buona conoscenza della Tradizione, ormai diffusa ai quattro angoli del pianeta, e ho già incontrato vari sciamani nel mio paese. Mi sono sottoposto a quella fatica solo perché Yao mi ha aiutato e insegnato molte cose durante il viaggio.

"Ho davvero bisogno di passare ogni secondo possibile accanto a Hilal," gli avevo comunicato a Irkutsk. "So quello che sto facendo. Mi sono incamminato sulla strada per tornare al mio regno. Se lei non mi aiuterà ora, mi resteranno soltanto altre tre opportunità in questa 'vita'."

Anche se non aveva compreso a che cosa mi riferissi, aveva finito per cedere.

Poso lo zaino in un angolo, alzo il riscaldamento al massimo, chiudo le tende e mi butto sul letto, sperando che il mal di testa mi passi. Un attimo dopo entra Hilal.

"Mi hai lasciato da sola a parlare con quella donna. Sai che detesto gli estranei."

"Qui gli estranei siamo noi."

"E detesto anche essere continuamente giudicata, mentre mi sforzo di nascondere la mia paura, le mie emozioni, le mie vulnerabilità. Tu mi vedi come una ragazza di talento, coraggiosa, che non si lascia intimidire da niente. Be', ti sbagli! Io sono impaurita da tutto. Evito sguardi, sorrisi, contatti diretti. Ho parlato davvero solo con te. O forse non te ne sei accorto?"

Il lago, le montagne innevate, l'acqua limpida, uno dei luoghi più belli del pianeta e... quella discussione idiota.

"Riposiamo un po'. Poi usciremo a fare una passeggiata. Stasera incontrerò lo sciamano."

Hilal si appresta a posare lo zaino.

"Hai la tua camera."

"Ma sul treno..."

Non termina la frase. Sbatte la porta. Io resto a guardare il soffitto, domandandomi che cosa devo fare. Non posso cedere ai sensi di colpa. Non posso e non voglio – giacché amo un'altra donna adesso lontana che, pur conoscendo profondamente il proprio marito, nutre una grande fiducia in lui. Se tutti i tentativi precedenti si sono rivelati inutili, questo potrebbe essere il luogo ideale per chiarire definitivamente la faccenda con quella ragazza ossessiva e volubile, forte eppure fragile.

Non sono colpevole di ciò che sta accadendo. E tanto meno può esserne incolpata Hilal. La vita ci ha messo in questa situazione – e spero che sia per il nostro bene. Spero? Devo esserne certo. Comincio a pregare ma, subito dopo, mi addormento.

Quando mi sveglio, mi dirigo verso la camera di Hilal e sento la musica del violino. Aspetto che cessi, prima di bussare alla porta.

"Andiamo a fare una passeggiata."

Lei mi guarda, sorpresa e felice.

"Stai meglio? Ce la fai a sopportare il vento e il freddo?"

"Sì, mi sento più in forma. Usciamo."

Camminiamo per le stradine del villaggio, che sembra uscito da una favola. Un giorno, arriveranno i turisti, sorgeranno alberghi colossali, i negozi venderanno magliette, accendini, cartoline, miniature delle case di legno. Poi creeranno giganteschi parcheggi per gli autobus a due piani che riverseranno qui miriadi di persone con macchine fotografiche digitali, decise a catturare ogni particolare del lago – la sua stessa essenza – e a imprigionarlo dentro un chip. Il pozzo davanti all'albergo sarà abbattuto e sostituito da un altro, che abbellirà la scena ma non darà acqua agli abitanti: un'ordinanza comunale lo farà chiudere, per evitare che qualche gitante bambino si sporga oltre il parapetto e precipiti. La barca da pesca che ho visto stamane non esisterà più. Le acque del lago Baikal saranno solcate da grossi yatch che offriranno crociere di un giorno – pranzo incluso. La regione sarà invasa da pescatori e cacciatori muniti di licenze, per le quali saranno obbligati a sborsare una tassa giornaliera equivalente al guadagno annuo di coloro che oggi praticano la caccia e la pesca per sostentarsi.

Ma per ora è soltanto una località sperduta nella Siberia, dove un uomo e una giovane – ha la metà degli anni del suo compagno – camminano lungo un fiumiciattolo alimentato dal disgelo. Si siedono su una sponda.

"Ricordi la conversazione di ieri sera, quella al tavolo del ristorante?"

"Più o meno. Ho bevuto molto. Rammento che Yao non si è lasciato intimorire quando quell'uomo si è presentato al nostro tavolo."

"Mi riferisco alla parte riguardante il passato."

"Sì, lo ricordo. Ho capito benissimo ciò che stavi dicendo perché, nel momento in cui ci siamo ritrovati nell'Aleph, ho visto che mi guardavi con occhi carichi d'amore, ma anche di distacco. Avevi il capo celato da un cappuccio. Mi sentivo tradita e umiliata. Ma i rapporti vissuti nelle esistenze passate non m'interessano. Ora siamo nel presente."

"Vedi il torrentello davanti a noi? Be', nel salotto del mio appartamento c'è un quadro con una rosa in un fiume simile a questo. Anche se una vasta area del dipinto è stata irrimediabilmente danneggiata dall'acqua e dalle intemperie, e i bordi risultano irregolari; io posso ancora vedere una parte di quella bellissima rosa rossa che campeggia sullo sfondo dorato. Conosco l'artista. Nel 2003, siamo andati insieme in una foresta dei Pirenei, abbiamo ritrovato il nostro fiumiciattolo in secca e abbiamo ripreso la tela sepolta sotto i sassi del suo greto.

"Quell'artista è mia moglie. In questo momento, si trova a migliaia di chilometri di distanza e sta dormendo, perché laggiù il giorno non è ancora spuntato – qui, invece, sono le quattro del pomeriggio. Stiamo insieme da oltre un quarto di secolo: quando l'ho conosciuta, mi sono subito detto che il nostro rapporto non avrebbe funzionato. Nei primi due anni, mi aspettavo che uno dei due se ne andasse all'improvviso. Nei cinque anni successivi, ho continuato a pensare che ci fossimo semplicemente abituati l'uno all'altra, ma che ben presto ci saremmo resi conto di ciò, e ciascuno avrebbe seguito il proprio destino. Ero convinto che qualsiasi impegno affettivo importante avrebbe limitato la mia libertà, impedendomi di vivere tutto quello che desideravo."

Noto che la giovane turca comincia a sentirsi imbarazzata.

"E... tutto questo cosa c'entra con il fiume e la rosa?"

"Era l'estate del 2002, io godevo già di una buona fama come scrittore, avevo un ottimo reddito e ritenevo che i miei valori fondamentali non fossero cambiati. Ma come potevo avere l'assoluta certezza della validità delle mie scelte? Mettendomi alla prova. Affittammo una camera in un piccolo albergo a due stelle in Francia, e cominciammo a trascorrere lì cinque mesi all'anno. L'armadio era davvero modesto e, di conseguenza, fummo obbligati a limitare il nostro guardaroba all'essenziale. Camminavamo per foreste e montagne, cenavamo nelle trattorie, passavamo ore a chiacchierare, andavamo al cinema quasi tutti i giorni. Quelle condizioni di vita ci confermarono che le cose più desiderabili e raffinate del mondo sono alla portata di ciascun essere umano.

"Entrambi facciamo ogni cosa con enorme passione. Per il mio lavoro, mi serve solo un computer portatile. Per mia moglie, che è una pittrice, invece... Di solito, ai pittori servono enormi atélier per lavorare e conservare i loro quadri. Poiché non volevo assolutamente che sacrificasse la sua vocazione per me, le proposi di affittare un locale da adibire a studio. Lei rifletté, si guardò intorno – vide montagne, valli, fiumi, laghi, foreste – e pensò: 'Perché non impiantare qui il mio laboratorio? E perché non lasciare che la natura operi insieme a me?'"

Hilal non stacca gli occhi dal torrente.

"Fu così che nacque l'idea di lavorare e 'conservare' i dipinti all'aria aperta. Io portavo il laptop e scrivevo. Lei si inginocchiava sull'erba e dipingeva. Un anno dopo, quando andammo a riprendere le prime tele, ci trovammo di fronte opere originali e magnifiche. Il primo quadro che portò via fu quello con la rosa. Oggi, anche se possediamo una casa con studio sui Pirenei, lei continua a seppellire e dissotterrare le sue opere in giro per il mondo. Quell'abitudine nata da una necessità è diventata la cifra della sua pittura. Io osservo questo fiumiciattolo, ricordo il dipinto con la rosa e mi sento pervadere da un amore quasi palpabile, fisico, come se lei fosse qui."

Il vento è calato, perciò il sole riesce a scaldarci. La luce è perfetta.

"Ti capisco e ti rispetto," replica Hilal. "Ma, quando parlavi del passato, hai detto qualcosa del tipo: 'L'amore è più forte. L'amore è più grande di una persona'."

"È così, ma l'amore è fatto di scelte."

"A Novosibirsk mi hai implorato di concederti il perdono, e io te l'ho accordato. Ora ti chiedo: dimmi che mi ami."

Le prendo la mano. Guardiamo insieme il fiume.

"Anche l'assenza di una risposta è una risposta," dice Hilal.

L'abbraccio e avvicino il suo capo alla mia spalla.

"Io ti amo. Ti amo perché tutti gli amori del mondo sono come fiumi differenti che scorrono verso il medesimo mare: lì s'incontrano e si trasformano in un amore unico, che diviene pioggia e benedice la terra.

"Ti amo come un fiume che permette alla vegetazione e ai fiori di crescere con il passaggio delle sue acque. Ti amo come un fiume che ristora chi ha sete e trasporta le persone fin dove vogliono arrivare.

"Ti amo come un fiume che capisce quando deve scorrere in maniera impetuosa lungo una cascata e avanzare piano e riposare in un avvallamento del terreno. Ti amo

perché tutti nasciamo nello stesso luogo, ︙
fonte, che continua ad alimentarci con acq
verse. Ecco perché, quando ci sentiamo afﬁ
li, tutto ciò che dobbiamo fare è aspettare. ︙
torna, le nevi dell'inverno si sciolgono e la l︙
infonde nuova energia.

"Ti amo come un fiume che nasce sottile e solitario su una montagna e, a poco a poco, cresce, si unisce ad altri corsi d'acqua, ingrossa e riesce a vincere qualsiasi ostacolo per arrivare dove desidera.

"Poiché ricevo il tuo amore, io ti offro il mio. Non è l'amore di un uomo per una donna, non è l'amore di un padre per una figlia, non è l'amore di Dio per le proprie creature. È un amore senza nome, senza spiegazioni – è un fiume che conosce il suo corso, e procede soltanto. Un amore che non chiede e non dà niente in cambio, che si appaga soltanto nella sua manifestazione. Anche se non sarò mai tuo, e tu non sarai mai mia, posso dire: 'Io ti amo. Io ti amo. Io ti amo.'"

Forse era il pomeriggio, o forse la sua luce tersa, ma in quel momento era come se in tutto l'Universo regnasse un'armonia perfetta. Siamo rimasti seduti a guardare il torrente, senza alcuna voglia di tornare in albergo, dove Yao probabilmente mi stava aspettando.

L'aquila del Baikal

Tra poco scenderà la sera. Davanti a una piccola imbarcazione attraccata alla riva, siamo in sei: Hilal, Yao, lo sciamano, due donne anziane e io. Parlano tutti in russo. Lo sciamano fa dei cenni di diniego con il capo. Yao sembra insistere, ma l'uomo gli volta le spalle e si avvicina alla barca.

Ora Yao e Hilal stanno discutendo. L'interprete sembra preoccupato – in realtà, credo che la situazione lo diverta. Poiché abbiamo praticato ancora il Cammino della Pace, adesso riesco a interpretare i segnali del suo corpo. Finge un'irritazione che non prova.

"Di che cosa state parlando?"

"Io non posso venire," dice la giovane turca. "Devo rimanere con queste due donne che non ho mai visto prima. Tutta la sera qui, obbligata a sopportare il gelo. Non c'è nessuno che possa riportarmi all'albergo."

"Ciò che avverrà sull'isola lo sperimenterai anche tu, pur restando qui con loro," spiega Yao. "Di certo, non è possibile violare le regole della tradizione. Lui era stato avvisato, ma ha insistito a voler portarti. Ora dobbiamo andare, per poter sfruttare un luogo e un momento precisi: quello che voi definite Aleph, che io chiamo *Ki* e che gli sciamani identificano sicuramente con qualche altro nome. Non staremo via molto, saremo di ritorno fra un paio d'ore."

"Andiamo," dico io, prendendo Yao per un braccio e muovendomi verso la barca.

Mi volto verso Hilal, con un sorriso sulle labbra:

"Per niente al mondo, rimarresti chiusa in quell'alberghetto, sapendo che puoi sperimentare qualcosa di completamente nuovo. Non so se sarà un'esperienza bella o brutta. In qualsiasi caso, è sempre meglio che una cena consumata da sola."

"Ma tu pensi che siano sufficienti delle parole d'amore a sfamare il mio cuore? Comprendo perfettamente che ami tua moglie, tuttavia ti chiedo se sei in grado di ricambiare almeno in parte i molti universi che continuo a offrirti."

Le volto le spalle e mi dirigo verso la barca. Di nuovo, una discussione idiota.

* * *

Lo sciamano ha avviato il motore e impugnato la barra del timone. Ci dirigiamo verso quello che sembra uno scoglio, a circa duecento metri dalla riva. Calcolo che lo raggiungeremo in meno di dieci minuti.

"Ora che non ho più modo di tornare indietro, puoi dirmi perché hai insistito che lo conoscessi? È l'unica cosa che mi hai chiesto durante questo viaggio: in cambio, tu mi hai dato davvero molto. E non mi riferisco soltanto alla pratica dell'Aikido. Ogni volta che si è rivelato necessario, ti sei adoperato per mantenere l'armonia sul treno, hai tradotto le mie parole come se ti appartenessero e, ancora ieri, mi hai fatto notare l'importanza di accettare un combattimento solo per il rispetto dell'avversario."

Yao si sente piuttosto a disagio e volge il capo a destra e a sinistra, come se fosse responsabile della sicurezza della piccola imbarcazione.

"Pensavo che ti sarebbe piaciuto incontrarlo per via dei tuoi interessi…"

"Non è una buona risposta. Se avessi voluto conoscerlo, lo avrei chiesto."

Dopo un attimo, mi guarda e annuisce.

"In realtà, io ho voluto invitarti. Avevo promesso di ritornare qui, quando mi sarei ritrovato a passare da queste parti. Avrei potuto venirci da solo, ma ho firmato un contratto con la casa editrice che mi impegna a stare sempre accanto a te… Ecco, gli editori avrebbero potuto biasimare la mia assenza."

"Può darsi che io non abbia sempre bisogno di avere un interprete al mio fianco. Se fossi rimasto a Irkutsk, non gli sarebbe importato."

La sera sta calando più rapidamente di quanto immaginassi.

Yao cambia discorso: "L'uomo che pilota la barca è in grado di parlare con mia moglie. No, non è una menzogna: nessun altro potrebbe sapere certe cose. E poi, ha salvato mia figlia. È riuscito dove i medici dei migliori ospedali di Mosca, Pechino, Shangai e Londra avevano fallito. E non ha voluto niente in cambio, solo che venissi a trovarlo di nuovo. E il caso ha voluto che io fossi con te. Forse riuscirò a comprendere ciò che la mia mente si rifiuta di accettare."

L'isolotto roccioso si avvicina: saremo là in meno di un minuto.

"Questa è una risposta sincera. Ti ringrazio per la fiducia. Mi trovo in uno dei posti più belli del mondo, è una splendida serata, e sento il rumore delle onde che si frangono contro la barca. Penso che venire a conoscere quest'uomo sia una delle molte benedizioni che mi ha riservato il nostro viaggio."

A parte il giorno in cui mi aveva parlato del dolore per la perdita della moglie, Yao non aveva mai manifestato alcun moto dell'animo. Ora mi prende la mano, se l'avvicina al petto e la stringe con forza. La barca urta contro una piccola protuberanza di pietra che funge da molo.

"Grazie. Grazie davvero."

* * *

Raggiungiamo la cima dell'isolotto roccioso. L'orizzonte è ancora infuocato. Tutt'intorno si stende una vegetazione bassa; a est, si stagliano tre o quattro alberi senza foglie. Su uno di essi, noto i resti delle offerte votive; una carcassa d'animale penzola da un ramo. Il vecchio sciamano ispira rispetto e saggezza: non mi mostrerà niente di nuovo, perché io ho già battuto molte strade e so che tutte convergono nello stesso punto. In qualsiasi caso, capisco che è molto preparato e che persegue fini elevati. Mentre si accinge al rituale, la mia mente ripercorre tutte le conoscenze riguardo al suo ruolo nella storia della civiltà.

* * *

Anticamente, nelle tribù c'erano due figure predominanti. La prima era il capo: l'individuo più coraggioso, sufficientemente forte per sconfiggere coloro che lo sfidavano, abbastanza astuto per sfuggire alle trame ordite nell'eterna lotta per il potere – le cospirazioni risalgono alla notte dei tempi. Dopo aver consolidato la propria posizione, diveniva responsabile del benessere e della protezione del suo popolo nel mondo fisico. Con il passare del tempo, quella scelta, basata su una sorta di selezione naturale, finì per perdere le caratteristiche originarie, e il ruolo di capo cominciò a essere trasmesso ereditariamente. È il principio della perpetuazione del potere, da cui nascono gli imperatori, i re, i dittatori.

Ma c'era una figura più importante del capo: lo sciamano. Fin dagli albori dell'umanità, sebbene non sappiano spiegarsi la sua forma e la sua provenienza, gli esseri umani percepiscono la presenza di una forza più grande, la ragione della vita e della morte. Con la percezione dell'amore, si manifestò subito la necessità di una risposta al mistero dell'esistenza. I primi sciamani erano donne, le reali fonti della vita; non essendo impegnate nella caccia o nella pesca, si dedicavano alla contemplazione: fu così che presero coscienza dei misteri sacri. Le regole e le pratiche della Tradizione erano trasmesse alle giovani maggiormente dotate, che vivevano isolate e per questo spesso mantenevano la verginità. Le sciamane agivano su un piano diverso, armonizzando le forze del mondo spirituale con quelle del mondo fisico.

Ciò avveniva attraverso un rituale con pochissime varianti: la sciamana entrava in trance attraverso la musica – di solito, un suono ritmico di percussioni –, beveva una pozione ricavata dai frutti della natura, e la sua anima abbandonava il corpo per entrare in un universo parallelo. Lì incontrava gli spiriti delle piante, degli animali, dei morti e di ogni altro essere vivente – tutti coesistenti in un tempo unico, quello che Yao chiama *Ki* e che io identifico con il nome di Aleph. All'interno di quel punto immenso, l'anima incontrava le sue guide, riequilibrava le energie, curava le malattie, provocava le piogge, riportava la pace, decifrava i simboli e i segnali provenienti dal creato, puniva chiunque ostacolasse il rapporto della tribù con il Sacro Tutto. Poiché la necessità di procurarsi il cibo obbligava la comunità a spostarsi di continuo, a quell'epoca era impossibile edificare templi o costruire altari: c'era solo l'adorazione di quel Tutto intangibile, nel cui ventre procedeva la tribù.

Proprio come avvenne per il ruolo del capo, anche la figura della sciamana subì una profonda modificazione. Giacché la salute e la protezione del gruppo dipendevano dall'armonia con la natura, le donne preposte al contatto con la dimensione spirituale – l'anima della tribù – si ritrovarono investite di una grande autorità, generalmente superiore a quella del maschio dominante. In un momento imprecisato della Storia (probabilmente subito dopo la scoperta dell'agricoltura e la fine del nomadismo), quella peculiarità femminile fu usurpata dall'uomo. La forza prevalse sull'armonia. Le doti delle sciamane non vennero più considerate come doni indispensabili alla tribù: divenne importante solo il potere che quelle donne esercitavano.

Il passo successivo fu l'organizzazione dello sciamanesimo – ormai diventato una prerogativa maschile – in una struttura sociale. Nacquero le prime religioni. La società era mutata, il nomadismo era scomparso, tuttavia il rispetto e il timore del capo e dello sciamano erano ben radicati nell'anima di ogni membro della comunità – e continuano a esserlo. Consapevoli di questo, i sacerdoti si allearono ai capi per sottomettere il popolo. Chiunque osasse sfidare i governanti era minacciato con il castigo degli dèi. In varie epoche della Storia, le donne si ribellarono, reclamando quel ruolo che avevano perduto: senza i loro doni, il mondo scivolava sempre verso il conflitto. Ma ogni volta che ciò avveniva, subito erano bandite, trattate come eretiche e prostitute. E se la loro minaccia veniva considerata davvero pericolosa, il potere non esitava a punirle con il rogo, con la lapidazione o, nei casi meno deleteri, con l'esilio. Nel percorso della civiltà non esiste traccia di religioni femminili: sappiamo soltanto che i più antichi oggetti magici scoperti dagli archeologi rappresentano delle dèe.

Ma la loro memoria si è perduta nelle nebbie del tempo. Proprio come il potere magico che, usato per fini terreni, si è attenuato e indebolito sempre più. Ora possiede un unico effetto: la paura del castigo divino.

Davanti a me c'è un uomo, e non una donna – anche se sicuramente le donne rimaste con Hilal sulla terraferma hanno i suoi stessi poteri. Non intendo discutere la sua presenza qui: entrambi i sessi possiedono il dono di entrare in contatto con l'ignoto, purché abbiano piena coscienza di ambedue le loro componenti, quella maschile e quella femminile. La mia mancanza di entusiasmo per questa esperienza è dovuta alla consapevolezza del fatto che l'umanità ha perduto lo spirito originario, si è allontanata dal contatto con il Sogno di Dio.

L'uomo accende il fuoco in un piccolo fossato: proteggerà le fiamme dal vento che soffia incessante. Accanto, sistema una sorta di tamburo; poi apre una bottiglia che contiene un liquido sconosciuto. Lo sciamano della Siberia – la regione nella quale il termine ha avuto origine – esegue i medesimi gesti dei *pajé* delle foreste amazzoniche, degli stregoni messicani, degli adepti del *candomblé* africano, degli spiritisti francesi, dei guaritori delle tribù indigene americane, degli aborigeni australiani, dei carismatici cattolici, dei mormoni dello Utah ecc.

È sorprendente notare le somiglianze di questi culti che, in apparenza, vivono in conflitto gli uni con gli altri. Operano sul medesimo piano spirituale e si manifestano in diversi luoghi del mondo, pur non essendo mai entrati in contatto tra loro. Ad accomunarli è la cosiddetta Mano Superiore, che ci ha trasmesso queste parole:

"A volte i miei figli hanno occhi, ma non vedono. Hanno orecchie, ma non sentono. Ecco perché chiederò che non siano sordi o ciechi nei miei confronti. Anche se dovranno pagare un costo assai alto, essi avranno la responsabilità di mantenere viva la Tradizione e, un giorno, le Mie benedizioni si spargeranno ancora sulla Terra."

Lo sciamano attacca a suonare il tamburo, accelerando lentamente il ritmo. Mormora una frase a Yao, che subito me la traduce:

"Lo sciamano ha detto che, insieme al vento, arriverà il *Ki*. In verità, non ha usato questo termine."

E il vento comincia ad aumentare. Per quanto io sia coperto – giacca a vento in tessuto tecnico, guanti, berretto di spessa lana e sciarpa, dalla quale emergono solo gli occhi –, mi sento tremare. Mi sembra che il naso abbia perso sensibilità. Minuscoli cristalli di ghiaccio si accumulano sulle mie sopracciglia e sul pizzetto. Accovacciato lì accanto, Yao mantiene una postura elegante. Cerco di imitarlo, ma cambio continuamente posizione, perché il tessuto dei miei pantaloni è piuttosto dozzinale e le folate lo attraversano, facendo intorpidire i muscoli e provocandomi crampi dolorosi.

Le fiamme danzano selvaggiamente, ma il fuoco rimane acceso. Il ritmo del tamburo accelera. Ora lo sciamano cerca di adeguare i battiti del suo cuore ai colpi della mano sulla pelle dello strumento, aperto nella parte inferiore affinché gli spiriti possano scivolar dentro. Nei culti afro-brasiliani, questo è il momento in cui il medium o il celebrante libera la propria anima, consentendo a un'altra entità – superiore – di occupare il proprio corpo. Nel mio paese, però, non viene indicato il tempo preciso nel quale si manifesta l'energia che Yao ha definito *Ki*.

Quando decido di entrare in trance, non sono più un semplice osservatore. Mi impegno perché il battito del mio cuore si adegui al ritmo del tamburo, chiudo gli occhi, annullo ogni pensiero, ma... il freddo e il vento m'impediscono di andare oltre. Di nuovo, avverto il bisogno di cambiare posizione: apro gli occhi e noto che lo sciamano stringe alcune piume nella mano con cui regge lo strumento – probabilmente appartengono a qualche raro uccello locale. Secondo quasi tutte le tradizioni del mondo, gli uccelli sono messaggeri divini. Sono le creature che consentono allo stregone di elevarsi e parlare con gli spiriti.

Anche Yao ha gli occhi aperti: l'estasi appartiene soltanto a lui e al celebrante. Il vento s'intensifica, io sono sempre più infreddolito; lo sciamano, invece, è impassibile. Il rituale prosegue: l'uomo apre una bottiglia contenente un liquido che mi sembra verde, beve e la porge al mio interprete, il quale ingolla un paio di sorsate e me la offre. Per rispetto, mi servo anch'io: bevo quella mistura dolciastra, blandamente alcolica, e restituisco la bottiglia allo sciamano.

Il suono del tamburo continua: il ritmo si spezza allorché il celebrante traccia dei segni sul terreno – non ho mai visto quei simboli: ricordano una scrittura ormai scomparsa da tempo. Dalla sua gola escono versi strani: sembrano voci di uccelli amplificate. Aumentano la velocità e l'intensità dei colpi sulla pelle dello strumento: ora il freddo non mi dà più fastidio. D'un tratto, il vento cessa.

Non occorrono spiegazioni: ecco il *Ki*, come lo definisce Yao. Tutt'e tre ci guardiamo. Regna una strana calma. Di fronte a me, non c'è la persona che ha condotto la barca o chiesto a Hilal di rimanere sulla terraferma: le sue fattezze sono cambiate; sembra più giovane, ha un aspetto più femminile.

Per un lasso di tempo imprecisato, lui e Yao parlano in russo. Un chiarore si diffonde sull'orizzonte: sta sorgendo la luna. La accompagno nel suo viaggio nel cielo: i raggi d'argento si riflettono sulle acque del lago, improvvisamente tranquille. Alla mia sinistra, si accendono le luci del piccolo villaggio. Mi sento beatamente calmo, mi sforzo di cogliere l'essenza di questo momento inatteso – un momento che mi aspettava lungo il cammino, proprio come tanti altri. Mi auguro che gli imprevisti siano sempre così belli e sereni.

Lo sciamano si rivolge a Yao e gli chiede di domandarmi perché sono lì.

"Per accompagnare un amico che aveva promesso di tornare. Per rendere omaggio alla sua arte. E per poter contemplare il mistero accanto a lui."

"L'uomo che hai vicino non crede in nulla," dice lo sciamano. Ovviamente è sempre Yao a tradurmi le sue parole. "È stato qui varie volte per parlare con sua moglie, eppure non crede. Povera donna! Anziché riposare accanto a Dio in attesa di tornare sulla Terra, deve continuamente venire qui a consolare questo infelice. È costretta ad abbandonare il calore del Sole Divino e affrontare il miserevole freddo siberiano perché l'amore le impedisce di partire!"

Lo sciamano scoppia a ridere.

"Perché non provi a spiegargli questa semplice verità?"

"L'ho fatto. Ma, come la maggior parte delle persone, non si rassegna a quella che considera una perdita."

"Puro egoismo."

"Sì, egoismo assoluto. Vogliono fermare il tempo o farlo tornare indietro. E così non permettono alle anime di proseguire nel loro viaggio."

Lo sciamano prorompe in un'altra risata.

"Quest'uomo ha ucciso Dio nel momento in cui sua moglie è passata su un altro piano. Tornerà qui una, due, dieci volte… e tenterà ancora di parlarle. Non viene a domandare un aiuto per comprendere davvero l'esistenza. Vuole che le cose si adattino al suo modo di vedere la vita e la morte."

Fa una pausa. Lascia vagare lo sguardo. È ormai buio: il paesaggio roccioso è illuminato solo dalla luce delle fiamme.

"Io non so lenire la disperazione quando gli uomini tro vano in essa una consolazione."

"Con chi sto parlando?"

"Tu credi?"

Annuisco. E ripeto la domanda.

"Con Valentina."

Una donna.

"L'uomo accanto a me può essere uno sciocco per quanto riguarda le questioni dello spirito, ma è un essere umano eccellente, pronto a vivere quasi ogni esperienza, tranne quella che lui definisce la 'morte' di sua moglie. L'uomo al mio fianco è un individuo buono."

Lo sciamano annuisce.

"Anche tu. Hai accompagnato un amico che ti sta accanto da molto tempo. Da ben prima che vi incontraste in questa vita. Del resto, anch'io vi conosco da tempo immemorabile."

Un'altra risata.

"Noi tre ci siamo incontrati in un altro luogo, prima di affrontare insieme il medesimo destino – quello che il tuo amico chiama 'morte' – in una battaglia. Non so in quale paese, ma ci sono stati ferimenti e spari. I guerrieri si rincontrano sempre. Così è scritto nella Legge Divina."

Lo sciamano getta una manciata d'erba nel fuoco, spiegando che in un'altra vita siamo rimasti seduti intorno a un falò a parlare delle nostre avventure.

"Il tuo spirito dialoga con l'aquila del Baikal. Che guarda e sorveglia tutto, che attacca i nemici e protegge e difende gli amici."

Quasi a conferma delle sue parole, udiamo un uccello in lontananza. Alla sensazione di freddo è subentrato un senso di benessere. Lo sciamano ci offre di nuovo la bottiglia.

"La bevanda fermentata è viva, passa dalla gioventù alla vecchiaia. Quando giunge alla maturità, è in grado di annichilire lo Spirito dell'Inibizione, lo Spirito della Mancanza di Rapporti Umani, lo Spirito della Paura, lo Spirito dell'Ansia. Se consumata in eccesso, però, si ribella e alimenta lo Spirito della Sconfitta e dell'Aggressione. Si tratta solo di conoscere il limite da non oltrepassare."

Beviamo e celebriamo.

"In questo momento, il tuo corpo è sulla terra, ma il tuo spirito è insieme a me, qui in alto: e l'unica cosa che ti posso offrire è un volo nei cieli del Baikal. Tu non sei venuto per chiedermi qualcosa: ecco perché non ti darò nulla, oltre a questa volata. Mi auguro che ti ispiri e ti sproni a continuare nella tua opera.

"Sii benedetto. Cerca di trasformare la vita di chi ti circonda, proprio come stai modificando la tua. Quando domanderanno, non dimenticarti di dare. Quando busseranno alla tua porta, non mancare di aprire. Quando perderanno qualcosa e si rivolgeranno a te, adoperati per ritrovare ciò che è stato smarrito. Ma, prima, chiedi, bussa all'uscio e scopri tutto ciò che hai perduto nella vita. Un cacciatore sa cosa lo aspetta: divorare la preda o esserne divorato."

Gli rivolgo un cenno affermativo con il capo.

"Tu hai già vissuto tutto questo, e lo rivivrai molte altre volte," continua lo sciamano. "Un amico dei tuoi amici è un amico dell'aquila del Baikal. Stasera non accadrà nulla di particolare: non avrai visioni, esperienze magiche, trance per entrare in comunicazione con i vivi o con i morti. Non otterrai alcun potere speciale. Semplicemente, ti sentirai pervaso dalla gioia mentre l'aquila del Baikal mostrerà il lago alla tua anima. Ora non vedi nulla ma, in questo momento, il tuo spirito volteggia sopra quelle cime."

Il mio spirito si libra lassù, e io non vedo niente. Ma non importa: so che lo sciamano sta dicendo la verità. Quando rientrerà nel corpo, sarà più saggio e sereno.

Il tempo si ferma, perché non riesco più a misurarlo. Le fiamme si muovono, proiettando strane ombre sul viso del celebrante, ma io non sono soltanto lì. Lascio che il mio spirito si muova liberamente: ne ha davvero bisogno, dopo tanti sforzi e tante fatiche per aiutarmi. Non avverto più freddo. Non sento più niente – sono libero, e continuerò a esserlo fintantoché l'aquila del Baikal sorvolerà il lago e le montagne innevate. Peccato che lo spirito non possa raccontarmi che cos'ha visto: comunque, non è particolarmente importante sapere tutto ciò che mi succede.

Il vento riprende a soffiare. Lo sciamano fa una profonda riverenza alla terra e al cielo. Seppure protetto, all'improvviso il fuoco si spegne. Guardo la luna ormai alta nel cielo; riesco a scorgere i profili di vari uccelli che svolazzano intorno a noi. Ora il celebrante è invecchiato di nuovo e appare stanco. Ripone il tamburo in una grande sacca ricamata.

Yao gli si avvicina, infila la mano nella tasca sinistra e ne estrae una manciata di monete e banconote. Io lo imito.

"Abbiamo mendicato per l'aquila del Baikal. Ecco ciò che abbiamo ricevuto."

Lui si inchina e ringrazia per il denaro. Poi ci incamminiamo verso la barca, senza fretta. L'isola sacra degli sciamani possiede un proprio spirito. È buio pesto, e non sappiamo se stiamo mettendo i piedi nei punti giusti.

Quando raggiungiamo la riva, cerchiamo Hilal, ma le due donne ci dicono che è tornata in albergo. Soltanto allora mi rendo conto che lo sciamano non ha pronunciato una sola parola su di lei.

La paura della paura

Nella stanza, il riscaldamento è altissimo. Prima ancora di cercare l'interruttore della luce, mi tolgo la giacca a vento, il berretto e la sciarpa e mi dirigo verso la finestra con l'intenzione di aprirla per cambiare l'aria. Data la posizione dell'albergo, posso vedere le luci del villaggio che si spengono. Rimango per qualche momento lì, immobile, immaginando le meraviglie che avranno gratificato il mio spirito. Poi, quando sto per girarmi, sento la voce.

"Non ti voltare."

È Hilal, ma il tono delle sue parole mi ha spaventato. È tremendamente serio.

"Sono armata."

No, non può essere così. A meno che quelle donne...

"Indietreggia."

Eseguo l'ordine.

"Ancora un po'. Così. Ora fai un passo a destra. Bene, lì. Non ti muovere."

Non riesco più a pensare – l'istinto di sopravvivenza governa ogni mia reazione. In pochi secondi, la mia mente elabora tutte le scelte che posso fare per sopravvivere: gettarmi a terra, tentare di intavolare una discussione o, semplicemente, aspettare la sua prossima mossa. Se davvero è decisa a uccidermi, non tarderà molto ad agire; ma, se non sparerà entro un minuto, si metterà a parlare – e allora beneficerò di un vantaggio.

Un fragore assordante, un'esplosione, e mi ritrovo coperto di schegge di vetro. È scoppiata la lampadina sopra il mio capo.

"Nella mano destra ho l'archetto, nella sinistra il violino. Non ti voltare."

Non mi giro, ma traggo un respiro profondo. Non c'è alcuna magia o effetto speciale in ciò che è appena accaduto: alcuni cantanti lirici ottengono il medesimo risultato con la voce – per esempio, riducono in cocci coppe di champagne, facendo vibrare l'aria con una frequenza tale da rompere gli oggetti molto fragili.

Di nuovo, l'archetto sfiora una corda, provocando un suono altissimo e stridente.

"So tutto quello che è successo. L'ho visto. Le donne mi hanno condotto sull'isolotto senza dover ricorrere a nessun anello di fuoco."

Lei ha visto.

Un peso enorme si solleva dalle mie spalle, disseminate di scaglie di lampadina. Yao lo ignorava, ma il viaggio verso quel luogo coincideva con il cammino del mio ritorno al regno. Non era necessario che spiegassi: Hilal aveva visto.

"Mi hai abbandonato quando ne avevo più bisogno. Sono morta per colpa tua, e ora sono tornata per farti vivere nel terrore."

"Non mi terrorizzi affatto. Non mi spaventi. Io sono stato perdonato."

"È stato un perdono forzato. Io ti ho perdonato senza sapere cosa stavo facendo."

Un'altra nota, acutissima e sgradevole.

"Se lo reputi ingiusto, ritira quel perdono."

"No. Sei perdonato. E se fosse necessario perdonarti per settanta volte, lo farei. Nella mia mente, però, le immagini erano molto confuse. Voglio che tu mi racconti cos'è accaduto esattamente. Ricordo soltanto che ero nuda. Tu mi guardavi, io dicevo a tutti che ti amavo, e così mi condannavano a morte. È stato l'amore a scrivere la mia condanna."

"Posso voltarmi?"

"Ancora no. Prima raccontami cos'è avvenuto. Io so solo che, in una vita passata, sono morta per colpa tua. Può essere stato qui, o in qualsiasi altro luogo del mondo, ma mi sono sacrificata in nome dell'amore, per salvarti."

I miei occhi si sono ormai abituati all'oscurità; il caldo della camera, invece, è sempre insopportabile.

"Come hanno agito quelle donne?"

"Ci siamo sedute sulla riva del lago. Poi hanno acceso un falò, hanno suonato un tamburo, sono entrate in trance e mi hanno chiesto di bere da una bottiglia. Dopo averlo fatto, sono cominciate quelle visioni confuse. Sono durate molto poco. Rammento soltanto ciò che ti ho appena raccontato. Pensavo che fosse un incubo, ma loro mi hanno garantito che ci siamo frequentati in una vita passata. È qualcosa che mi hai detto anche tu."

"No. Accade anche nel presente, sta accadendo ora. In questo momento, io sono qui, nella camera di un alberghetto siberiano, in un paese di cui ignoro il nome. Ma sono anche in un sotterraneo a Cordova, in Spagna. E sono con mia moglie, in Brasile. E sono con le molte donne che ho avuto. E, in alcune di quelle vite, ho le fattezze e l'animo di una donna. Suona ancora."

Mi tolgo il maglione. Lei attacca a suonare un brano che non è stato composto per un'esecuzione col violino: mia madre lo suonava al piano, quando ero bambino.

"C'è stato un tempo in cui il mondo era anche femmina, e possedeva un'energia magnifica; e gli esseri umani credevano nei miracoli e, poiché vivevano soltanto nel presente, il tempo non esisteva. I greci hanno due parole per indicare il tempo. La prima è 'Kairos', il tempo di Dio, l'eternità. Poi, all'improvviso, qualcosa è cambiato: sono arrivate la lotta per la sopravvivenza, la necessità di sapere dove e quando piantare i semi per avere un buon raccolto – e il tempo è diventato quello che viviamo ancor oggi. I greci lo chiamano 'Cronos'; i romani, 'Saturno', un dio che, secondo Esiodo, divorava i propri figli appena nati per salvaguardare il proprio potere. Siamo diventati schiavi della memoria. Continua a suonare, e io cercherò di spiegartelo meglio."

La melodia di Hilal prosegue. Io scoppio a piangere, ma riesco comunque a proseguire:

"In questo momento, mi trovo seduto su una panchina del giardino davanti a casa mia, e osservo il cielo, cercando di scoprire che cosa intendono dire le persone quando usano l'espressione 'Costruire dei castelli in aria', una frase che credo d'aver udito anche un'ora fa. Ho sette anni. Sto cercando di costruire un castello dorato, ma non riesco a concentrarmi. I miei amici sono tutti a cena con le loro famiglie; mia madre sta suonando al pianoforte il brano che tu esegui al violino. Se non fosse per l'urgenza di raccontare ciò che sento, sarei lì con tutto me stesso. L'odore dell'estate, le cicale che friniscono nell'erba, e io che penso alla ragazzina di cui sono innamorato.

"Ma non sono nel passato, sono nel presente. Sono quel ragazzino che ero allora. Lo sarò sempre: tutti noi saremo sempre i bambini, gli adulti, i vecchi che siamo stati e che torneremo a essere. Io non sto RICORDANDO. Sto RIVIVENDO quel tempo."

Non riesco a proseguire. Mi copro il viso con le mani e piango, mentre Hilal suona in maniera sempre più intensa, più perfetta, più divina, trasportandomi verso i numerosi esseri che sono in questa vita. No, non piango per mia madre che se n'è andata, perché ora è qui e suona per me. Non piango per il bambino che, sorpreso da quella frase così complicata, tenta di costruire un castello dorato che appare e scompare nel volgere di un secondo. Anche quel ragazzino è qui, e ascolta Chopin – apprezza la bellezza di quella musica, l'ha sentita molte volte e vorrebbe ascoltarla per tante altre! Piango perché non esiste un altro modo di manifestare ciò che sento: SONO VIVO. In ogni poro, in ogni cellula del mio corpo sono vivo – io non sono mai nato e non sono mai morto.

Posso attraversare momenti di tristezza, cedere alle confusioni mentali, ma al di sopra di me c'è il grande Io, che comprende ogni cosa e ride delle mie angosce. Piango per l'effimero e per l'eterno, perché so che il *pathos* delle parole è inferiore a quello della musica, e dunque non riuscirò mai a descrivere un simile momento. Mi lascio condurre da Chopin, Beethoven e Wagner nel passato che è presente – la loro musica è più potente di tutti gli anelli dorati che conosco.

Piango mentre Hilal suona. E lei suona finché non smetto di piangere.

* * *

La giovane si avvicina all'interruttore. Quando è esplosa, la lampadina ha provocato un corto circuito. La camera è al buio: Hilal raggiunge il comodino e accende l'abat-jour.

"Ora puoi voltarti."

Quando i miei occhi si sono abituati alla luce, riesco a vederla: è completamente nuda, ha le braccia spalancate e stringe il violino e l'archetto nelle mani.

"Oggi tu mi hai detto che mi ami come un fiume. Ora io ti voglio dire che ti amo come la musica di Chopin. Semplice e profonda, azzurra come il lago, capace di..."

"La musica parla da sé. Non c'è bisogno che tu aggiunga nulla."

"Ho paura. Tanta paura. Cosa rappresentava esattamente la mia visione?"

Le descrivo dettagliatamente ciò è accaduto nel sotterraneo: la mia vigliaccheria, la giovane nuda come lei ora, ma con i polsi serrati da corde, che non erano quelle di un violino. Hilal ascolta in silenzio, sempre con le braccia spalancate, assimilando ogni mia parola. Siamo in piedi al centro della stanza, il suo corpo è candido come quello della quindicenne che, in questo momento, viene condotta al rogo nella città di Cordova. Non potrò salvarla, so che sparirà tra le fiamme insieme alle sue amiche. È già accaduto in un'occasione, sta accadendo molte altre volte e accadrà di nuovo, fintantoché il mondo continuerà a esistere. Mi accorgo che la giovane condannata aveva il pube peloso, mentre la ragazza che ho davanti si è rasata meticolosamente i peli – una pratica che considero abominevole: è come se gli uomini cercassero sempre un bambino per avere rapporti sessuali. Le chiedo di non farlo mai più, e lei me lo promette.

Le mostro le macchie dell'eczema sulla mia pelle – oggi sono davvero evidenti: la malattia è molto attiva – e le spiego che i segni provengono dal medesimo luogo e dallo stesso passato. Le domando se ricorda ciò che mi disse – o mi dissero le sue compagne – mentre veniva condotta al rogo. Fa un cenno di diniego con il capo.

"Mi desideri?"

"Tanto. Siamo qui soli, in questo luogo unico del pianeta, e tu sei nuda davanti a me. Ti desidero davvero tanto."

"Ho paura della mia paura. Sto chiedendo perdono a me stessa non per il fatto di essere qui, ma perché mi sono sempre mostrata egoista nel mio dolore. Anziché perdonare, ho cercato la vendetta. Non perché fossi più forte, ma perché mi sentivo sempre più debole. Mentre ferivo gli altri, ferivo più forte me stessa. Umiliavo per sentirmi umiliata; assalivo per sentirmi violentata dai miei stessi sentimenti.

"Non sono la sola ragazza ad aver subito l'aggressione che ho raccontato durante la cena dell'ambasciata. Una faccenda subdola e banale nel contempo: violata da un vicino, amico di famiglia. Quella sera, ho detto che non era un evento particolarmente raro, e sono certa che almeno una delle donne lì presenti avesse subito degli abusi sessuali nell'infanzia. Non tutte, però, si sono comportate come me. Non riesco ancora a sentirmi in pace con me stessa."

Trae un profondo sospiro e, dopo aver cercato le parole, prosegue:

"Non riesco a superare quello che tutte hanno superato. Tu sei in cerca del tuo tesoro, e io ne faccio parte. Tuttavia, anche nella mia pelle, mi sento una straniera. C'è una sola ragione per cui ora non voglio gettarmi fra le tue braccia, baciarti e fare l'amore con te: non ne ho il coraggio. Ho paura di perderti. A mano a mano che ti avvicinavi al tuo regno, io incontravo me stessa; poi, a un certo punto del viaggio, ho cessato di progredire. È allora che sono divenuta più aggressiva. Io mi sento respinta, inutile, e non c'è niente che tu possa dirmi che mi farà cambiare idea."

Mi siedo sull'unica sedia della stanza e le chiedo di sistemarsi sulle mie ginocchia. Ha il corpo sudato per il riscaldamento eccessivo. Fra le mani stringe ancora il violino e l'archetto.

"Anch'io ho tante paure," dico. "E continuerò ad averle. Non cercherò di spiegarti nulla. Comunque c'è qualcosa che potresti fare, adesso."

"Non voglio continuare a ripetermi che, un giorno, tutto passerà. Non sarà così. Devo imparare a convivere con i miei demoni!"

"Aspetta. Io non ho intrapreso questo viaggio per salvare il mondo – e tanto meno per salvare te. Ma la Tradizione magica dice che si può trasferire il dolore. Non scompare subito, ma si attenua via via che lo collochi altrove. È ciò che hai fatto inconsciamente per tutta la vita. Ora ti suggerisco di agire in maniera consapevole."

"Non hai voglia di fare l'amore con me?"

"Molta. Benché la camera sia caldissima, avverto un calore ancora più intenso fra le gambe, nel punto in cui il tuo sesso mi sfiora. Non sono un superuomo. Ecco perché ti chiedo di trasferire il tuo dolore e il mio desiderio.

"Ti chiedo di alzarti, di andare nella tua camera e suonare finché non ti senti esausta. Siamo gli unici clienti di quest'alberghetto, e nessuno si lamenterà per il rumore. Trasfondi nella musica tutti i tuoi sentimenti. Ripeti l'esercizio anche domani. Ogni volta che suonerai, ricordati che ciò che ti ha ferito si sta trasformando in un dono. Al contrario di quanto credi, molte donne non hanno mai superato il trauma: lo hanno nascosto in un luogo dimenticato. Nel tuo caso, però, Dio ti ha mostrato il cammino. Ora la fonte della rigenerazione è davanti a te – fra le tue mani."

"Io ti amo come Chopin. Ho sempre desiderato essere una pianista, ma il violino era l'unico strumento che i miei genitori potessero comprarmi a quell'epoca."

"Io ti amo come un fiume."

Hilal si alza e attacca a suonare. Il cielo ascolta la sua musica; gli angeli scendono per ammirare insieme a me quella donna nuda che a tratti ferma il movimento dell'archetto, a tratti dondola il corpo accompagnando il suono dello strumento. L'ho desiderata e ho fatto l'amore con lei, senza sfiorarla e senza raggiungere l'orgasmo. Non perché fossi l'uomo più fedele del mondo, ma perché quello era il modo d'incontrarsi dei nostri corpi – in presenza degli angeli.

Per la terza volta, stasera il tempo si ferma – prima è accaduto quando il mio spirito si è librato in volo con l'aquila del Baikal e quando ho udito una melodia dell'infanzia. Tutto il mio essere è lì, senza passato e senza futuro, e vive accanto a Hilal la musica, la preghiera inattesa, la gratitudine per essere andato in cerca del mio regno. Mi sdraio sul letto, mentre lei continua a suonare. Mi addormento al suono del violino.

Mi sono svegliato al primo raggio di sole, l'ho raggiunta nella sua camera e sono rimasto a contemplare il suo viso – per la prima volta, sembrava avere davvero ventun anni. L'ho svegliata delicatamente e le ho chiesto di vestirsi: Yao ci aspettava per la colazione. Dovevamo tornare subito a Irkutsk, il treno sarebbe partito dopo poche ore.

Siamo scesi e abbiamo mangiato del pesce marinato – l'unico cibo disponibile a quell'ora. Poi abbiamo udito il rumore della macchina che veniva a prelevarci. L'autista ci ha salutato, ha preso i nostri zaini e li ha sistemati nel bagagliaio.

Usciamo, il sole brilla, il cielo appare limpido e non c'è vento: in lontananza, si scorgono nitidamente le montagne innevate. Mi fermo per congedarmi dal lago: è assai difficile che io torni qui, durante questa vita. Hilal e Yao salgono in macchina, l'autista avvia il motore.

Ma io non riesco a muovermi.

"Su, andiamo. Abbiamo un'ora di anticipo di margine – utile per qualche intoppo lungo la strada –, ma non voglio correre rischi."

Il lago mi chiama.

Yao scende dall'auto e si avvicina.

"Forse ti aspettavi qualcosa di più dall'incontro con lo sciamano. Ma per me è stato importante."

No, mi attendevo qualcosa di meno. Più tardi, avrei commentato con lui ciò che era accaduto a Hilal. Ora guardo il lago appena illuminato dal sole che sorge: le sue acque riflettono ogni raggio. Anche se il mio spirito lo aveva visitato insieme all'aquila del Baikal, avverto il desiderio di conoscerlo meglio.

"Be', talvolta le cose sono differenti da come le immaginiamo," prosegue. "In qualsiasi caso, ti ringrazio infinitamente per essere venuto."

"Si può deviare dal cammino tracciato da Dio? Sì, ma è sempre un errore. Si può evitare il dolore? Sì, ma non si imparerà mai niente. Si possono conoscere le cose senza sperimentarle davvero? Sì, ma non ti apparterranno veramente."

Pronuncio queste parole, e mi avvio verso le acque che mi chiamano. Prima avanzo adagio, esitante, non sapendo se riuscirò a raggiungerle. Poi, quando mi rendo conto che è la ragione a trattenermi, aumento il passo e comincio a correre, mentre mi strappo di dosso gli abiti invernali. Quando raggiungo la riva, sono ormai in mutande. Per un momento – una frazione di secondo –, indugio. Ma i miei dubbi sono abbastanza forti da impedirmi di proseguire. L'acqua gelida mi sfiora i piedi, quindi mi lambisce le caviglie. Sento il fondo sassoso, fatico a mantenermi in equilibrio, tuttavia avanzo, finché l'acqua è sufficientemente profonda per...

IMMERGERMI!

Il mio corpo scivola nel gelo dell'acqua: migliaia di aghi mi si conficcano nella pelle, ma mi impongo di resistere. Alcuni secondi, forse un'eternità. Poi riemergo.

Estate! Caldo!

In seguito, avrei capito che, passando da un ambiente freddo a uno più caldo, si prova esattamente quel tipo di sensazione. Seminudo, immerso nelle gelide acque del Baikal fino alle ginocchia, io mi sento felice come un bambino: l'enorme energia del lago mi ha pervaso e ora fa parte di me.

Yao e Hilal sono scesi dalla macchina, mi hanno seguito e adesso mi guardano dalla riva. Increduli.

"Venite! Venite!"

Entrambi cominciano a svestirsi. Hilal non indossa nessuna biancheria intima: è completamente nuda, ma non è affatto importante. Alcune persone si radunano sul molo e ci osservano. Ma anche ciò non ha importanza. Il lago è nostro. Il mondo è nostro.

Il primo a entrare in acqua è Yao, che non si avvede del fondo irregolare e cade. Si rialza, avanza di qualche passo e s'immerge. Hilal deve aver levitato sui sassi, giacché entra correndo, si spinge più lontano di noi, fa una lunga immersione, riaffiora, spalanca le braccia al cielo e ride – a crepapelle, come una matta.

Dal momento in cui ho iniziato a correre verso il lago fino a quando tutti siamo usciti dall'acqua, sono trascorsi cinque minuti al massimo. Preoccupatissimo, arriva di corsa l'autista con alcune salviette, che si è procurato in albergo. In preda a un'enorme gioia profonda, noi tre saltelliamo abbracciati, cantando e gridando: "Che caldo qua fuori!" Siamo bambini e, nella nostra vita, non cesseremo mai di esserlo.

La città

Regolo l'orologio. È l'ultima volta che lo farò in questo viaggio: sono le cinque del mattino del 30 maggio 2006. Poiché il fuso orario sancisce sette ore di differenza, a Mosca si è ancora a tavola per la cena del 29.

Tutto il vagone si è svegliato presto – oppure non è riuscito a prendere sonno. Non per il dondolio del treno, a cui tutti siamo ormai abituati, ma perché fra poco arriveremo a Vladivostok, l'ultima stazione, la meta finale. Abbiamo trascorso gli ultimi due giorni di viaggio quasi sempre intorno a quel tavolo che, per l'eternità di questa esperienza ferroviaria, è stato il centro del nostro universo. Abbiamo mangiato, bevuto e raccontato storie: io ho descritto le sensazioni provate durante l'immersione nel lago Baikal, ma l'intero uditorio si è mostrato più interessato all'incontro con lo sciamano.

I miei editori hanno avuto un'idea geniale: comunicare l'orario di arrivo del treno nelle varie città dov'erano previste le fermate. Che fosse giorno o notte, quando scendevo dal vagone, trovavo decine e decine di persone ad attendermi sulla banchina, che mi porgevano libri da firmare e mi ringraziavano – anch'io avevo parole di ringraziamento per loro. Talvolta il convoglio sostava solo cinque minuti, talaltra venti. Quella gente mi benediceva e io accettavo con gioia le benedizioni: a omaggiarmi erano sia vecchie signore con lunghi cappotti, stivali e foulard legati intorno al capo, sia giovani uomini che uscivano dal lavoro e stavano tornando a casa – molti di loro indossavano soltanto un giaccone, come se volessero proclamare al mondo: "Io sono più forte del freddo."

Il giorno prima avevo deciso di percorrere l'intero convoglio. Ci avevo pensato spesso, ma avevo sempre rinviato l'impresa, dicendomi che il viaggio era ancora lungo. Poi mi ero reso conto che ormai stavamo per arrivare a destinazione.

Avevo chiesto a Yao di accompagnarmi. Avevamo aperto e chiuso una sequela infinita di porte – mi è impossibile dire quante. Soltanto allora avevo capito che non mi trovavo su un treno, ma in una città, in un paese, nell'Universo. Avrei dovuto fare quell'esperienza molto prima – il viaggio sarebbe stato più ricco: avrei potuto conoscere persone davvero interessanti, udire storie che magari si sarebbero trasformate in libri.

Per un intero pomeriggio, ho percorso quella città che si muoveva sui binari, fermandomi solo quando dovevo incontrare i miei lettori nelle varie stazioni. Ho camminato per quella città come in molte capitali del mondo, assistendo a scene che mi riportavano al mondo esterno: un uomo che parla al cellulare; un ragazzo che corre a prendere qualcosa dimenticato nel vagone ristorante; una madre con un bambino in braccio; due giovani che si baciano nello stretto corridoio, incuranti del paesaggio che scorre all'esterno. E poi, radio a volume altissimo, segnali che non riesco a decifrare, persone che offrono o chiedono oggetti, un tizio con un dente d'oro che ride insieme ai suoi amici, una donna con lo sguardo perso nel vuoto: indossa un foulard e piange. Ho fumato qualche sigaretta in compagnia di altri viaggiatori sulla piattaforma dove si aprono le porte che conducono a due differenti carrozze; ho osservato di nascosto individui pensierosi, perfettamente vestiti, che sembravano trasportare il mondo sulle proprie spalle.

Ho camminato in quella città che si estende come un grande fiume d'acciaio senza mai smettere di correre, la capitale mobile di un paese del quale ignoro la lingua. Ma... cambia qualcosa? Ho udito innumerevoli idiomi e ho notato che, come accade nelle metropoli, la maggior parte delle persone non parla con il suo prossimo – ogni passeggero è immerso nei propri problemi e nei propri sogni, è costretto a convivere con tre estranei in uno scompartimento, esseri umani che non incontrerà mai più e che vogliono occuparsi solo dei propri problemi e dei propri sogni. Per quanto miseri e solitari siano, per quanto bisogno abbiano di condividere la gioia di una conquista o la tristezza soffocante, costoro reputano più conveniente rimanere in silenzio.

A un certo punto, ho deciso di avvicinare una di quelle persone: ho scelto una donna che mi sembrava avesse la mia età. Le ho domandato il nome della località dove il treno stava passando. Subito Yao ha cominciato a tradurre la mia frase, ma io l'ho bloccato: volevo sapere cosa avrei dovuto affrontare se avessi intrapreso questo viaggio da solo: sarei riuscito ad arrivare a destinazione? La donna ha replicato con un cenno del capo, mostrando di non aver compreso le mie parole – forse lo sferragliare delle ruote sui binari era troppo forte. Le ho ripetuto la domanda: stavolta ha udito ciò che dicevo, ma non ha capito niente. Deve aver pensato di aver di fronte un matto e ha proseguito.

Ho tentato con una seconda e una terza persona. Ho modificato la domanda, chiedendo il motivo per cui erano in viaggio, per cui erano saliti su quel treno. Nessuno ha capito ciò che chiedevo, e me ne sono rallegrato, visto che si trattava di una domanda piuttosto ridicola: tutti sanno perché viaggiano, perché scelgono un determinato treno e dove sono diretti – anch'io, sebbene finora non sia arrivato dove desideravo. Mentre tentava di sgusciare tra i passeggeri nello stretto corridoio, udendomi parlare in inglese, un tizio si è fermato e mi ha chiesto con voce calma:

"Si è perduto? Posso aiutarla?"

"No, non mi sono affatto perduto. Dove siamo?"

"Siamo alla frontiera con la Cina. Tra poco, la ferrovia piegherà a destra e scenderà verso Vladivostok."

Ho ringraziato e ho proseguito. Ero riuscito a stabilire un contatto, ad avere un breve dialogo. Avrei potuto viaggiare da solo, non mi sarei mai perduto: ci sarebbero sempre state persone pronte ad aiutarmi.

Ho camminato in quella città che sembra interminabile e sono tornato al punto di partenza, portando con me risate, sguardi, baci, musiche, parole in lingue diverse e sconosciute. Ad accompagnarmi c'era sempre la foresta che scorreva all'esterno: di sicuro, non la rivedrò mai più in questa vita, ma resterà immutabile nei miei occhi e nel mio cuore.

Mi sono seduto al tavolo che ha rappresentato il centro del nostro universo viaggiante, ho scritto qualche riga, e ho appiccicato il foglio dove Yao colloca i pensieri della riflessione quotidiana.

* * *

Leggo cosa ho scritto ieri, dopo la passeggiata lungo il treno.

"*Non sono uno straniero, perché non mi sono mai fermato a pregare per tornare indietro sano e salvo, perché non ho sprecato il mio tempo immaginando come sarebbero stati la mia casa, il mio tavolo, il mio lato del letto. Non sono uno straniero perché tutti siamo sempre in viaggio, perché ci poniamo le stesse domande e viviamo la stessa stanchezza, le stesse paure, lo stesso egoismo e la stessa generosità. Non sono uno straniero perché, quando ho avuto bisogno, sono stato soccorso. Quando ho bussato, la porta si è aperta. Quando ho cercato, ho trovato ciò che volevo."*

Mi sovviene che lo sciamano ha espresso concetti analoghi, sebbene con parole differenti. Ben presto questo vagone tornerà in una rimessa, pronto a ripartire. Quel foglio scomparirà non appena arriveranno gli addetti alle pulizie. Ma io non dimenticherò mai ciò che ho scritto — perché non sono e non sarò mai uno straniero.

$$* * *$$

Hilal è rimasta per la maggior parte del tempo nella sua cabina, a suonare furiosamente il violino. Talvolta dialogava con gli angeli, talaltra affrontava esercizi ripetitivi per affinare la tecnica. Sulla via del ritorno a Irkutsk, ho avuto la certezza che, durante il volo sul lago con l'aquila del Baikal, non ero solo. I nostri spiriti avevano veduto entrambi le medesime meraviglie.

La sera precedente, le avevo chiesto di dormire nuovamente insieme. Avevo tentato di eseguire l'esercizio dell'anello di fuoco da solo, ma avevo ottenuto un unico risultato, che non corrispondeva alle mie aspettative: involontariamente, mi ero ritrovato a essere lo scrittore nella Francia del XIX secolo. Quell'uomo – ero io – stava terminando un paragrafo:

"I momenti che precedono il sogno sono simili a un'idea immaginifica della morte. Il torpore ci invade, ed è impossi-

bile determinare quando l'IO comincia a esistere sotto un'altra forma. I sogni rappresentano la nostra seconda vita: non riesco a oltrepassare le porte che conducono al mondo invisibile senza essere percorso da un brivido."

Stanotte Hilal si è coricata accanto a me. Io ho posato il capo sul suo petto, e siamo rimasti in silenzio – è come se le nostre anime si conoscessero ormai da molto tempo, e le parole non sono necessarie: basta solo un lieve contatto fisico. Alla fine, sono riuscito a far sì che l'anello dorato mi trasportasse nel luogo dove volevo andare: nella città di Cordova.

La sentenza è pronunciata pubblicamente, in piazza: è come se si trattasse di una grande festa popolare. Le otto giovani indossano una veste bianca lunga fino alle caviglie e tremano per il freddo: ben presto sperimenteranno il calore del fuoco dell'inferno – un fuoco acceso dagli uomini che ritengono di agire in nome del Cielo. Ho chiesto al mio superiore di dispensarmi dal prendere posto tra i rappresentanti della Chiesa. Non ho avuto bisogno di convincerlo: credo che sia furioso per la mia vigliaccheria e mi voglia lasciar libero di andare dove desidero. Mi confondo tra la folla, in preda alla vergogna, con il capo coperto dal cappuccio del mio abito da domenicano.

Per tutta la giornata, innumerevoli curiosi sono arrivati dalle città vicine: prim'ancora che fosse pomeriggio, la piazza era già gremita. I nobili indossano i loro abiti più colorati e siedono in prima fila, nei posti a loro riservati. Le donne si sono acconciate i capelli e hanno scelto accuratamente il trucco, in modo che tutti possano apprezzare quella che ritengono una manifestazione di bellezza. Negli sguardi della gente non c'è soltanto curiosità: alligna un sentimento di vendetta, che sembra assai comune. Non si tratta di un moto di sollievo per la vista dei colpevoli puniti, ma di una sorta di rivalsa per il fatto che quelle ragazze belle, giovani e sensuali sono figlie di ricchi notabili. Meritano di essere punite per tutto ciò che la maggior parte dei presenti ha abbandonato con la gioventù, oppure non è mai riuscita ad avere. Ecco, ci si vendica della bellezza. Ci si vendica della gioia, delle risate e della speranza. In un mondo simile, non c'è posto per sentimenti che rivelano le nostre miserie, le nostre frustrazioni, la nostra impotenza.

L'Inquisitore celebra una messa in latino. In un certo momento, durante il sermone in cui ammonisce i presenti sulle terribili pene che attendono i colpevoli di eresia, si odono delle grida. Sono i genitori delle giovani che stanno per essere arse sul rogo: fino ad allora erano stati trattenuti fuori dalla piazza, ma adesso sono riusciti a forzare lo sbarramento e a entrare.

L'Inquisitore interrompe il sermone, la folla rumoreggia, le guardie raggiungono gli sventurati genitori e riescono ad allontanarli.

Arriva un carro tirato da buoi. Le giovani portano le braccia dietro la schiena, le loro mani vengono legate, e i domenicani le aiutano a salire. Le guardie creano un cordone di sicurezza intorno al carro, la folla si apre, e il trasporto con lo sventurato carico si muove alla volta di uno spiazzo vicino, dove verrà acceso il rogo.

Le giovani tengono il capo chino. Dal punto in cui mi trovo è impossibile scoprire se nei loro occhi ci siano paura o lacrime. Una di loro è stata torturata così barbaramente che non riesce a stare in piedi senza l'aiuto delle compagne. Le guardie faticano a trattenere a folla che ride, insulta, lancia oggetti. Mi rendo conto che il carro passerà molto vicino al punto in cui mi trovo. Cerco di allontanarmi, ma è tardi: la massa compatta di uomini, donne e bambini alle mie spalle mi impedisce di muovermi.

Le giovani si avvicinano, le vesti bianche appaiono insudiciate da uova, birra, vino, bucce di patate. Dio abbia pietà. Spero che, nel momento in cui il fuoco sarà acceso, chiedano nuovamente perdono dei propri peccati – è difficile immaginare che, un giorno, questi peccati si trasformeranno in virtù. Se chiederanno i conforti della religione, un frate ascolterà ancora una volta le loro confessioni, le assolverà e consegnerà le loro anime a Dio – e tutte verranno strangolate con una corda fissata a un bastone e girata intorno al collo. Solo i loro cadaveri subiranno l'ingiuria delle fiamme. Se insisteranno a proclamarsi innocenti, saranno bruciate vive.

Ho assistito ad altre esecuzioni. E spero sinceramente che i genitori delle giovani abbiano pagato il boia: in tal caso, sulla catasta di legna sarà versato del petrolio, il fuoco arderà più rapidamente e il fumo le intossicherà prima che le fiamme comincino ad attaccare i capelli, i piedi, le mani, i volti, le gambe e infine il busto. Se, invece, il carnefice si sarà dimostrato incorruttibile, bruceranno lentamente, tra sofferenze impossibili da descrivere.

Ora il carro è proprio davanti a me. Abbasso il capo, ma una delle giovani mi riconosce. Tutte si voltano, e io mi preparo a essere insultato e offeso: me lo merito, sono l'essere più colpevole, colui che se n'è lavato le mani quando una semplice parola avrebbe potuto cambiare tutto.

Loro mi chiamano. Le persone intorno a me appaiono sorprese: mi guardano – conoscevo quelle streghe? Se non fosse per il mio abito da domenicano, probabilmente verrei picchiato. Una frazione di secondo dopo, la gente pensa che io sia uno di coloro che le hanno condannate. Qualcuno si congratula con una pacca sulle spalle. Una donna mi dice: "Complimenti per la tua fede."

Le condannate seguitano a chiamarmi. E io, ormai stanco della mia vigliaccheria, decido di alzare il capo e guardarle.

In quel momento, la visione si blocca. Non riesco a vedere oltre.

Ho pensato di condurla nell'Aleph, così vicino a noi, ma era davvero quello il senso del mio viaggio? Manipolare una persona che mi ama soltanto per avere una risposta su qualcosa che mi tormenta: questo mi farebbe veramente riguadagnare il mio regno, tornare a esserne il sovrano? Se non ci riuscissi ora, ce la farei in seguito – di sicuro, altre tre donne mi attendono lungo il cammino, se avrò il coraggio di percorrerlo sino in fondo. Comunque, penso che non lascerò questa incarnazione senza conoscere la risposta.

* * *

Ormai è giorno, la grande città compare nei finestrini; le persone si alzano: non mostrano entusiasmo o gioia per l'arrivo ormai prossimo. Forse il nostro viaggio inizia davvero soltanto ora.

La velocità del treno diminuisce, la città d'acciaio comincia a rallentare lentamente. Il convoglio si fermerà, stavolta in maniera definitiva. Mi rivolgo a Hilal e le dico:

"Scendi accanto a me."

La ragazza lascia il vagone al mio fianco. Vedo molta gente in attesa. Una giovane dagli occhi grandi regge un cartellone sul quale campeggiano una bandiera del Brasile e alcune parole in portoghese. Si avvicinano i giornalisti: voglio ringraziare tutti i russi per le dimostrazioni di affetto che mi hanno tributato in ogni momento di questo viaggio attraverso lo sterminato continente asiatico. Ricevo dei fiori. I fotografi mi chiedono di posare davanti a una colonna sormontata da un'aquila a due teste. Sul basamento compare la seguente incisione: 9.288

Non occorre aggiungere "chilometri". Chi arriva sin qui sa cosa significa quel numero.

La telefonata

La barca solca pacificamente il Mar del Giappone mentre il sole comincia a tramontare dietro le colline della città. La tristezza che mi è sembrato di scorgere nell'espressione dei miei compagni di viaggio all'arrivo ha ceduto il passo a un'incontrollabile euforia. Ci comportiamo come se fosse la prima volta che vediamo il mare; nessuno vuole pensare che fra poco ci saluteremo, promettendo di rivederci molto presto, anche se tutti ci diremo che quella promessa serve soltanto a rendere meno difficile il distacco.

Il treno ha raggiunto l'ultima stazione, l'avventura è arrivata alla fine e, nel giro di tre giorni, tutti saremo in viaggio verso casa, pronti ad abbracciare le famiglie, a baciare i figli, a smaltire la posta accumulata, a mostrare le centinaia di foto scattate, a raccontare sulla Transiberiana, sulle città che abbiamo attraversato, sulle persone che abbiamo incontrato.

E tutto per convincerci che è accaduto veramente. Fra tre giorni, di ritorno alla quotidianità, avremo la sensazione di non essere mai partiti, di non essere andati così lontano. Anche se come testimoni avremo le foto, i biglietti, i souvenir comprati durante il percorso, il tempo – unico, assoluto, eterno signore delle nostre vite – seguiterà a dirci: "Sei sempre stato qui, in questa casa, in questa camera, davanti a questo computer."

Due settimane? Che cosa sono nell'economia di una vita? Nella via non è cambiato niente, i vicini parlano delle solite cose, il giornale del mattino riporta le medesime notizie: il prossimo inizio dei mondiali di calcio in Germania, il dibattito sulla bomba atomica dell'Iran, il conflitto fra israeliani e palestinesi, gli scandali delle star, le continue lamentele sulle disattese promesse del governo.

Niente è cambiato, assolutamente niente. Soltanto noi – che viaggiamo in cerca del nostro regno e visitiamo terre mai scoperte prima – sappiamo di essere diversi. Ma quanto più cerchiamo di spiegarlo, tanto più ci convinciamo che, al pari dei precedenti, questo viaggio esiste solo nella nostra memoria. Forse per poter raccontarlo ai nipoti o, magari, trasformarlo in un libro: ma che cosa potremo dire esattamente?

Niente. Oppure quello che è accaduto là fuori: di certo, non ciò che si è modificato qui dentro.

Forse non ci rivedremo mai più. In questo momento, c'è un'unica persona che tiene lo sguardo fisso sull'orizzonte: Hilal. Starà pensando al modo di risolvere questo problema. No, per la giovane turca la Transiberiana non termina qui. In qualsiasi caso, non lascia mai trasparire le sue sensazioni e, quando si tenta di comprenderle, risponde sempre in maniera educata e gentile – non è qualcosa che abbia fatto durante tutto il tempo trascorso insieme.

* * *

Yao cerca di starle accanto. Ci ha già provato due o tre volte, ma Hilal si allontana sempre dopo un breve scambio di frasi. E così l'interprete rinuncia e mi raggiunge.

"Cosa possa fare?"

"Rispettare il suo silenzio, credo."

"Sono d'accordo. Ma tu sai."

"Sì, lo so. Tu, però, perché non ti preoccupi di te stesso? Ricordati delle parole dello sciamano: hai ucciso Dio. È ora di resuscitarlo, altrimenti questo viaggio sarà stato inutile. Conosco molta gente che cerca di aiutare gli altri soltanto per allontanarsi dai propri problemi."

Yao mi dà una pacca sulle spalle, come se volesse dirmi: "Ho capito." Poi mi lascia solo a guardare il mare.

Ora che mi trovo nel punto più lontano del viaggio, mia moglie è accanto a me. Nel pomeriggio, ho incontrato i lettori e c'è stata la solita festa. Più tardi, il sindaco mi ha ricevuto e, per la prima volta nella vita, ho impugnato un Kalashnikov – un cimelio che teneva nel suo studio. All'uscita, ho notato un giornale sul tavolo. Ovviamente non capivo una parola – era scritto in russo –, ma le foto erano eloquenti: calciatori.

La Coppa del Mondo di calcio comincerà fra qualche giorno! Lei mi aspetta a Monaco: c'incontreremo lì fra poco, e io le dirò della mia enorme nostalgia nei suoi confronti e le racconterò ogni dettaglio di ciò che è accaduto con Hilal.

Lei risponderà: "Ho già sentito quattro volte questa storia". E usciremo a bere in una birreria tedesca.

Il viaggio non è servito per conoscere la frase mancante della mia vita, ma per tornare a essere il sovrano del mio mondo. Adesso è qui, e sono di nuovo in contatto con me stesso e con l'universo magico che mi circonda.

Probabilmente sarei potuto arrivare alle medesime conclusioni senza allontanarmi dal Brasile ma, proprio come il pastore Santiago di uno dei miei libri, è necessario andare lontano per capire ciò che sta vicino. Ricadendo sulla terra, la pioggia reca con sé le cose dell'aria. Il magico… lo straordinario è sempre con noi – con tutte le creature dell'Universo e con me –, ma ogni tanto lo smarriamo e dobbiamo adoperarci per ritrovarlo: e per fare questo è possibile che si debba attraversare il più grande continente del mondo. Si torna carichi di tesori e si è nella condizione di seppellirli di nuovo, affinché si possa partire ancora una volta per cercarli. Ecco che cosa rende la vita interessante: credere nei tesori e nei miracoli.

"Andiamo a festeggiare. C'è vodka a bordo?"

No, sulla barca niente vodka – Hilal mi guarda con un'espressione di rabbia.

"Festeggiare cosa? Il fatto che ora resterò qui da sola, riprenderò quel treno e, durante il viaggio, per interminabili giorni e notti, ripenserò ai momenti che abbiamo trascorso insieme?"

"Assolutamente no. Io devo festeggiare ciò che ho vissuto, fare un brindisi a me stesso. E tu devi brindare al tuo coraggio. Sei partita in cerca dell'avventura e l'hai trovata. Dopo un breve periodo di tristezza, qualcuno accenderà un fuoco su una montagna.

"Tu scorgerai il chiarore, ti recherai lassù e troverai l'uomo che hai cercato per tutta la vita. Sei giovane, la notte scorsa ho capito che non erano più le tue mani a suonare il violino, bensì quelle di Dio. Lascia che Dio usi le tue mani. Credimi, sarai felice, anche se ora ti senti disperata."

"Non riesci a capire cosa sto provando. Sei un egoista, e pensi che il mondo ti debba tanto. Mi sono concessa con il corpo e con l'anima, e ancora una volta vengo abbandonata a metà del cammino."

Discutere non serve, ma so che ciò che ha detto finirà per accadere. Io ho cinquantanove anni; lei, ventuno.

* * *

Torniamo nel posto in cui alloggiamo. Non è un albergo, ma un enorme palazzo costruito nel 1974 per l'incontro sul disarmo tra il segretario generale del Partito Comunista dell'Unione Sovietica Leonid Brežnev e il presidente americano Gerald Ford. È in marmo bianco, con un atrio immenso, e ha una serie di camere che in passato venivano occupate dai membri delle delegazioni politiche, e che oggi sono destinate a invitati particolari.

Vogliamo soltanto fare un bagno, cambiarci d'abito e uscire subito per andare a cena in città, lontano da quell'ambiente freddo. Quando arriviamo, c'è un uomo piazzato al centro dell'androne. I miei editori si avvicinano. Yao e io aspettiamo a una distanza prudente.

L'uomo estrae il cellulare da una tasca e digita un numero. Lo passa all'editore, che parla in tono molto rispettoso; i suoi occhi, però, brillano di felicità. La sua collega sorride. La voce riecheggia tra le alte pareti di marmo.

"Riesci a capire?" domando all'interprete.

"Sì, certo," risponde Yao. "E tu avrai la notizia fra un momento."

Al termine della conversazione, l'editore si avvicina con un sorriso radioso.

"Domani si ritorna a Mosca," dice. "Dobbiamo arrivare entro le cinque del pomeriggio."

"Ma non dovevamo fermarci qui per altri due giorni? Non ho neppure avuto il tempo di visitare la città. Oltre tutto, sono nove ore di volo. Come potremo essere là per le cinque del pomeriggio?"

"Il fuso orario ci regala sette ore. Partendo a mezzogiorno, arriveremo alle due. C'è abbastanza tempo. Adesso annullerò la prenotazione al ristorante e chiederò di cenare qui: devo organizzare tutto."

"Perché tanta fretta? Il mio aereo per la Germania parte..."

Lui mi interrompe a metà della frase.

"Sembra che il presidente Putin abbia letto del tuo viaggio. E voglia incontrarti."

L'anima della Turchia

"E io?"

L'editore si volta verso Hilal.

"Sei venuta di tua spontanea iniziativa. E tornerai come e quando vorrai. È qualcosa che non ci riguarda."

L'uomo del cellulare è sparito. I miei editori se ne sono andati, e Yao li ha seguiti. Nel gigantesco e angosciante atrio chiaro, restiamo soltanto la giovane turca e io.

È avvenuto tutto in modo molto rapido, e non ci siamo ancora ripresi dal colpo. Non immaginavo che Putin sapesse del mio viaggio. Hilal si rifiuta di credere a un epilogo così brusco, così repentino, senza un'ulteriore opportunità di parlarmi d'amore, di spiegarmi come tutto fosse importante per le nostre vite e come avremmo dovuto impegnarci per continuare il cammino comune, anche se sono sposato. Per lo meno, penso che simili pensieri le stiano attraversando la mente.

"NON PUOI FARMI QUESTO! NON PUOI LASCIARMI QUI! SE MI HAI GIÀ UCCISO UNA VOLTA PERCHÉ NON HAI AVUTO IL CORAGGIO DI PRONUNCIARE UNA PAROLA, ADESSO MI AMMAZZERAI DI NUOVO!"

Di corsa, si dirige verso la sua camera, e io temo un epilogo funesto. Se ha parlato seriamente, in quel momento tutto è possibile. Voglio telefonare all'editore, chiedergli di comprare un altro biglietto – altrimenti accadrà una tragedia, non ci sarà nessun incontro con Putin, nessun regno, nessuna redenzione, nessuna conquista: la grande avventura si concluderà con un suicidio e una morte. Mi precipito nella sua stanza, al secondo piano del palazzo. Vedo la finestra spalancata.

"Ferma! Saltando da questa altezza, non morirai. Rimarrai soltanto storpia per il resto della vita!"

Hilal non mi ascolta. Devo avere un atteggiamento più calmo, arrivare a gestire la situazione. Ora devo essere io a imporre l'autorità che lei ha mostrato nell'alberghetto sul lago Baikal, quando mi ha chiesto di non girarmi affinché non la vedessi. In quell'istante, mi passano per la mente migliaia di ipotetiche soluzioni. E io scelgo quella più facile.

"Io ti amo. Non ti lascerò qui sola."

Anche se lei sa che non è particolarmente vero, quelle parole d'amore hanno un effetto istantaneo.

"Tu mi ami come un fiume. Ma io ti amo come una donna."

Hilal non desidera affatto morire. Altrimenti sarebbe rimasta in silenzio. Infatti, oltre alle frasi appena pronunciate, la sua voce sta dicendo: "Tu sei una parte di me, quella più importante, quella che resta indietro. Non tornerò mai a essere la donna che ero prima." Si sbaglia, ma non è il momento di spiegarle cose che non riuscirebbe a comprendere.

"Io ti amo anche come donna. Come ti ho amato nei secoli e come ti amerò fintantoché esisterà il mondo. Te l'ho spiegato più di una volta: il tempo non passa. Vuoi che ti ripeta quei concetti?"

Hilal si volta.

"È una bugia. La vita è un sogno, dal quale ci svegliamo solo quando incontriamo la morte. Mentre viviamo, il tempo passa. Io sono una musicista: c'è un tempo nelle mie note. Se non esistesse, non ci sarebbe la musica."

Sono parole coerenti. Io l'amo. Non come donna ma l'amo.

"La musica non è una successione di note. È il passaggio continuo delle varie note tra il suono e il silenzio," replico.

"Cosa ne sai di musica, tu? Anche se fosse così, che importanza ha adesso? Se tu sei prigioniero del passato, sappi che anch'io lo sono! Se ti ho amato in una vita, continuerò ad amarti per sempre!

"Non ho più cuore, né corpo, né anima – niente! Sono soltanto l'amore! Tu pensi che io sia in questo mondo, ma si tratta di un'illusione dei tuoi occhi: ciò che vedi è l'Amore nel suo stato più puro. Vorrebbe mostrarsi, ma non esistono né un tempo né uno spazio in cui manifestarsi."

Si allontana dalla finestra e comincia a camminare avanti e indietro nella stanza. No, non aveva alcuna intenzione di gettarsi. Oltre ai suoi passi sul parquet, sento l'infernale tic-tac di un orologio, quasi a voler dimostrare che mi sbaglio, che il tempo esiste davvero e che, in quel momento, ci consuma. Se Yao fosse qui, mi aiuterebbe a calmarla – prova un autentico appagamento ogniqualvolta può fare qualcosa per gli altri. È un pover'uomo nella cui anima spira ancora il vento nero della solitudine.

"Torna da tua moglie! Torna dalla donna che ti è stata accanto nei momenti facili e in quelli difficili! Lei è generosa, tenera, tollerante... Io, invece, incarno tutto ciò che detesti: sono complicata, aggressiva, ossessiva, capace di tutto!"

"Non parlare così di mia moglie!"

Sto nuovamente perdendo il controllo della situazione.

"Io dico quello che penso! Non hai mai avuto alcun controllo su di me, e non lo avrai mai!"

Occorre calma. Se continuo a parlare, si tranquillizzerà. Comunque, non ho mai visto una persona in uno stato simile.

"Dovresti essere contenta che nessuno sia mai stato in grado di condizionarti. Dovresti brindare al fatto di aver avuto coraggio, di aver rischiato la carriera, di essere partita all'avventura e di aver trovato un cammino possibile. Ricordati ciò che ti ho detto sulla barca: qualcuno accenderà il fuoco sacro per te. Oggi non sono più le tue sole mani a suonare il violino: al tuo fianco ci sono gli angeli. Permetti a Dio di usare le Sue mani. Prima o poi, l'amarezza scomparirà, e qualcuno che il destino ha posto sulla tua strada si presenterà con un ramo carico di gemme della felicità – e allora tutto cambierà. Credimi, avverrà proprio così. Credimi, anche se in questo momento sei disperata e pensi che io stia mentendo."

Troppo tardi.

Ho pronunciato le frasi sbagliate. In poche parole, le ho detto: "Cresci, ragazzina." Di tutte le donne che ho conosciuto, nessuna accetterebbe delle argomentazioni così idiote.

Hilal afferra un pesante abat-jour di metallo e, dopo aver strappato il filo dalla presa, me lo lancia addosso. Lo afferro prima che mi centri il volto. Si scaglia verso di me, con l'intenzione di colpirmi con tutta la sua forza e la sua rabbia. Getto la lampada a una distanza di sicurezza e cerco di afferrarle le braccia: non ci riesco. Un pugno mi raggiunge al naso: il sangue schizza ovunque.

Entrambi veniamo imbrattati dal mio sangue.

L'anima della Turchia consegnerà a tuo marito tutto l'amore che possiede. Ma verserà il suo sangue prima di rivelare ciò che cerca.

"Vieni!"

Il tono della mia voce è mutato. Hilal pone fine all'aggressione. La afferro per un braccio, deciso a trascinarla fuori.

"Su, vieni con me!"

Non c'è tempo per spiegare niente. Scendo di corsa le scale: Hilal ora appare più spaventata che furiosa. Il mio cuore batte all'impazzata. Ci ritroviamo fuori dall'edificio. La macchina che doveva accompagnarmi alla cena disdetta è stranamente lì.

"Alla stazione ferroviaria!"

L'autista mi guarda, senza capire. Apro la portiera, spingo Hilal nell'abitacolo; poi salgo anch'io.

"Digli di andare alla stazione ferroviaria! In fretta!"

Lei traduce la mia richiesta in russo; l'autista avvia il motore.

"Digli di fregarsene dei limiti di velocità. Mi occuperò io degli eventuali problemi. Dobbiamo essere là il più presto possibile!"

L'uomo sembra apprezzare quegli ordini. Parte a razzo. Le ruote stridono a ogni curva; le altre auto frenano appena i guidatori scorgono la targa dell'amministrazione. Con una certa sorpresa, scopro che la macchina è dotata di sirena lampeggiante: l'autista la piazza sul tettuccio. Le mie dita affondano nelle braccia di Hilal.

"Mi fai male!"

Allento la pressione e prego, chiedendo a Dio che mi aiuti, che mi faccia arrivare in tempo, che non ci siano impedimenti.

Hilal mi dice che devo calmarmi, che non avrei dovuto comportarmi in quel modo, che non aveva affatto intenzione di uccidersi, che era una messinscena. Chi ama non distrugge e non permette a nessuno di distruggerlo. No, non avrebbe mai consentito che vivessi una nuova incarnazione soffrendo e colpevolizzandomi – era sufficiente una sola esperienza di quel tipo, la qual cosa era già avvenuta. Vorrei poter risponderle, ma fatico a seguire le sue parole.

Dieci minuti dopo, l'auto frena davanti all'ingresso del terminal ferroviario.

Spalanco la portiera, afferro un polso di Hilal e la tiro letteralmente fuori dall'auto. Entriamo nella stazione. Raggiungiamo il posto di controllo, e veniamo bloccati. Insisto per passare, ma arrivano due guardie gigantesche. Hilal si allontana e, per la prima volta durante il viaggio, mi sento perduto: non so che cosa fare, come proseguire. Ho bisogno di averla accanto. Senza di lei, niente, assolutamente niente sarà possibile. Mi siedo per terra. Gli uomini vedono il mio viso e i miei vestiti chiazzati di sangue; si avvicinano e, con un gesto della mano, mi invitano ad alzarmi. Cominciano a fare domande. Cerco di spiegare che non parlo russo, ma loro diventano sempre più aggressivi. Si avvicinano alcuni curiosi per capire cosa sta succedendo.

Ricompare Hilal con l'autista. Con voce calma, l'uomo dice qualcosa alle due guardie: subito la loro espressione muta. Si profondono in scuse e convenevoli, ma io non ho tempo da perdere. Allontanano le persone che si sono affollate intorno. La via è libera. Prendo Hilal per mano e, correndo, raggiungo il binario; poi, sempre di corsa, avanzo lungo l'intera banchina, sino alla fine. È buio, ma riesco a riconoscere l'ultimo vagone.

Sì, c'è ancora!

Mentre mi sforzo per riprendere fiato, abbraccio la ragazza. Il mio cuore sta per scoppiare a causa dello sforzo

fisico e dell'adrenalina. Vengo assalito da un capogiro –
ho mangiato assai poco –, ma non posso svenire adesso.
L'anima della Turchia mi mostrerà ciò che devo conoscere. Hilal mi accarezza come se fossi suo figlio: mi dice
che devo calmarmi, che lei è al mio fianco, che non potrà
accadermi niente di spiacevole.

Traggo un respiro profondo; a poco a poco, i battiti del
mio cuore tornano alla normalità.

"Su, andiamo. Vieni con me."

Lo sportello è aperto – in Russia, nessuno oserebbe in-
trodursi in una stazione per rubare sui vagoni. Raggiungiamo il disimpegno tra le carrozze. La spingo contro la
parete, come avevo fatto molto tempo prima, all'inizio
di quel viaggio interminabile. I nostri visi sono vicinissi-
mi, come se stessimo per baciarci. Una luce lontana, forse
quella dell'unico lampione di un altro binario, si riflette
nei suoi occhi.

Ma anche se ci trovassimo nell'oscurità più profonda,
saremmo comunque in grado di vederci. Lì c'è l'Aleph,
il tempo cambia dimensione e frequenza. Scivoliamo nel
tunnel buio a una velocità incredibile – Hilal non si spa-
venterà, sa come si svolgeranno le cose.

"Andiamo. Stringi la mia mano, e trasmigriamo insieme nell'altro mondo, ORA!"

Appaiono i cammelli e i deserti, le piogge e i venti, la
fontana in un villaggio dei Pirenei e la cascatella nel monastero di Piedra, le coste dell'Irlanda, l'angolo di una
strada forse di Londra, una schiera di donne a cavallo di
motociclette, un profeta davanti alla montagna sacra, la
cattedrale di Santiago de Compostela, alcune prostitute
in attesa di clienti a Ginevra, delle streghe che danzano
nude intorno a un falò, un uomo che sta per scaricare un
revolver sulla moglie e il suo amante, le steppe di un paese

asiatico dove una sposa tesse tappeti meravigliosi in attesa che torni il suo uomo, un gruppo di matti in un ospedale psichiatrico, i mari con tutti i loro pesci e l'Universo con tutte le sue stelle. E poi neonati che vagiscono, vecchi che rantolano nell'agonia, auto che si fermano, donne che cantano, uomini che imprecano... E porte, porte, porte... e altre porte.

Visito tutte le vite che ho vissuto, che vivrò e sto vivendo. Sono un uomo su un treno con una donna, uno scrittore vissuto in Francia alla fine del XIX secolo... Sono i molti individui che sono stato e che sarò. Varchiamo la soglia che desidero ardentemente oltrepassare. La mano di Hilal, che stringevo forte, scompare.

Intorno a me, una folla di gente olezzante di birra e vino sghignazza, insulta, grida.

Le voci femminili mi chiamano. Io mi vergogno: non voglio vedere quelle giovani, ma loro insistono. Le persone accanto mi riveriscono, mi omaggiano: allora io sono l'artefice, il responsabile! Salvare la città dall'eresia e dal peccato! Le voci continuano a invocare il mio nome.

Mi sono già mostrato sufficientemente vigliacco per quel giorno – e per il resto della mia vita. Sollevo adagio il capo.

Il carro trainato dai buoi ha quasi superato il punto dove mi trovo: ancora pochi secondi, e non sentirei più le voci di quelle giovani. Adesso, però, le sto guardando. Malgrado le innumerevoli umiliazioni subite, appaiono serene: è come se fossero cresciute e maturate, si fossero sposate e avessero avuto dei figli – e ora s'incamminassero con naturalezza verso la morte, il destino di tutti gli esseri umani. Hanno lottato finché gli è stato possibile ma, a un certo punto, hanno capito che il loro destino era questo, scritto ancor prima che nascessero. Soltanto due cose possono rivelare i grandi segreti della vita: la sofferenza e l'amore. Le condannate hanno sperimentato entrambi.

Ma adesso, nei loro occhi, io vedo soltanto una cosa: l'amore. Abbiamo giocato insieme, abbiamo sognato nobili e principesse, abbiamo fatto mille progetti per il futuro, come tutti i bambini. Poi la vita si è incaricata di separarci. Io ho scelto di servire Dio, loro hanno imboccato una strada diversa.

Ho diciannove anni. Sono appena più anziano di quelle ragazze che ora mi guardano con un'espressione di gratitudine perché ho alzato il capo. Di certo, la mia anima è gravata da un peso assai maggiore: il peso delle contraddizioni e delle colpe, il peso di non aver mai avuto il coraggio di dire "no" in nome di un'obbedienza assurda, che voglio credere sia autentica e logica.

Loro mi guardano per un secondo – e quell'attimo dura un'eternità. Una torna a invocare il mio nome. Silenziosamente, muovendo solo le labbra, in modo che possano intendere solo le condannate, io dico:

"Perdono."

"Non è necessario," replica una delle giovani. "Abbiamo davvero parlato con gli spiriti, che ci hanno rivelato ciò che sarebbe accaduto. Il tempo della paura è passato, ora resta soltanto il tempo della speranza. Siamo colpevoli? Un giorno, sarà il mondo a giudicare il mondo, e la vergogna non ricadrà sulle nostre teste.

"Ci rincontreremo nel futuro, quando la tua vita e il tuo lavoro saranno dedicati a coloro che oggi sono incompresi. La tua voce risuonerà alta, molti la udranno."

Il carro si allontana, e io lo seguo correndo, malgrado gli spintoni delle guardie.

"L'amore trionferà sull'odio," dice un'altra. Parla con voce calma, come se ci trovassimo ancora nelle foreste e nei boschi della nostra infanzia. "Arriverà il tempo della giustizia, e coloro che oggi vengono arsi saranno esaltati. Torneranno i maghi e gli alchimisti, e la Dea sarà accettata e le streghe onorate. E tutto per la grandezza di Dio. Ecco la benedizione che in questo momento poniamo sul tuo capo, e che ti accompagnerà sino alla fine dei tempi.

Una guardia mi colpisce allo stomaco con un pugno. Io mi piego in avanti, senza fiato, ma sollevo subito il capo. Il carro si allontana, non lo raggiungerò più.

Spingo via Hilal. Siamo di nuovo sul treno.

"Non sono riuscita ad avere una visione nitida," dice. "Mi è sembrato di vedere una grande folla urlante e un uomo incappucciato. Penso che fossi tu, ma non ne sono sicura."

"Non angustiarti."

"Hai ottenuto la risposta di cui avevi bisogno?"

Vorrei dirle: "Sì, alla fine, ho capito il mio destino", ma ho la voce rauca.

"Non mi abbandonerai sola in questa città, vero?"

L'abbraccio.

"Assolutamente no."

Mosca, 1° giugno 2006

Quella sera, al rientro in albergo, Yao ci aspettava con il biglietto di Hilal per Mosca. Viaggiamo sul medesimo aereo, ma in classi diverse. Gli editori non possono accompagnarmi nel luogo in cui avverrà il colloquio con il presidente Vladimir Putin, ma c'è un giornalista accreditato – un amico – che mi scorterà fin là.

Quando l'aereo atterra, Hilal e io scendiamo da scalette diverse. Vengo accompagnato in una saletta riservata, dove mi aspettano due uomini e il giornalista. Chiedo di andare al terminal dove stanno sbarcando gli altri passeggeri: devo salutare una certa persona e i miei editori. Uno degli sconosciuti mi spiega che non c'è tempo, ma l'amico giornalista replica dicendo che l'incontro è fissato per le cinque del pomeriggio e sono soltanto le due; poi aggiunge che impiegheremo cinquanta minuti al massimo, per raggiungere la residenza fuori Mosca dove il presidente riceve in questo periodo dell'anno.

"Semmai ci fossero degli intoppi, potremmo sfruttare le sirene delle vostre auto..." conclude, in tono scherzoso.

Raggiungiamo l'altro terminal. Durante la camminata nei saloni, mi fermo da un fioraio e compro una dozzina di rose. Arriviamo davanti alle porte della zona degli arrivi: una folla aspetta parenti, amici, conoscenti e sconosciuti provenienti da lontano.

"Qualcuno capisce l'inglese?" chiedo, a voce altissima.

Le persone intorno mi guardano sorprese. Sono in compagnia di tre uomini corpulenti.

"Qualcuno di voi parla inglese?"

Si alzano alcune mani. Io mostro il mazzo di rose.

"Da quelle porte, fra poco uscirà una ragazza che amo molto. Mi servono undici volontari per aiutarmi a consegnare questi fiori."

Subito compaiono accanto a me undici persone. Organizziamo una fila. Hilal esce dalla porta principale, mi vede e sorride; poi si muove verso di me. Uno dopo l'altro, i volontari le offrono le rose. Lei è confusa e felice nel contempo. Quando arriva di fronte a me, le porgo la dodicesima rosa e l'abbraccio con tutto l'affetto del mondo.

"Vuoi dirmi che mi ami?" domanda, sforzandosi di mantenere il controllo della situazione.

"Sì, ti amo come un fiume. Addio."

"Addio?" Hilal scoppia a ridere. "Non ti libererai di me tanto presto."

I due uomini della sicurezza che devono condurmi dal presidente scambiano alcuni commenti in russo. L'amico giornalista ride: gli domando che cos'hanno detto. È Hilal a tradurmi le loro parole:

"Hanno detto di non aver mai assistito a una scena così romantica in questo aeroporto."

Il giorno di San Giorgio, 2010

Nota dell'Autore

Ho incontrato di nuovo Hilal nel settembre del 2006, allorché l'ho invitata a partecipare a un incontro nell'abbazia di Melk, in Austria. Da lì siamo andati a Barcellona, poi a Pamplona e a Burgos. In una di queste città, mi ha comunicato di aver abbandonato il conservatorio e di non voler più dedicarsi al violino. Ho sollevato delle obiezioni ma, nel mio intimo, ho capito che anche lei era tornata a essere la sovrana del suo regno e ora doveva governarlo.

Durante la stesura di questo libro, Hilal mi ha inviato due e-mail nelle quali mi diceva di aver sognato che raccontavo la nostra storia. Non le ho risposto sull'argomento, e le ho parlato del libro solo dopo aver terminato di scriverlo. Lei non ha mostrato alcuna sorpresa.

Mi domando se fossi davvero sicuro di avere altre tre occasioni per scoprire la frase sepolta nel tempo, semmai avessi sprecato l'incontro con Hilal – le giovani che si avviavano al rogo erano otto, e io ne avevo già incontrate cinque. Oggi sono propenso a pensare che non avrei mai appreso la risposta che ho cercato così insistentemente: quella ragazza – di cui ignoro il vero nome – era l'unica delle condannate che mi amava davvero.

Anche se non lavoriamo più insieme, ringrazio Lena, Yuri Smirnov e la casa editrice Sofija per avermi consentito di vivere l'esperienza unica di attraversare la Russia in treno.

La preghiera recitata da Hilal a Novosibirsk per perdonarmi è stata offerta agli uomini di buona volontà anche da altre persone. Quando, nel libro, affermo di averla già udita in Brasile, mi riferisco alle parole dettate dallo spirito di André Luiz a un ragazzo, Chico Xavier.

Infine, desidero mettere in guardia i miei lettori sull'esercizio dell'anello di fuoco: qualsiasi ritorno al passato senza un'esatta conoscenza del processo può determinare conseguenze drammatiche e disastrose.

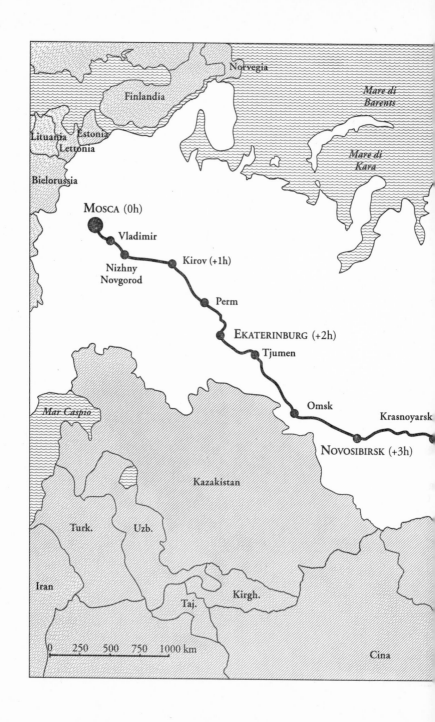

Indice

Bompiani ha raccolto l'invito della campagna
"Scrittori per le foreste" promossa da Greenpeace.
Questo libro è stampato su carta certificata FSC,
che unisce fibre riciclate post-consumo a fibre vergini
provenienti da buona gestione forestale e da fonti controllate.
Per maggiori informazioni: *http://www.greenpeace.it/scrittori/*

Finito di stampare
nel mese di settembre 2011 presso il
Nuovo Istituto Italiano d'Arti Grafiche – Bergamo

Printed in Italy